골목에 관한 어떤 오마주

권정현

골목에 관한 어떤 오마주

2017년 7월 28일 1판 1쇄 찍음
2017년 7월 31일 1판 1쇄 펴냄

지은이 권정현
펴낸이 정소성
편집 이연희
디자인 윤한내
관리 영업 이승순
펴낸곳 (주)실천문학
등록 10-1221호(1995.10.26)
주소 서울특별시 성북구 보문로 82-3 801호(보문동 4가, 통광빌딩)
전화 322-2161~5
팩스 322-2166
홈페이지 www.silcheon.com

ⓒ 권정현, 2017

ISBN 978-89-392-3010-1

이 책은 2014년도 한국문화예술위원회 아르코문학창작기금을 지원받았습니다.

이 도서의 국립중앙도서관 출판시 도서목록(CIP)은 e-CIP홈페이지(http://www.nl.go.kr/ecip)와
국가자료공동목록시스템(http://www.nl.go.kr/kolisnet)에서 이용하실 수 있습니다.

골목에 관한 어떤 오마주

검은 물엿처럼 밤이 늘어졌다. 사물은 오로지 소리로만 떠다녔다. 바람이 멋대로 날뛰는 반공중 속이었다. 쫓고 쫓기는 발짝 소리만이 별의 파편처럼 후드득 떨어졌다. 폐허에서 기어 나온 풀벌레 한 마리의 은밀한 날갯짓 같았다. 때론 수문이 한꺼번에 열리듯 소란스러웠다. 혹은 무화과나무가 썩은 과육을 털어내려 제 몸을 흔드는 소리였다. 벌판을 넘어온 그 소리는 곰처럼 거칠거나 양의 숨처럼 가늘었다. 나무들은 저마다 다른 소리로 방언을 뱉었고, 풀벌레들은 수직으로 날아오르길 즐겼다. 별들은 늘 같은 자리에서 뜨고 졌고, 쫓고 쫓기는 자들의 움직임도 늘 같은 자리를 맴돌았다. 가끔 달빛에 창백한 민낯의 그림자들이 어른거렸지만 그뿐이었다. 살아 있는 뭇 생명들은 밤마다 신의 이름을 부르며 길을 찾았는데 단서는 오로지 소년의 한숨소리 뿐이었다.

당신의 숨

⋮

소녀는 숲에서 자랐다. 어렸을 때 가족과 함께 머물던 아나콘다 굴에서 기어 나온 후부터였다. 소녀의 부모는 날짐승에 사지를 물어뜯긴 채 죽었다. 해안 절벽 바위틈에 거꾸로 매달려 사는 '검은 날개'들의 습격이 잦던 시절이었다. 아이를 거둬준 것은 나무 위에서 살아가는 '날카로운 이빨'이었다. 날카로운 이빨은 아이에게 젖을 먹이고 파피루스 가지를 물어다 부드러운 잠자리를 만들어 주었다. 소녀는 나무와 나무를 길 삼아 뼈를 키웠다. 소녀가 성장할수록 새 길들이 허공으로 가지를 펼쳤다. 소녀는 수분이 풍부한 과육과 고무나무에 구멍을 뚫고 사는 애벌레들을 잡아먹으며 잔근육을 키웠다. 날카로운 이빨이 죽고 성장한 새끼들이 뿔뿔이 흩어진 뒤에도 소녀는 나무에서 내려오지 않았다. 소녀는 숲에서 가장 높은 고무나무 위에 집을 짓고 아침마다 새처럼 울었다.

열세 번의 추위가 지나갔을 때 소녀는 아랫배가 아프고 허리가 둘로 나뉘는 것 같은 통증을 느꼈다. 소녀는 나무에서 내려와 여린 풀뿌리들을 찾아 잘근잘근 씹었다. 밤이 되자 허벅지를 타고 검붉은 피가 떨어졌다. 핏물은 흡사 밤하늘을 사선으로 긋고 지나가는 별똥 같았다. 소녀는 달을 보며 이리 울음소리를 냈다. 소녀는 손가락으로 제 아랫구멍을 후볐다. 피는 나흘 밤낮 그치지 않고 계속됐다. 피가 멈추자 소녀는 뜨거운 물이 솟는 바위틈으로 달려가 몸을 씻었다. 물 밖으로 나오자 피 냄새를 맡은 수컷 원숭이들이 낄낄거리며 소녀를 둘러쌌다. 소녀는 팔매질로 원숭이들을 물리쳤다. 집으로 돌아올 때까지 수십 마리의 원숭이들이 코를 킁킁거리며 소녀를 뒤쫓았다.

그날 이후 매월 달이 기울면 어김없이 더운 피가 가랑이를 적셨다. 소녀는 자주 뜨거운 물이 솟는 바위 근처를 찾았다. 그날도 그런 날들 가운데 하루였다. 소녀는 여느 날처럼 뜨거운 물에 몸을 담그고 수증기가 뿌글거리는 바위틈을 신기한 듯 쳐다보았다. 멀리서 까마귀들이 정신없이 울어댔지만 소녀는 이웃이 주는 경고를 알아채지 못했다. 새 울음소리가 그치고 원숭이들이 낑낑거리며 달아날 때에야 소녀는 공기의 흐름 속에 섞인 수상쩍은 냄새를 맡았다. 바위틈에서 불쑥 솟아난 것은 검고 툽툽한 곰의 형상이었다. 그러나 곰과는 달리

피부가 누렇고 얼굴에는 털이 없었다. 눈은 작았고 이빨은 희고 가지런했다. 소녀는 그것이 자신과 닮은 존재라는 걸 어렴풋이 느꼈다.

"무아우, 이야. 우꺄?"

곰 가죽을 뒤집어쓴 물체가 기이한 소리로 짖어댔다.

"까약. 까이약!"

소녀는 돌멩이를 주워 곧 던질 시늉을 하며 몸을 일으켰다.

곰 가죽은 소녀의 과육처럼 탱글탱글한 몸을 천천히 훑어보는 중이었다. 소녀는 두 달 전에 죽은 곰을 본 적이 있다. 그 늙은 곰은 개울가에 엎어져 있었는데, 내장을 길짐승들에게 뜯어먹혀 속이 갈잎 포대처럼 비어 있었다. 눈자위엔 쇠파리가 들끓었다. 파리 유충들이 사체의 눈동자를 파먹는 모습을 보며 소녀는 곰의 영혼이 살아서 밖으로 기어 나오는 건지도 모른다고 생각했다. 소녀는 곰 가죽의 눈빛이 지금껏 보아온 다른 짐승들과는 다르다는 걸 알았다. 곰 가죽은 그때 죽은 곰의 분신인지도 모를 일이다. 곰 가죽은 허기를 표출하지도, 죽음의 그림자를 드리우지도 않았다. 지금껏 맡아본 적 없는 살냄새를 풍기며 점점 소녀와의 거리를 좁혀올 뿐이었다. 그 냄새는 지난여름에 맛본 적이 있는 양젖의 달착지근함과 닮아 있었다.

우기가 막 끝나갈 무렵 양 한 마리가 숲속으로 들어와 길을 잃었다. 멀리서 양을 찾는 풀잎 바람 소리가 들려왔지만 양은 돌아갈 마음이 없어 보였다. 소녀가 말린 고욤나무 열매를 던져주자 양은 그것을 깨끗이 주워 먹은 뒤 고욤나무 열매를 빼닮은 검붉은 젖꼭지를 드러낸 채 잠이 들었다. 소녀는 두 무릎을 조심스레 땅에 대고 양의 젖꼭지를 살살 문질러 보았다. 흰 액체가 오줌 줄기처럼 소녀의 목덜미를 적셨다. 고소하고 비렸다. 소녀는 양의 젖꼭지에 이빨을 박고 젖을 빨았다. 이틀 뒤 멀리서 다시금 양을 찾는 가느다란 풀잎 바람 소리가 들렸다. 양은 그제야 느릿느릿 고개를 돌렸다.

"무아우, 하시야, 이야?"

곰 가죽이 손짓 발짓을 해가며 짖어댔다.

소녀는 달리기 시작했다. 달리면 달릴수록 사타구니가 가려웠다. 곰 가죽은 일정한 간격을 두고 소녀를 쫓아왔는데 날쌔게 달려들어 소녀를 낚아채지는 않았다. 소녀가 고무나무에 도달해 칡덩굴을 타고 청설모처럼 재빨리 숨어버릴 때까지 곰 가죽은 거리를 유지한 채 다가오며 그저 지켜볼 뿐이었다. 곰 가죽은 바나나나무 두 그루 사이에 서 있었는데, 별들이 고무나무 근처로 내려올 때까지 계속 소녀를 지켜보았으므로 소녀는 나무 위에서 옴짝달싹 할 수 없었다. 밤이 까마귀 날개처럼 스쳐갔다. 그믐이어서 별빛만으로는 사방의 경계를 구분할 수 없었던 밤을 뜬눈으로 지새운 뒤, 소녀는 아직도 곰 가죽이 그 자리에 서 있는 것을 보고 깜짝 놀랐다. 곰 가죽은 새끼 양을 불에 굽고 있었다.

소녀는 고무나무를 떠나기로 결심했다. 곰 가죽의 그림자가 사라진 다음날 오후, 소녀는 비단뱀처럼 순식간에 고무나무를 내려왔다. 소녀는 말린 바나나를 가죽에 담아 몸에 두른 채 가시덤불을 헤치며 해가 뜨는 곳을 향해 달렸다. 낮이 되면 바위틈에 웅크려 잠을 청하고 해가 지면 해가 진 반대 방향으로 나아갔다. 소녀는 꿈속에서 곰 가죽과 쫓고 쫓기느라 잠을 설쳤다. 소녀는 자신을 닮은 존재가 숲 어딘가에 웅크리고 있다는 사실을 받아들일 수 없었다. 곰 가죽은 어디서 왔을까. 이따금 창공을 사선으로 가르며 떨어지는 별들을 타고 내려왔을까? 아니면 물에서 불쑥 솟았는가. 어쩌면 고무나무 뿌리에서 태어났는지도 모르겠다. 아니, 오래 전 죽은 늙은 곰의 환영일 수도 있겠지.

주머니에 넣어 둔 말린 바나나가 다 떨어져갈 무렵, 소녀는 마침내 숲을 벗어났다. 드넓은 초원 지대가 시작되는 언덕에 닿았을 때, 소녀는 수백 마리의 양떼를 보았다. 양들은 한가롭게 풀을 뜯고 있었는데 하늘이 반대로 뒤집혀 흰 구름이 죄다 땅으로 쏟아진 것 같았다. 양떼 사이로 막대를 든 낯선 짐승이 어슬렁거렸다. 곰 가죽과 닮았지만 그보다는 젊었다. 소녀는 자세를 낮춰 풀에 몸을 포갠 뒤 양떼를 모는 두발짐승을 지켜보았다. 곰 가죽이 그랬듯이 그 짐승 역시 몸에 뭔가를 걸치고 있었는데 살덩이에 털이 없고 매끈했다. 두발짐승은 움직일 때마다 풀잎으로 만든 물건을 입으로 가져갔다. 가늘고 얇은 소리가 파르르 떨리듯 소녀의 혈관으로 파고들었다. 소녀는 침을 꼴깍 삼켰다. 풀잎 바람 소리에 맞춰 수백 마리의 양들이 멈추거나 혹은 방향을 트는 것이었다.

날이 어두워지자 양떼는 언덕을 넘어가 버렸다. 소녀는 추위를 느끼며 바위틈을 찾아 움직였다. 지독한 그믐밤이었다. 소녀는 좁은 공간에 쭈그려 앉은 채 마지막 음식을 먹었다. 낯선 두발짐승들이 나타난 건 소녀가 막 족제비 창자에 담아 놓은 물을 한 모금 들이켰을 때였다. 곰 가죽, 혹은 풀잎 소리와는 또 다른 종류의 두발짐승이었다. 그들은 흰 천을 몸에 둘렀으며 긴 막대기를 들고 있었다. 그들은 모두 셋이었다. 셋 모두 턱밑과 귀밑뿌리까지 수염이 자라 있었다. 그것들은 핏기가 서린 눈알을 굴리며 자기들끼리 낄낄거렸다. 그들 중 하나가 거칠게 손을 내밀어 소녀가 허리에 두른 족제비 가죽을 벗겨 냈을 때, 소녀는 왼손 인지와 중지를 날카롭게 세워 짐승의 눈알을 후벼 팠다. 짐승이 뒤로 물러서는 틈을 타 소녀는 어린 치타처럼 날쌔게 어둠으로 섞였다.

이후 스치는 순간들은 오로지 찰나의 소리로만 인식되었다. 그믐이었고, 해가 완전히 몸을 감추고 별들도 뜨기 전이었다.

소녀는 달리며 기어오를 나무를 찾아 눈알을 번득였다. 몸을 할퀴며 지나가는 것들은 키 작은 풀잎들뿐이었다. 쫓아오는 발짝 소리는 가까워지거나 멀어졌다. 작은 언덕을 넘어가자 실오라기 하나 걸치지 않은 소녀의 거친 몸으로 해안의 찬바람이 쏟아졌다. 먼 곳에서 낮에 보았던 양떼몰이의 풀잎 바람 소리가 들리는 것 같았다. 소녀는 그쪽으로 방향을 틀었다. 풀잎 소리는 동쪽과 서쪽, 혹은 북쪽에서 동시에 들려왔다. 소녀가 밟고 지나간 곳마다 풀들이 눕고 물결처럼 갈라졌다. 소녀는 거친 자갈과 잡목지대와 발목까지 빠지는 늪을 차례로 건넜다. 때론 손을 갈퀴처럼 세워 경사로를 기어올랐다. 이따금 동작을 멈추고 손에 잡히는 대로 돌을 주워 냅다 던지기도 하였다. 그럴수록 뒤를 쫓는 두발짐승들의 숨소리는 더욱 거칠어질 뿐이었다.

"애야, 어딜 급히 가느냐?"

별들이 뜨기 직전 마침내 소녀는 흰옷 짐승들에게 목덜미를 붙잡혔다. 그들 중 하나는 눈알이 하나밖에 없었다. 외눈 사내가 소녀의 상체를 육중한 몸으로 누르는 사이, 다른 하나가 소녀의 두 발목을 단단히 잡았다. 두 다리가 우악스럽게 벌어지고 사내가 차고 있던 긴 작대기가 사타구니를 비집고 들어와 소녀의 자궁에 닿았을 때 하아, 소녀는 북쪽 하늘에 떠오른 세 개의 찌그러진 별을 보았다. 두발짐승은 거친 숨을 토하며 분비물을 쏟았다. 세 짐승은 서로의 위치를 바꾸어가며 그 짓을 두 번 더 반복했다. 허벅지의 혈관이 죄다 터지고 붉은 피가 돌멩이와 풀들을 꺾었다. 북쪽 하늘에 무수히 돋은 별들을 천천히 눈에 담은 뒤 소녀는 마지막 신음과 함께 들숨과 날숨을 땅위에 조용히 내려놓았다. 그것이 우리가 들었던 그녀의 마지막 숨소리, 혹은 태초의 어떤 기억이다.

소년, 달리다
⋮

소년은 종일 숲 근처를 헤맸다. 새끼를 다섯이나 둔 어미 양한 마리가 사라져 버렸기 때문이다. 사라진 양의 이름은 '푸른 이끼'였다. 녀석이 특히나 이끼를 좋아해서 붙인 이름이었다. 녀석과 짝을 이뤄 다섯 마리 새끼를 낳게 한 수컷의 이름은 '굳센 뿔'이다. 소년은 칠백 마리의 양들에게 각각 '검은 안개'와 '푸른 연꽃', '긴나무 벌레', '하늘 나무', '젖은 달' 같은 이름을 붙여 놓았다. 이름을 부여할 때마다 소년은 새 친구를 얻은 것처럼 기뻤다. 소년은 해가 뜨는 아침마다 아우로라(Aurora) 여신에게 기도를 올리며 할아버지를 찾게 해달라고 빌었다. 할아버지는 칠 년 전, 가뭄이 오자 때 양떼를 반으로 나눠 서쪽으로 떠나갔다. 소년은 할아버지를 찾아 서쪽으로 양떼를 몰아왔다. 그 사이 처음 이십 마리였던 양떼는 칠백 여 마리로 늘어났고, 소년의 가랑이 사이에도 거웃이 자랐다.

소년은 해가 지평선에 걸릴 때마다 양떼 한 가운데 서서 풀잎피리를 불었다. 소년은 너무 오랜 시간 자신이 혼자였음을 안다. 소년은 세상의 끝에서 끝까지 안 가본 곳이 없다. 좁은 협곡과 긴 강, 가파른 비탈과 끝없이 이어진 초원, 삼백육십오일 계속 비가 내리는 곳, 풀이 자라지 않는 사막, 나무가 빽빽이 우거진 곳과 악어 떼가 수군거리는 늪지대를 건너왔다. 감시를 벗어난 몇 마리의 양들이 날카로운 이빨을 지닌 동물들의 먹이로 사라지기도 했지만 곧 새끼들이 자라 빈자리를 메웠다. 피부가 하얗거나 검거나, 머리에 긴 수건을 뒤집어쓴 사람들, 검은 치마를 두른 여인네들, 소를 키우는 사람들과 물위에 집을 짓고 사는 사람들을 만나 할아버지의 행방을 수소문했다. 사람들은 비슷한 체격에 비슷한 문신을 한 사람들끼리 숲과 대지에 흩어져 살았다. 어떤 이들은 베옷을 입었고, 어떤 이들은 동물 가죽을 둘렀으며, 어떤 사람들은 무화과나무 잎으로 엉덩이를 가렸다.

양들은 길 위에서 길의 젖을 먹으며 자랐다. 이따금 풀잎으로 만든 피리를 불어 방향을 바꾸어 주거나, 이리나 하이에나 떼를 쫓아주면 그만이었다. 푸른 이끼가 사라진 건 이틀 전이었다. 푸른 이끼는 새끼들에게 먹일 젖이 필요했기에 식탐이 잦았다. 양들이 한가로이 쉬고 있을 때도 근처 수풀로 들어가 나무뿌리까지 죄다 갉아먹곤 하였다. 그럴 때마다 어김없이 소년의 풀잎피리가 녀석을 밖으로 불러냈다. 하지만 그날만은 달랐다. 푸른 이끼가 숲으로 들어가는 줄도 모른 채 소년은 한 남자의 동태를 좇고 있었다. 검은 곰 가죽을 뒤집어 쓴, 처음 보는 사내였다. 사냥꾼으로 보이는 그 사내는 양떼를 아랑곳하지 않고 숲 주변을 헤맸다. 그는 초조해 보였고, 사납게 움직였다. 소년은 전에도 그런 남자들을 자주 보아왔다. 숲 안에서 무언가 불길한 일이 준비되고 있었다.

소년은 양들을 풀밭에 모아 놓고 푸른 이끼를 찾아 숲으로 들어섰다. 그러나 피리를 아무리 불어도 푸른 이끼는 나타나지 않았다. 숲에서는 쫓고 쫓기는 짐승들 소리만 풍부했다. 바람이 숲을 스치는 소리와는 거리가 먼, 날짐승들이 무리를 이뤄 길짐승을 공격할 때 내는 특유의 날갯소리도 아닌, 불안과 설렘이 동시에 교차하는 그런 소리였다. 두려움이 일었지만, 그러면 그럴수록 소년은 끌리듯 소리의 방향을 따라 음모가 가득한 숲으로 들어갔다. 그 순간 나뭇가지를 가르며 빠르게 달려가는 한 소녀를 본 것도 같았다. 환영일까? 소녀는 아무 것도 걸치지 않은 맨몸이었다. 소녀가 스쳐간 자리에선 언젠가 맡은 적이 있는 보히니아(Bauhinia) 특유의 달콤한 향이 났다. 소녀의 입술은 붉은 꽃잎을 닮아 있었다. 검은 머릿결이 바람에 휘날리는 모습은 마치 발 빠른 치타를 보는 것 같았다. 소녀는 소년이 둥그렇게 치뜬 눈을 미처 깜박이기도 전에 시야에서 사라지고 말았다.

해가 기우는 오후 소년은 개울가에 닿았다. 그곳에서 소년은 누군가 막 먹고 버린 양의 뼈를 발견했다. 뼈는 불에 그을려 있었다. 불길한 생각이 소년의 심장을 쿵쾅이게 만들었다. 소년은 양들이 잠든 풀밭으로 돌아왔다. 피리를 불자 양들이 자리에서 일어났다. 소년은 양들을 구름 떼처럼 휘몰아 작은 언덕을 넘어갔다. 언덕을 넘자 흰 옷을 입은 세 명의 남자가 동쪽에서 걸어왔다. 그들은 먼 곳에서 온 것 같았다. 구레나룻이 바람에 구부러진 남자가 막대기로 초원 안쪽을 가리키며 길을 물었다. 소년은 고개를 저었다. 소년은 어떤 길도 알지 못했다. 초원에 길 같은 것은 존재하지 않는다. 소년은 바람을 따라 걸어왔다. 초원에는 오직 밤과 낮만 존재할 뿐이다. 해가 지고 뜨는 곳조차 매번 다르다. 풀들은 한 방향으로 눕지 않는다. 강물은 토사가 쌓일 때마다 길을 바꾸고, 표범은 같은 길로 두 번 사냥을 나가지 않는다. 검은 새들은 늘 사방에서 몰려왔다.

"우리는 동방에서 왔다. 별이 가리키는 곳으로 가는 중이지."

구레나룻이 느릿느릿 말했다. 소년은 알아들을 수 없었다.

"혹시 근방에서 신성한 대지의 딸을 본 적이 있느냐?"

소년은 멀뚱멀뚱 그들의 입을 쳐다보았다.

"그녀는 바람을 닮았지만 바람이 아니다. 흙을 닮았지만 뜨거운 심장도 같이 지녔다. 그녀를 찾아 신의 아들에게 재물로 바쳐야겠다. 너는 그녀를 보았느냐?"

소년은 대답할 수 없었다. 그들이 사라진 뒤, 소년은 바위지대까지 양떼를 몰아갔다. 석청을 스친 달콤한 샘물을 얻을 수 있는 곳이었다. 소년은 전에도 가끔 이곳에서 밤을 보냈다. 바위들이 바람을 막아주어 아늑했고 지대가 높아 시야가 탁 트이는 것도 좋았다. 소년은 불을 피우고 양젖과 바람에 말린 무화과 열매로 허기를 때웠다. 소년은 먹어도 별다른 맛을 느낄 수 없었다. 별을 바라볼 때마다 느꼈던 편안함, 석청을 스쳐온 달콤한 샘물의 맛도 오늘은 느낄 수 없었다. 매일 저녁, 잠들기 전 양들이 보드라운 털을 제 동료들에게 내어주며 몸을 포갤 때 느꼈던 정겨운 마음도, 새끼 양들이 머리를 들이박으며 저희들끼리 제 어미의 젖을 경쟁하는 모습의 귀여움도 소년의 기억을 떠났다.

소년은 사방이 탁 트인, 초원에서 가장 높은 나무 위로 올라가 보았다. 달이 떠올랐다. 소년의 눈은 땅의 가장 먼 곳까지 볼 수 있었다. 달그림자를 등에 지고 늪지로 달리는 가녀린 그림자가 보였다. 소녀의 뒤를 쫓는 사내들의 등짝도 보였다. 낮에 보았던 구레나룻 사내들이었다. 아직은 거리가 있다. 서둘러 양떼를 재운 뒤 소년은 늪지대를 향해 달리기 시작했다. 심장이 빨라진다. 달리는 곳마다 길이 열린다. 소년은 태어나 처음으로 어떤 의문 가운데 놓였다. 오늘 하루, 그는 전 생애를 가로질러 온 질문과 맞닥뜨려야 했다. 그 질문은 어둠 저 밖의 초조와 불안, 두 동공의 설렘과 호기심, 심장 소리와 타인의 발짝 소리, 보히니아(Bauhinia)향내가 섞인 달콤함 바람, 죽음과 죽음 너머에 대한 미혹, 방향과 길에 대한 깨달음, 그리고 검은 머릿결에 대한 어떤 잔상이다.

"뮤우. 나우야 나야. 삐야 빠라야."

소년은 풀잎피리를 꺼내 정신없이 불었다. 소리들은 하나의 곡조로 모이지 않고 흩어졌다. 가시덤불을 뛰어넘을 때, 소년의 발에서 붉은 피가 뚝뚝 떨어졌다. 피 냄새를 맡은 하이에나들이 어슬렁거리며 고개를 들었지만 소년을 쫓지는 않았다. 소년은 달렸다. 그는 지금껏 어떤 목적지를 향해 가본 적이 없다. 그러나 지금은 다르다. 너는 어디로 가고 있니. 소년의 걸음은 어둠으로부터 어둠속으로 끝없이 헤맬 뿐이다. 왼쪽으로 달리면 나오는 가시덤불 숲과 오른쪽 해안 절벽을, 절벽 아래로 이어진 소로를, 그 사이로 곰보처럼 무수히 박힌 동굴들을, 해가 지는 곳 뒤편에 자리한 강줄기와 뒤쫓는 자들의 걸음을 더디게 할 늪지대와 이방인들을 한 입에 삼키곤 하는 악어들의 서식지를 소년은 비로소 기억해 냈다. 소년은 두 발끝을 들고, 목소리가 최대한 멀리 가도록 외쳤다.

　-뮤우. 나우야 나야. 삐야 아라야.

메아리만이 비명처럼 돌아와 소년의 심장에 박혔다.

바람의 속(涑)과 속(續)

⋮

"저게 뭐죠? 검은 빛이⋯⋯."

포클레인에서 내린 인부가 파헤쳐진 언덕을 가리켰다.

"뼈, 같은데⋯⋯. 아니, 그릇 깨진 파편인가?"

남자가 머리를 주억거리며 그쪽으로 올라갔다. 햇볕이 늙은 뱀처럼 느릿느릿 기어 다니는 오월 어느 날의 구릉지였다. 멀리로 보이는, 옛 신전 건물을 배경 삼아 30도쯤 경사진 언덕이었다. 경사지 곳곳에는 가난한 사람들이 버리고 떠난 너절한 살림살이가 버려져 있었다. 정부의 퇴거 명령에 따라 조상 대대로 수백 년 동안 불법 점거하던 땅을 버리고 도망치듯 이사 간 흔적이었다. 정부는 2천 명이나 되는 이주자들을 위해

도시 서쪽에 수십 개의 세탁공장을 세웠다. 혁명은 실패했지만 정부의 정책은 그들을 충분히 배려했다. 2천 명의 사람들 중에 일을 할 수 있는, 적어도 천 명 이상의 젊은이와 어린이, 노인들은 정부가 주는 고정 급료를 받으며 빵과 우유를 살 수 있게 되었다.

"좋은 징조는 아닌 것 같아요."

남자는 초조함을 애써 눌렀다.

"쓸데없는 소리. 이 주변이 도요지였다는 얘기도 있잖아."

남자는 피곤함을 느꼈다. 어서 일을 끝내고 돌아가 쉬고 싶었다. 욕조 가득 뜨거운 물을 받아 올리브 오일을 풀어 넣은 뒤 손이 야무진 아내의 마사지를 받고 싶었다. 그는 지난 주, 어린 소녀를 세 번째 아내로 맞았다. 세 번째 아내는 전통요리를 잘했고 안마와 지압에 능했다. 그녀는 대학 교육까지 받았는데 그녀를 아내로 맞은 것은 실로 행운이었다. 소녀의 아버지는 시에서 관리하는 폐기물 처리장에서 관리자로 일한다. 하지만 술을 먹고 감독을 게을리하여 인부 한 명을 죽게 만들었다. 국(局)에서 조사가 나왔을 때 남자는 술주정뱅이의 잘못을 감싸주고 근무 일지를 조작하는데 협조했다. 조사를 나온 사내들은 호주머니 가득 옛 무덤에서 나온 금화를 숨긴 채 히죽거리며 돌아갔다.

"도처에 썩은 것들이 널려 있군."

그날 돌아가는 사내들을 보며 중얼거렸던가.

남자는 거울을 보며 자주 같은 문장을 중얼거렸다. 조성된
지 삼천 년쯤 됐다는 이 도시는 파는 곳마다 폐허의 잔해들
이 쏟아져 나와 시 당국자들을 곤혹스럽게 만들었다. 유물 같
은 것은 죽음의 잔재일 뿐이다. 당장 입에 풀칠하기도 힘들어
하는 저 많은 사람들을 보라. 남자는 빵 한 조각을 얻기 위해
강으로 뛰어들어 관광객들이 버린 동전을 찾아내는 아이들과
등짐을 지고 호텔과 기차역을 오가며 하루 2달러를 버는 건장
한 젊은이들을 바라보며 자주 생각에 잠기곤 하였다. 영광의
잔재는 도시를 차츰 정체시켜 왔을 뿐이다. 연이은 혁명과 유
행성 바이러스의 창궐로 관광객들마저 줄어들었다. 이 모든
것이 땅을 팔 때마다 도처에서 쏟아져 나오는, 부패한 것들이
내린 저주였다.

"여인의 대퇴부 같은데요? 보세요. 아주 가벼워요."

늙은 인부가 물담배 냄새를 풍기며 말했다.

"어째서 여인의 뼈라 확신하지?"

남자의 이마에 십자가 모양의 주름이 파였다.

"젊었을 때 무덤을 발굴하는 현장에서 오래 일한 적이 있습
죠. 그냥 무덤도 아니고 천 년, 2천 년씩 묵은 무덤들입니다.
다행이 도굴되지 않은 무덤을 다수 확인할 수 있었는데, 거기
서 나오는 뼈들이 이랬습니다. 남자들의 뼈는 대체로 희고 무

거운 반면 자식을 낳고 기르느라 마지막 체액 한 방울까지 제 아이에게 헌신한 여인들의 뼈는 땅에 묻힘과 동시에 조금씩 탄화되어 갑니다. 그러니 이리 가벼울 수밖에요."

남자는 인부의 말이 품은 의미를 헤아려 보았다.

"가볍다, 이리 가볍다고?"

남자는 무릎을 꿇고 앉아 천천히 그것을 살폈다. 아래쪽이 떨어져 나간 뼈는 곧 부스러질 거라는 예상과 달리 단단했다. 오래된 무덤에서 이따금 출토되는 불에 탄 씨앗들처럼, 복잡하면서도 단순한 기호를 품고 있었다.

"어이쿠. 대퇴부가 다가 아닌 모양이네."

인부가 주변의 흙을 손으로 들추다가 벌떡 몸을 일으켰다.

"뭐가 더 있는 건가?"

남자는 태양빛에 노출된 뼈들이 다시 땅 속으로 돌아가 주길 바랐다. 오늘 안으로 허가장을 내주어야 한다. 어제 저녁, 가방 가득 금화를 담아 사무실로 찾아온 사내들은 하루 같이 폭등하는 화폐가치를 들먹이며 이 지역에 들어설 거대한 쇼핑타운의 필요성을 언급했다. 쇼핑타운은 핑계일 뿐이다. 신전이 조망되는 이쪽 언덕은 예부터 누구나 탐내는 자리였다. 이곳에 부자들을 위한 다운타운이 건설될 것이다. 그 아래쪽에 호텔과 쇼핑센터가 따라오겠지. 2천 명이 복작거리며 살던 골목은 이제 제법 사람 사는 모습을 지닌 곳으로 변모할 것이다. 지저분한 차림새의 아이들이 뛰어 놀던 골목은 벤츠와 페라리, 마이바흐가 지나다니는 황금의 땅으로 바뀌게 되겠지. 도시 전체는 가난하지만 도시 모두가 가난한 것은 아니니까. 모든 것이 저 언덕 너머에 사는 신의 뜻이기도 하다.

"전두골 한쪽도 거의 온전한데요? 이 작은 부분은 상완골이고, 슬개골도 완전한 형태군요. 과장님, 이리 가까이 와 보세요. 뼈는 저쪽 북쪽을 보고 있어요. 만약 밤에 죽었다면 카시오페아를 보고 있었겠죠. 두개골이 작고 아늑해요. 큰 눈과 높은 콧대를 지닌 전형적인 코카서스 혈통의 미인이었을 거예요. 그런데 말입니다. 이 여인은 대체 왜 이런 곳에 혼자 죽어 있었을까요? 누가 이 여인의 대퇴부를 이리……."

남자는 인부의 말이 길어지는 게 신경 쓰였다.

"이제 그만 하고 얼른 포클레인으로 올라가게. 오늘 해거름에 이 등성이를 다 파헤쳐 놓아야 하네. 자네도 알다시피 오늘은 그냥 시늉만 내는 거라고. 멀리서 아직 미련을 버리지 못한 무지렁이들이 꼭꼭 숨어서 지켜보고 있을 테니, 확실하게 이곳에 개발된다는 걸 보여주어야 하네. 마지막 희망 한 방울까지 거두도록. 무지한 시민들이 바퀴처럼 들고 일어나기 전에, 어서 그 건장한 팔로 이곳을 파헤쳐 주게."

"저 뼈들은 어떻게 할까요?"

"뼈라니, 무슨 뼈?"

남자가 정색을 하고 물었다.

"……아, 아닙니다. 과장님 말이 맞겠죠."

늙은이의 얼굴에도 잔주름이 잡혔다.

"그런데 말입니다."

인부는 순순히 포클레인으로 돌아갈 생각이 없어 보였다.

"더 할 말이 남았는가? 할 말이 남았다면 자네가 이곳에서 앞으로 2년은 족히 일하게 되었다는 사실을 잊지 말도록. 참, 자네 딸들은 아직 출가 전이던가?"

인부가 아랑곳하지 않고 말했다.

"과장님은 어떻습니까? 솔직히 말하자면 저는 아까부터 이상한 기시감에 시달리고 있는 참입니다. 그럴 리가 없지만 언젠가, 언젠가 아주 먼 옛날에 우리가 이 골목을 함께 오른 적이 있는 것 같은 착각이 드는 겁니다. 아, 물론 그때는 골목 같은 게 있었을 리 만무하지요. 사방이 온통 무성한 잡초와 나뒹구는 돌투성이였으니까요. 우린 숨이 턱에 차도록 뛰고 있었는데 대체 무엇을 좇아 그리도 달렸는지 기억이 나지 않는 겁니다……."

남자가 무겁고 탁한 한숨을 내쉬었다.

"여길 처음 온 사내들이 있었겠지. 자넨 그걸 본 거야."

인부의 수다가 길어질 조짐을 보였다.

"맞아요. 사내들은 늘 멈출 곳을 찾아다니곤 하니까. 더는 등짐을 가득 지고 혹은 신발에 갈대 끈을 조이고 바람 속으로 떠나지 않아도 될 그런 장소 말입니다. 그런 충동은 곧잘 한 여인의 품속에 이르러 폭발하곤 하지요. 사내들은 낯선 여인을 만나 허리가 으스러지도록 껴안을 때 비로소 자신이 멈출 곳을 찾았다고 안도했을 겁니다. 둘 사이에 아이들이 해바라기처럼 태어나고 아이들과 아이들이, 집과 집들이 연결되면서 골목이 생기고, 그 골목길을 따라 길들이 꿈처럼 피어났겠지요. 하지만 시간이 흐르고 골목이 검붉게 익어갈수록 사내들은 두고 온 그리움에 시달렸을 겁니다. 그들은 길을 찾은 게 아니라 실은 길을 잃어버린 채 주저앉은 거라고. 어느 날 문득 깨닫게 되었겠죠. 그들 중에 누군가는 다시 짐을 꾸려 항구나 지평선 끝으로 달아나고 남은 여인들은 그 자리에서 풀처럼 나고 죽으며 탄화되어 가는 해골을 붙잡고 긴 세월을 견뎌냈을 겁니다. 골목이 거친 사내들의 숨소리를 따라 무수히 생겨났고 무수히 사라졌으며 지금도 반복되고 있다는 것을.[1] 그것이 누군가의 최초 발짝 소리로부터 시작되었다는 것을, 그것을 깨닫는 순간 저 깊고 깊은 해골바가지들은 억겁의 시간에서 빠져나와 마침내 흙의 진실과 마주칩니다."

"자넨 이곳 출신이 아닌 것 같군."

"저는 베르베르족이 살던 남쪽 땅에서 건너왔습니다."

말은 안 했지만 남자도 비슷한 기시감에 시달리는 중이었다.

　낯설지 않다. 보이지 않는 어둠 속을 달리던 그림자여. 그날 밤, 너는 무엇을 위해 그리도 깊은 어둠을 헤엄치듯 달렸던가. 바람 냄새를 맡고 있었던가. 피가 섞인 바람 냄새. 저 신전 너머에서 불어오는 줄 알았는데 그게 아니었군. 파헤쳐진 땅 속에서, 어쩌면 뻥 뚫린 저 해골의 눈구멍 속에서 기분 나쁜 저 냄새가 뿜어져 나오는 건지도 모르겠어. 내가 너무 예민해진 건가. 한쪽 눈이 지독히도 아파 오는구나. 어서, 저 뼈들을 다시 흙으로 돌려보내야겠어. 저 여인은 왜 이런 곳에 누워 있을까. 하필 이 황량한 언덕에까지 올라와 죽었을까. 발자국, 여인이 남긴 발자국. 그걸 찾아낸다면 그녀가 떠나온 곳도…….

　"어서 기계에 오르게. 더는 자네의 강의를 들을 시간이 없네."

　남자는 무슨 말인가를 더 하려다가 그만두었다.

　신전 너머로 해가 지고 있었다. 애초에 태양신을 모셨던 신전의 들보는, 정치세력이 바뀔 때마다 제각기 다른 신의 이름을 내걸었다. 그곳은 사막에서 기적을 행한 어느 예언자의 집이 되기도 했고, 한때는 바다를 건너온 검은 몸통을 지닌 사내들에 의해 시체[Zombie]를 소생시키는 장소로 사용되기도 하였다. 어느 부족은 커다란 소의 뿔을 내걸었으며 또 다른 사람들은 그곳에서 시장을 열었다. 열병이 지나갔을 땐 죽은 자들을 보관하였고, 3백 년 전부터는 일단의 수도사들이 창을 들고 건너와 자리를 잡은 뒤 수도원으로 사용되어 오고 있다. 세상의 신들이 이름과 모양을 달리한 채 언덕 위에 건재한 사이, 헤아릴 수 없이 많은 사람들이 죽고, 헤아릴 수 없이 많은 뼈들이 발밑에 쌓였다. 그것은 노래[哭]였고, 소리[詩]였고, 춤[拍子]이었다. 그것은 시간이었고, 겹겹이 쌓여 압착된 어떤 공허였다.

"배가 고프군, 오늘은 최고로 근사한 저녁을 먹어야지."

포클레인이 뼈들을 훑는 사이, 남자는 문득 정신을 차렸다. 멀리서 바람에 실려 오는 풀피리 소리가 환청처럼 들려왔다. 바람을 뚫고 언덕에 도달한 피리 소리는 가늘고 길었으나 끊이지 않고 계속됐다. 언덕 밑 땅 속에 켜켜이 쌓여 있을 뼈들처럼, 풀피리 소리는 허공에 길을 만들며 바람의 뼈를 허물며 남자의 달팽이관 속으로 추락을 거듭했다. 남자는 담배를 입에 물며 발아래 펼쳐진 무수한 길들을 보았다. 저 멀리 도시의 중심가로부터 길들이 배암처럼 쉴 틈 없이 달려와 그의 발밑으로 맨얼굴을 욱여넣고 있었다. 오래지 않아 남자는 겹겹이 뻗은 그 많은 길과 골목이 자신의 발밑으로부터 시작되고 있음을 알아차렸다. 그것은 뭇 사내들이 참을 수 없는 쾌락 속에서 숨을 헐떡이며 한 여인의 목을 조르던 그 밤으로부터 시작되었으리라. 이미 죽은 여인의 휑하니 뚫린 해골 속에서 소멸과 탄생을 거듭하다가 누렇게 익어갈, 어느 밤에 조작된 기억의 흙부스러기였다.

풀피리 소리가 점점 가까워졌다. 남자는 보았다. 그것은 몸을 잔뜩 웅크린, 파랗게 질린 새끼 양 한 마리였다.

새끼 양의 오줌 냄새
·

소년이 걸음을 빨리 할수록 비명도 멀리 달아났다. 소년은 코를 높이 쳐들고 후각을 이용해 앞으로 나아갔다. 바닥은 보이지 않았지만 발길이 닿는 이 땅이 처음은 아니었다. 그의 코는 너무도 분명하게 새끼 양들이 풀잎에 뿌려 놓은 오줌 냄새를 맡아 나갔다. 소년은 그 모든 양들의 이름과, 그 모든 새벽의 태양과, 어스름 속에 올렸던 기도의 내용을 기억했다. 그는 끝없이 신들의 이름을 불렀고 신이 만든 대지와 허공과 질서를 찬양했다. 그가 가는 곳마다 꽃들이 피어나듯 이야기가 꽃폈다. 새끼 양 하나하나의 움직임과 울음소리, 그들의 불안과 초조, 아침 햇살에 놓인 설렘과 호기심, 하이에나의 발짝 소리와 두려움이 담긴 어미의 눈, 오전마다 동쪽에서 불어오는 달콤한 바람, 절벽에 떨어져 죽은 늙은 양들, 수풀이 갈라져 생긴 길들과 검은 머릿결을 지닌, 숲 속에 산다는 어떤 소녀에 대한 숨겨진 소문들이.

소년은 비명이 아직 흩어지지 않은 늪지대에 가 보았다. 소녀의 그림자도, 소녀를 쫓는 거친 사내들의 숨소리도 들을 수 없었다. 소년은 맞은편 언덕, 검은 어둠의 입구를 향해 두 손을 모았다. 신이 있다면 지금 저곳에 계시겠지. 신이시여, 소녀를 구원해 주소서. 소년은 죽은 나무 틈에 엉덩이를 밀어 넣었다. 소년은 불길한 생각을 떨칠 수 없었다. 나무 틈에 웅크린 소년은 악몽에 시달렸다. 어제 본 알몸 소녀가 소년의 잠을 밟고 지나갔다. 흰 옷을 입은 구레나룻 남자들과 곰 가죽을 뒤집어 쓴 사냥꾼은 여전히 소녀를 쫓는 중이었다. 소녀는 별들이 먼저 뜨고 지는 신성한 언덕으로 달아났으나 곧 사내들에게 발각되었다. 소녀와 뒤쫓는 자들의 발자국이 언덕 이곳저곳에 할퀴듯이 생채기를 냈다. 밑에서 언덕 꼭대기로, 오른쪽에서 왼쪽으로, 위에서 아래로, 다시 사선으로, 빗금을 긋듯이, 혹은 웅덩이에 번지는 물수제비처럼, 소녀의 가쁜 숨이 고인 곳마다 방향이 생기고 높이가 짐작되고, 또한 경계가 생겨났다. 마침내 남자들이 소녀를 쓰러뜨렸을 때, 소년은 맞은편 언덕에 세워질 어떤 사원과 늙은 사제와 적의 침략을 알리는 다급한 종소리를 들었다.

사내들의 몸이 대지에 검은 씨앗을 뿌리는 동안 소녀는 비명을 지르지 않았다. 소녀는 우우, 짐승 같은 소리를 내고 있었는데, 정확히 무슨 말을 했는지는 알 수 없다. 소년이 손을 뻗어보았지만 너무도 생생한 그 공간은 그러나 닿을 수 없는 시간 속으로 달아날 뿐이었다. 야생 족제비와 오소리들이 덜그럭거리며 돌아다닐 때, 검은 새 한 마리가 허공을 빙빙 돌며 사냥감의 숨통이 끊어지기를 기다릴 때, 굴러다니던 돌멩이들이 서로 부딪혀 딱딱 소리를 내고, 양떼들이 슬픔과 기쁨을 모르는 울음소리를 토해낼 때, 그 모든 순간, 모든 영원 속에서 소년은 언덕 위에 몸을 늘어뜨린 채 죽음을 기다리는 한 소녀를 무연히 바라보아야했다. 소년은 죽음 같은 고통을 느꼈다. 그는 태어나서 단 한 번도 그런 고통을 느낀 적이 없었다. 소년은 고통이 시작된 이곳을 벗어나고 싶었다. 그는 자신의 젖은 발목을 끌어안은 채 끄윽, 끄윽 울었다. 어둠은 물러갈 기미를 보이지 않았다.

소년은 동이 트기 전에 다시 걸음을 옮겼다. 밤새 소년을 고통스럽게 했던 소녀의 환영은 사라졌다. 소년은 기지개를 켜며 숨을 크게 들이켰다. 세상은 봄이 한창이었다. 땅과 하늘, 어디든 좁은 틈새를 옮겨 다니는 수많은 생명체들을 제외하면, 무엇이라 이름을 붙이거나 의미를 부여할 복잡한 수식어들은 존재하지 않았다. 그럼에도 가슴 한쪽은 여전히 무겁게 가라앉기만 했다. 밤새 웅크렸던 나무 틈새로부터 한참을 벗어났지만 소년의 발걸음은 여전히 늪지대에 갇혀 있었다. 소년은 자신을 괴롭히는 불안과 초초가 어디에 뿌리를 둔 건지 알고 싶었다. 해는 중천이었다. 소년은 해가 뜨겁게 빛나는 대지 한가운데 서 있었다. 소년은 오른쪽과 왼쪽, 허공과 땅을 번갈아 가며 쳐다보았다. 소년이 방향을 바꾸자 방금 전까지 그를 둘러쌌던 방향들이 발밑으로 사라졌다.

"소리가 들려, 누군가 내 뼈를 두드려 대는 소리가."

소년은 자신의 발등을 오래도록 내려다보았다.

결정을 해야 했다. 할아버지를 찾는 일도. 양떼에게 돌아가는 일도 더는 소년의 관심사가 아니었다. 가슴을 무겁게 짓누르는 막연한 그리움의 정체를 알고 싶었다. 그것이 소녀의 알몸인지, 비명인지, 소녀를 뒤쫓던 거친 사내들의 숨소리인지 소년은 정의내릴 수 없었다. 소년은 해가 기우는 곳으로 걸었다. 바위들이 듬성듬성 자리를 차지하고 있는 구릉지였다. 그곳 어딘가에 바위굴이 있을지도 모른다. 그곳에서 소녀의 흔적을 찾아보리라. 소년은 초원에 찍힌 어지러운 발자국을 보며 소녀가 그곳으로 갔을 거라고 확신했다. 소년은 갈대를 꺾어 피리를 만들었다. 그는 자신의 피리소리가 바람에 얹혀 양들의 귀에 들어가지 않기를 바랐다. 소년은 걷고 또 걸었다. 어제 오늘 아무것도 먹지 못했지만, 걷는 것을 포기할 마음이 없었다. 소년이 언덕에 닿은 건 해 질 녘이었다.

'바람이 만든 길이다.' 소년은 언덕에 이르러 자신이 걸어온 흔적을 더듬었다. 늪지대로부터 꼬박 반나절을 걸어 닿은 언덕은 전과 달리 소년에게 새로운 영감을 불어넣고 있었다. 소년이 걸을 때 발밑에 깔렸던 잡초와 이름 모를 꽃들, 주변으로 흩어졌던 작은 모래알갱이들, 놀라 달아났던 검은 새들, 고여 있다 흩어진 수증기들, 그들을 가르며 지나온 작은 길 하나. 소년은 그 길을 무심히 쳐다보다가 천천히 언덕으로 오르기 시작했다. 바람의 길이 끝난 뒤, 소년은 '돌들의 언덕'을 오르고 있다. 저 맞은편 언덕은 신들이 사는 곳일지도 몰라. 언젠가 '신들의 언덕'에 양의 피를 바치리라. 해가 지는 저쪽은 '태양의 흔적'이겠지. 그 뒤편에는 '파란 정어리의 바다'가 존재해. 소녀를 찾아가며 이 모든 것들에 이름을 부여하리라. 소녀에게도……. 그녀의 이름은 '푸른 피를 머금은 하늘'.

해가 완전히 사라진 뒤, 소년은 정상 조금 못 미친 곳에 반듯이 누운 소녀를 발견했다. 소녀는 입을 조금 벌린 채 표정 없는 눈으로 멀리 하늘 귀퉁이를 보고 있었다. 소년이 몇 마디 말을 걸어 보았지만 소녀는 대답하지 않았다. 소녀가 자신의 말을 알아들을 리 없다는 걸 깨달은 소년은 그날 밤부터 소녀의 곁을 지키기 시작했다. 소년은 바위 밑에 작은 움막을 지었고 밭을 일구며 채소를 심었다. 사시사철 향기로운 꽃을 꺾어 소녀의 몸 주변에 놓아두었다. 소년과 소녀는 함께 늙어갔다. 소년은 닭과 개를 치고 우물을 파고 벌처럼 일했다. 바람이 불고 비가 들이칠 때에도 소년은 소녀의 곁을 떠나지 않고 소녀의 얼굴을 닦아 주며 노래를 불렀다. 세월이 더 흘러 이웃들이 생기고, 골목엔 아이들 웃음소리가 자지러졌지만 소년의 굳센 뼈는 끝내 소녀를 떠나지 않았다.

늙은 골목의 기억

:

풀피리를 입에 문 소년이 천천히 언덕을 올라왔다. 기르던 새끼 양을 찾아 나선 참이었다. 소년은 철거 명령이 떨어진 뒤에도 할아버지와 마을을 지켰다. 소년에겐 돌아갈 곳이 없었다. 병든 그의 할아버지는 대대로 이 들판에서 양을 치던 목동의 후손이었다. 도시가 생기기 훨씬 이전부터, 그들의 조상은 신전 주변 풀밭을 오르내리며 양을 쳤다. 새끼 양들은 외지에서 온 순례자들에 팔려 제단에 오르기도 하였지만, 대부분은 젖을 짜는 용도로 쓰였다. 소년의 선조들은 양젖으로 치즈를 만들어 시장에 내다 팔았다. 도시가 생긴 뒤에도 그들의 삶은 수천 년 동안 이어져 온 그대로 이 언덕을 지켜왔다. 새로운 정부가 들어서고 퇴거명령이 떨어지기 전까지는 그랬다.

새끼 양은 포클레인이 갈아 엎어놓은 풀밭에서 한가롭게 풀을 뜯고 있었다. 양을 되찾은 뒤, 소년은 포클레인이 종일 파헤쳐 놓은 언덕을 구경삼아 돌아다녔다. 시에서 나온 관리와 인부들은 모두 집으로 돌아간 뒤였다. 작동을 멈춘 포클레인만이 거대한 삽날을 땅에 박아 놓은 채 육중한 몸으로 어둠을 받아내고 있었다. 그것은 마치 방금 전까지 살아 있다가 생명이 빠져 나간 거대한 육식 공룡의 등뼈를 연상시켰다. 소년은 발밑에 간지러운 뿌리가 돋는 걸 애써 떨쳐냈다. 아이들로 조용할 날이 없던 골목은 듬성듬성 파헤쳐져 옛 모습을 찾을 수 없었다. 소년의 부모는 수 년 동안 계속된 내전으로 죽었고 그나마 남아 있던 먼 피붙이들은 퇴거 명령과 함께 도시 외곽으로 쫓겨 갔다.

소년은 피리를 문 입술에 힘을 주었다. 갈대를 꺾어 만든 그 피리는 소리가 단순했지만 먼 곳의 양들까지 끌어 모으는 신비로운 힘을 지녔다. 소리가 골목과 골목, 골목을 따라 증식할 때 품속의 새끼 양이 풀쩍 바닥으로 뛰어내렸다. 새끼 양은 포클레인 삽날 밑으로 기어가 가만히 몸을 웅크렸다. 소년은 휘파람을 불며 양을 삽날에서 꺼내 들어올렸다. 그 순간 뼛조각 하나가 흙바닥에서 딸려 나왔다. 소년은 무릎을 굽힌 채 그것을 주워 올렸다. 누군가 요리해 먹고 버린 양의 뼈 같았다. 뼈는 검게 탄화됐고 가운데엔 구멍이 뚫려 있었다. 소년은 뼛조각을 귀에 대보았다. 빈 구멍 속으로 바람이 쉬쉬, 빠져나갔다. 소년은 뼛조각을 잘 묻어준 뒤 천천히 언덕을 내려왔다.

소년은 실핏줄 같은 골목을 훑었다. 저 먼 정어리의 바다를 건너가면 무엇이 있을까? 소년은 늪지대 쪽으로 시선을 가져갔다. 그 순간 소년은 어떤 소리를 들은 것도 같다. ……그것은 늘 어떤 소리로부터 시작되곤 했었지. 돌 하나가 바람에 무너지는 소리, 검은 새 한 마리가 허공을 찌르는 소리, 주둥이를 세워 앞으로 나아가는 두더지의 굳센 걸음, 꽃이 피어날 때 미세하게 갈라지거나 흔들린 허공의 틈으로 스미는 곤충들의 재빠름, 그 모든 움직임이 골목의 시작이었어. 길들은 저희끼리 다퉈가며 앞으로만 뻗어나갔지. 그것은 길들의 허무이기도 해. 그것들은 저희끼리 만나거나 헤어지며 낄낄거리지. 인간의 의지가 그것들을 돌려세울 순 있지만, 스스로 성장하기 시작한 뒤부터 그것들은 단 한 번도 제 과거를 잊어본 적이 없어. 그게 성장하는 것들의 운명이야.

소년은 분명히 기억한다. 어른 두 사람이 겨우 지나칠 정도로 좁아터졌던 골목은 매년 진흙을 덧발라 보수됐다. 거리엔 나귀의 똥이 넘쳤고 해질녘이면 늙은 여자들이 바구니를 들고 나타나 아직도 질펀하기 이를 데 없는 똥을 담아갔다. 밤이면 집집마다 난로에 나귀 똥을 집어넣어 불을 피웠다. 밀가루

반죽을 떼어 내어 화덕에 익힌 아에쉬(aish)와 양파와 콩, 토마토소스로 만든 쿠샤리(kushari)를 양푼에 담아 놓고 온 가족이 둘러앉아 저녁을 먹던 풍경도 기억난다. 옹벽마다 울타리콩이 기어올랐고 전신주에는 아이들이 날려 보낸 종이비행기들이 각질처럼 걸려 있었다. 골목은 일자리를 찾는 전단지 뭉치와 아이를 낳은 사촌을 축하하기 위해 몰려가는 가장들로 붐볐고, 라디오에 귀를 기울이던 청년들은 해가 지면 둘씩 셋씩 모여 앉아 토마토처럼 으깨질 혁명을 얘기했다.

소년은 이제 그 모든 것을 볼 수 없다. 그러나 소년은 그 모든 것을 기억한다. 소년의 기억 속에서 골목은, 마을은, 도시는 확장을 거듭할 것이다. 소년은 자신의 기억에 이름을 부여하기로 결정한다. 조상 대대로 내려오는 그대로 소년은 그 기억에 '돌들의 언덕'이란 이름을 부여한다. 아주 예날 이곳엔 크고 작은 돌들이 널려 있었을 것이다. 신전이 자리한 언덕은 '빛의 문'이다. 그 아래 다다다닥 붙은 집들의 골목은 '배암의 골짜기'라 부르리다. 마을이 들어서고 하나하나 옮겨져 신전 제단으로 쓰였을 그 돌들 밑에서 아이들은 태어나고 무수히 많은 이야기를 남긴 채 죽어갔다. 바람은 늪지대로부터 언덕 꼭대기까지, 저 너른 바다 너머의 소식까지 물어 날랐다. 이야기는 확장을 거듭하겠지. 어른 둘이 겨우 지나칠 정도로 좁았던 골목엔 콘크리트가 부어지고 조형물이 들어서고 황금빛 자동차가 지나가게 될 것이다. 소년은 그 모든 풍경 속에 영원처럼 서 있는 당신을 본다.

---

1) 이 단편은 이탈로 칼비노의 소설 「보이지 않는 도시들」민음사, 2012, 60p의 내용중에서 '추격 당하는 여인'을 모티브로 삼아 이후의 이야기를 확장하는 방식으로 쓰여졌다.

거미의 집

．．．

　나는……, 말하려 한다. 어느 비밀스러운 언어의 함구에 대하여. 자음 20개와 모음 11개로 이루어진 그 조합을 혹자들은 시(詩)라고 불렀다.

　하지만 나는 그것을 집[宇]이라 부르기로 한다.

1

　아는 사람은 알겠지만 '새벽마다 거울을 통해 시를 발견'하던 시인이 있었다. 낯간지러운 그 비유는, 그러니까 젊은 날 모 잡지와의 인터뷰에서 B가 무심코 내뱉은 그 말은 B의 일생을 관통하며 그를 상징하는 프로필 문장이 돼 주었다. '밤을 까맣게 밝히며 시를 쓴다'거나, '흰 여백 위에 꾹꾹 글자를 눌러 적는다'거나, '어느 날 시가 내게로'와 같이 촉수가 오글거리는 문장보다는 그래도 나은 편에 속하는데, 이후에도 B는 언론에 소개될 때마다 -다수의 시인들이 그랬듯- '언어의 행성에 유배 되'거나 '시 감옥에서 보낸 30년' 같은, 다분히 상투적인 수사를 자의 반 타의 반 어깨에 걸쳐야 했다.

시인은 한두 줄로 특성을 요약할 수 없는 존재들이다. 그럼에도 기사를 적거나 교재를 만드는 사람들에게는 시인을 한두 줄로 요약하려는 습성이 있는 것 같다. 내가 시작부터 이런 얘기를 구구절절 늘어놓는 이유는 나흘 전 받은 전화 한 통때문이다. 목소리의 주인은 자신을 B의 딸이라고 소개했다. 그녀는 감정 기복이 느껴지지 않는 차분한 목소리로 내게 '의뢰'를 해왔다. 2년 전 병으로 숨진 B가 생전에 쓴 마지막 시 한편을 찾아 달라는 것, 찾는 즉시 그 자리에서 시를 흔적도 없이 '파괴'해 달라는 것, 보수는 충분히 지급할 것이며 의뢰 사실을 비밀에 붙여야 한다는 것 등이 주된 요구 사항이었다.

"언젠가 일간지에서 당신에 대한 기사를 읽은 적이 있죠. 전직 비평가였다고……. 당신이라면 이번 일을 소리 소문 없이 처리해 줄 거라고 믿어요. 당신은 세상에 존재하는 불필요한 기억들을 삭제하는 분이잖아요. 더는 존재할 이유가 없어진……."

통화 말미에 여자가 덧붙인 수사는 듣기 거북한 것이었다. 일을 더욱 확실하게 처리해 달라는 주문이겠지? 2년 전 어느 일간지의 토요판 가십 코너에, '당신의 과거를 지우는 남자'라는 자극적인 카피와 함께 내가 하는 일이 A4 한 장 분량으로 실린 적이 있었다. 기록 삭제 대행업체인 〈절구 컴퍼니〉의 창업 동기와 서비스 종류, 비전 등에 대한 인터뷰 형식의 글이었다. 젊은 비평가로 활동하던 내가 돌연 평단에서 은퇴한 뒤 기록 삭제 업체를 차린 이유에 대하여 기자가 집요하게 질문을 던졌던 기억이 난다. 나는 진실이 결여된 언어들을 저주하기 때문이라고, 다소 도발적인 대답을 했던 것도 같다. 그 발언 때문에 기사가 나가고 친한 평론가들로부터 비아냥대는 소리를 들어야 했다.

"그러니까 네 말은 세상에 모든 언어는 가짜다, 라는 선언과 다를 바가 없는 거잖아. 언어의 대표적인 기능 가운데 하나인 자기표현과 기록의 가치, 미학적 차원의 문학 언어 모두를 부정하자는 건데, 그럼 언어가 세상에 존재할 이유가 뭐냐?"

특히 대학 동기인 C는 노골적으로 나를 비웃었다. 나는 대꾸하지 않고 술잔만 비웠다. 그럴 가치를 못 느꼈기 때문이다. 기자와 인터뷰를 하던 날 내 대답이 조금 엉뚱했던 것은 사실이다. 인터넷 공간에 무분별하게 남아 있는 개인의 흔적을 지우는 일과 '진실이 결여된 언어' 사이에는 분명 일정 괴리가 존재하니까. 그럼에도 대답을 그렇게 한 건 다분히 사적인 감정때문이었다. 텍스트에 대한 혐오랄까, 군이 시의 언어를 빌어 설명하자면 시인의 진솔함이 결여된, 삶과는 상관없이 오직 읽히기 위해 쏟아져 나오는 무수한 텍스트들, 가난한 자를 노래하지만 결코 가난하지 않은 시인들, 고통 없이 감각만으로 합성된 언어들, 습관처럼 집어넣는 외래어 한두 줄, 장식을 위해 끌어온 과한 비유들에 대한…….

"과거가 아니라 차라리 세상의 텍스트를 모두 지우겠다고 하지 그랬어…… 직설적으로 신화의 시대로 회귀하자고 하든 가. 왜 있잖아. 저 위에 사는 우스꽝스러운 신이 세상의 언어를 갈갈이 쪼개 보겠다고 소동을 부리던 시절……."

어차피 기자들이란 작은 꼬투리 하나를 잡으면 거머리에 밀대로 바람 불어넣듯 단어와 문장을 부풀리기 마련이다. 갓 창업한 회사를 홍보해야 하는 내 입장과 호기심을 자극할 기사거리를 찾던 기자의 이해가 맞물려 만들어진 가십성 기사였다. 비평계에서 은퇴한 것처럼 기사가 나갔지만 나는 은퇴한 게 아니었다. 다만 잠시 절필을 마음먹었을 뿐이다. 문단에서 연륜이 쌓여 권위 있는 위치에 오른 것도 아니고, 비평 작업을 오래 한 것도 아니어서 절필이란 단어를 차마 꺼내지 못하고 글을 안 쓰겠다고 얼버무렸던 것인데, 기자가 '은퇴'라는 단어를 끌어다가 기사를 창작한 것에 지나지 않았다.

어떤 동기로 회사를 차렸습니까? 기자가 상투적으로 물었을 때 나는 두 가지로 요약해서 대답했다. 첫째는 시장의 전망이 좋기 때문이다는 것. 옛 절구 모양의 이미지를 로고로 사용하는 〈절구 컴퍼니〉는 로고의 상징 그대로 본인의 의사와 상관없이 여기저기 떠도는 개인의 정보를 분쇄하는 일을 한다. 혼인을 앞두고 옛날 남자 친구와 찍었던 사진과 글이 온갖 인터넷 게시판에 복제돼 도저히 어떻게 손을 쓸 수 없는 지경에 이른 사람, 광고처럼 본인의 이력을 적시한 채 여기저기에 떠도는 구직 서류, 일일이 기억나지 않는 사이트로부터 자신이 쓴 글을 모두 삭제하고 탈퇴를 원하는 사람, 카페나 동호회 게시판에 남아 있는 주소록에서 자신의 정보를 지우고 싶은 사람 등이 주요 고객이었다.

두 번째 이유는 꽉 막혀 있던 나의 글쓰기 작업 때문이다. 신춘문예와 문예지 신인상에 동시 당선되며 화려하게 데뷔한 이래 2년 만에 젊은 비평가상을 받으며 잘 나가는 듯했지만 나는 곧 깊은 고민에 빠졌다. 분에 넘치는 주목에 우쭐한 나머지 자랑스레 휘두른 내 문장이 온전히 나의 것인가. 아니면 낯익은 목소리들의 재조합인가. 어느 날 문득 목구멍으로 치고 올라온 그 질문에 나는 대답할 수 없었다. 자랑스레 공부했던 푸코도, 데리다와 라깡도, 지젝, 들뢰즈, 소쉬르와 알튀세, 밤을 밝히며 마주했던 그들의 얼굴이 잔뜩 늙은 몰골로 내 앞을 가로막았다. 비평가라면 한번쯤 부딪히게 되는, 야구의 2년차 징크스 같은 것이라며 지인들이 위로의 말을 건넸지만 슬럼프는 계속됐다.

첫 책인 『펜을 쥔 그 손목을 잘라라』는 평론집 치고는 이례적으로 2만부 가까이 팔리며 문단 안팎의 주목을 받았다. 나는 패기 넘치는 신인답게 2천 년대 이후에 생산된 젊은 시인들의 시집 아홉 권을 분석하면서, 인류가 고안한 가장 예술적이며 미학적 가치를 지닌 문자 형식을 '21세기에 생산된 젊은 시인들의 시'로 규정했다. 하지만 이런 식의 규정 자체가 지니는 경솔함을 당시에는 놓치고 있었다. 라깡의 사물(das Ding) 이론에 자연주의 열풍을 적용하여 몇몇 젊은 시인들의 시를 분석하면서, 종교적 구원자를 찾아 헤매던 1990년대 시인들의 시가 21세기로 넘어오면서 친자연주의 서정시와 극단적 포스트모던으로 양분되고 있다고 분석한 나의 문장은 특히 낯뜨거운 것이었다.

첫 책을 내고 일 년 동안 일체의 글을 쓰지 않았다. 몇몇 원고 청탁을 몸이 아프다는 핑계로 거절했고, 신문 기고와 라디오 출연도 일정이 맞지 않는다며 넘어갔다. 같은 해 등단한 C는 내 빈 자리를 메우며 잘 나가는 중이었다. 녀석이 주목한 것은 하위문화였다. 나보다 일 년 늦게 평론집을 낸 C는 작가의 말에서 '하위문화가 대중의 지지를 받으며 대량 생산, 대량 소비의 길을 걷고 있음에도 주류 비평가들은 이런 문제들을 계속 무시해 왔다. 그러나 나는 서구 사상을 학습하며 재조립하는 데 시간을 빼앗기고 싶지 않다. 우리의 잣대로 문화의 정체를 분석하고 싶었다'고 가당찮게 선언했다. 하지만 아즈마 히로끼의 문장을 교묘히 빌린 녀석의 선언에 나는 콧방귀를 뀌었을 뿐이다.

2

이야기를 다시 B로 옮겨오자.

한국 문단에서 B만큼이나 특이한 이력을 지닌 인물도 드문데, 그를 구분 짓는 가장 큰 특징은 지금까지 단 한 권도 시집을 내지 않았다는 점이다. B는 일흔일곱에 죽었다. 그는 등단작을 포함하여 살아생전 108편의 시를 남겼다. 신문이나 문예지, 기타 잡지 등에 발표된 그 시들은 발표 지면 자체가 마지막 지면이 되었다. 이 문제에 대한 B의 생각은 확고했다. 시를 한번 발표했으면 그만이지 그것을 다시 묶을 이유가 없으며 자신은 그런 재생산을 단호히 거부한다는 것. B에 따르면 '최초 한 지면을 통해 시가 던져지는 순간에 시의 운명은 결정된다. 흩어진 시를 다시 묶는 행위는 식은 밥상을 다시 내놓는 것만큼이나 성의 없는 일이다. 시는 최초의 지면 속, 수많은 언어의 혼잡 속에서 개별적으로 자신의 빛을 내도록 설계된 문학 양식이며, 하나의 고유성 밑으로 집합되어 나란히 줄을 맞추게 될 때 시가 지닌 특수한 문장은 논객들에 의해 고정된 틀 속에 갇히고, 시의 언어는 개별적 빛을 잃고 복합 언어의 일부로 편입되는 오류를 범하게 된다'는 것이다.

그는 특히 정해진 날짜에 맞춰 시를 짜내는 방식을 혐오했다. 아무리 좋은 평가를 받는 시라도 짜낸 시는 무늬만 시지

시가 아니라는 게 그의 생각이었다. 시란 쓰이는 게 아니라 나오는 것이어야 한다고 그는 주장했다. 새벽녘 거울에 비친 제 얼굴을 천천히 뜯어보거나, 오래 씹으며 밥을 먹거나, 잠자리에 들어 가수 상태에 빠져 있거나, 혹은 개를 데리고 산보하거나, 그 모든 행위의 어떤 순간 인지하지 못하는 사이 언어들이 심연의 소용돌이 속 의식의 한 귀를 밀치고 올라와 인간의 혀를 움직여 자음과 모음을 조합하게 만들고, 그 무겁고 소중한 손으로 펜을 쥐게 만들어 방금 자신도 모르게 무심코 중얼거렸던 단어들이 암흑으로 둘러싸인 시인 내부의 어둠 속에서 마침내 하나의 문장이 되어 빛이 반짝이는 세계로 잉태될 때, 그 속에 한 아이의 생명과 같은 한 언어의 생명이 아직 탯줄도 끊지 못한 채 울음을 터뜨리게 되는 장소, 그곳이 바로 시인에게 허락된 최초의 지면이며, 그렇게 탄생된 시가 진실로 순정한 시라는 주장이었다.

혹자들은 탐미주의의 시각에서 그의 시를 분석하려 했으며, 어떤 이는 연계성이라고는 찾아볼 수 없을 정도로 각기 다른 B의 시편들을 포스트모더니즘의 테두리에 넣어보려고 무던 애를 썼다. 각각의 연과 연, 행과 행, 제목이 따로 노는 그의 시를 가리켜 어떤 이는 다다의 부활로 보았으며, 어떤 이는 설명할 수 없는 '미래적 시, 묵시적 시'라고 표현했다. 이런 논쟁에 대해서도 B는 노골적인 비웃음을 날렸다. 언어에 다다가 어디 있고, 유미주의가 어디 있으며, 포스트모더니즘은 무슨 해괴한 덧씌움인가? 시란 그 자체로 시일뿐이다. 그것을 설명하기 위해 괴상한 틀을 만들고, 그것이 마치 인류가 고안한 유일한 해답이라도 되는 양 떠들어대지 말고, 시를 언어와 단어가 조합하여 만들어내는 하나의 울림, 순간의 감정, 순간의 떨림, 순간의 느낌으로 받아들여라. 거기에 복잡한 수식을 동원하는 순간 그것은 자체의 순수미를 잃게 될 뿐만 아니라 시인에게도 굴레가 된다.

평자들을 다소 무시하는 듯한, 이와 같은 발언에도 불구하고 그의 시는 지금도 꾸준히 연구되고 있다. 그도 그럴 것이 108편으로 끝나버린 시력은 단순해서 좋고, 시를 특징지을 흐름이나 궤적이 없으니 특정한 이즘(ism)의 빚을 지지 않아도 되었으며, 결정적으로 특정한 그룹에 소속되어 있지도 않으니 여기저기 눈치 볼 필요도 없었다. 시인의 삶의 궤적과 시어의 일체성을 엄격하게 강조해 온 그의 평소 언행은 작가주의적인 관점에서 시를 분석할 수 있는 적절한 단초를 제공해 주기도 하는데 108개의 시를 남긴 이유 또한 종교적 의미로 받아들이는 이들이 많았다. 참선과 명상은 B를 따라 다니는 또 다른 수식어였다. 젊은 나이에 결혼해서 딸 하나를 두었는데 사생활도 깨끗했던 것으로 소문이 나 있다. 문단에서 주는 상은 대부분 거부했을 뿐만 아니라, 본인의 표현을 빌자면 "어쩔 수 없이" 상을 받았을 때는 상금을 가난한 후배 시인들을 위해 내놓는 미덕을 발휘했다. 문단과의 교류도 거의 없어서 그 흔한 문예지 편집 위원이라든지, 무슨 위원회의 위원 따위는 일체 맡지 않았다. 내가 B의 시를 석사 논문 텍스트로 삼은 이유 중의 하나도 접근의 편리성 때문이었다.

〈B의 초기 시에 드러난 마술성 연구〉라는 석사 논문은 사실 말을 꺼내기도 부끄러운 태작이다. 논문 제출 마감일에 쫓긴 나머지 지도 교수가 추천하는 대로 사방에 널린 B의 초기 시들을 끌어 모아 마술성과 연계된 문장들을 탈탈 털어낸 뒤 두 달 만에 700매 분량의 초고를 썼다. 소설 텍스트를 분석할 때 주로 논의되는 마술성이라는 단어를 시로 끌어왔음에도 B의 시가 지닌 다양성 때문인지 논문은 비교적 쉽게 통과되었다. 추측컨대 마술성이라는 단어가 주는 어감이 B의 시를 분석하는데 유용한 도구가 되었던 것 같다. B의 시를 설명하려는 시도는 많았지만 그의 시어들을 마술적인 시각에서 분석해낸 논문은 없었다. 석사 논문이 대학원에서 우수 논문으로 선정되어 장학금을 받았고, 그 덕에 나는 박사 과정에 진학할 수 있었다. 결과적으로 등단까지 하게 되었으니 -원했든 원치 않았든- 나는 B의 시에 빚을 지고 살아온 셈이다. 그날 밤 B의 딸이라는 여자의 전화를 받고, 시를 '파괴'하라는 그 이상하고도 설명할 수 없는 의뢰를 선뜻 받아들인 이유가 바로 여기에 있었다. 일도 일이지만, 우선 B에게 진 빚을 유족에게나마 대신하여 갚을 수 있기를 바랐다.

3

B가 세상에 마지막으로 남겼다는 시는 「거미」라는 작품이다. 죽기 몇 해 전에 썼다는 그 시를 나는 읽은 기억이 없었다. 석사 논문 이후 나는 B의 시와 거리를 두면서 상대적으로 젊은 시인들에 집중해 왔다. 그 편이 생존에 유리하다는 판단 때문이었다. 의뢰 전화를 받고 나서야 부랴부랴 인터넷을 뒤적이며 B의 마지막 시를 찾았다. 그러나 B의 마지막 시는 어디에도 텍스트가 공개돼 있지 않았다. C에게 전화를 걸어 「거미」의 자문을 구했다. 인터넷 상에서 하위문화 논쟁을 벌이며 대중문화 평론가로 영역을 확장 중인 C 또한 그런 시는 금시초문이라고 대답했다. 그 뒤에도 이틀간이나 '거미'를 찾아 사방으로 전화를 돌려 보았지만 대중이 제대로 기억하고 있는 B의 마지막 시는 107번째 시로 알려진 「오후의 식욕」이었다. 그 시는 누구나 알 만한 문예지에 발표되었는데, 노부부가 어느 오후에 마당에 앉아 흙 위에 서로의 그림자를 그리는 평범한 내용이었다.

"그러고 보니 이상하네. 그 노인네, 평소 108편의 시를 남기고 가는 게 소원이라고 떠들어댔잖아. 그렇다면 어딘가에 나머지 시 한 편이 존재한다는 얘긴데, 왜 다들 그 사실을 잊고 있었는지 모르겠어. 그건 그렇고 갑자기 그 시는 왜?"

"아무리 생각해도 이상해서 말이지. 내용을 기억 못하지만 마지막 시의 제목은 널리 알려져 있잖아. 너는 그 시 제목을 누구에게 들었지?"

"글쎄, 어느 망년회 술자리가 아니었을까. 아니면 B의 장례를 치르던 날이었는지도 모르겠군. 워낙 신비한 인물이었잖아. 발표하는 시마다 화제가 됐지만 제대로 대중 앞에 나서는 걸 본 기억도 없고, 죽고 나서도 한동안 온갖 추측들이 떠돌았지."

전화를 끊고 다시 인터넷 공간을 샅샅이 뒤졌다. 정보가 아예 없는 건 아니었다. 세간에 익히 알려진 이야기, 그러니까 B가 죽기 전까지 108편의 시를 남겼으며, 마지막 시의 제목이 「거미」라는, 판에 박힌 소개 글들은 그럭저럭 여기저기 남아 있었다. 최초에 누군가 정리해 놓은 이야기 하나가 거듭해서 인용되고 있는 양상이었다. 2시간 가까이 인터넷을 뒤지다가 나는 이상한 사실 하나를 발견했다. 비단 마지막 시뿐만이 아니라 다른 시편들도 거의 눈에 띄지 않았다. B의 명성에 비해 인터넷에 깔린 정보는 이상하리만치 빈약했다. 마치 누군가 조직적으로 B의 시를 삭제하고 있는 것 같았다. 나의 이런 예감은 의뢰인을 만나면서 놀라운 사실로 현실화되었다.

"왜 이제야 그 사실을 눈치채셨는지 모르겠네요. 논문까지 쓰셨다는 분이. 사실 좀 됐거든요. 아버지의 시들이 사라지기 시작한 거……."

50대 초반으로 보이는 딸은 B와 전혀 닮지 않은 얼굴이었다. 길거리에서 언제든 마주칠 수 있는 평범한 차림새에 약간은 피곤에 찌든 얼굴이었다. 지병으로 편두통이라도 앓고 있는지 왼쪽 눈 주변을 찡그린 채 일어설 때까지 펴지 않았다.

"시들이 사라져요? 설마, 누군가 일부러 그걸……."

여자가 고개를 끄덕였다.

"아버지의 유언이었어요."

놀랍게도 B는 죽기 전날, 세상에 존재하는 자신의 시를 모두 찾아서 불태우라고 유언했다는 것이다. 그녀 역시 뒤늦게 알게 된 사실인데 B는 죽기 몇 년 전부터, 그러니까 마지막 시 「거미」를 발표한 직후부터 자신의 시들을 다시 회수하는 작업을 비밀리에 진행해 왔다고 한다. 일차적으로는 시가 적힌 친필 원고가 회수 대상이었다. 그는 친필 초고를 제자들에게 선물하기도 하고, 편집자에게는 우편으로 보낸 것으로 알려져 있다. 시를 회수하는 그의 작업은 집요할 정도로 계속됐다. 자신의 시가 실린 과거 문예지들을 닥치는 대로 수집했을 뿐만 아니라, 인터넷 상에 복제된 시들까지 저작권에 대한 권리를 들이대며 일일이 삭제를 요청했다. 그 우스우리만큼 무모한 작업은 B가 죽은 뒤에도 딸에 의해 계속됐고, 마침내 단 한 편의 시만 남을 때까지 107편의 시가 대중이 인지하지 못하는 사이 세상에서 조용히 사라져 간 것이다. 심지어는 도서관에 소장된 잡지나 문예지에 수록된 시들까지 우연을 가장하여 낱장이 교묘하게 훼손된 상태로 B의 흔적이 지워졌다.

"도대체 왜? 혹시 그럴 만한 특별한 이유라도……."

나는 믿을 수 없는 이야기 앞에서 고개만 저었다.

"글쎄요. 이미 활자화된 것들은 시가 아니라고 생각하신 모양이죠. 평소 언행을 보건데, 아버님은 문자를 통해 기록된 언어를 혐오했던 것 같아요. 내뱉어지고 자연 속에서 소멸해 버리는 순간의 발화에 집착했던 분이죠. 물이 흘러갈 때, 새가 지저귈 때 그 소리들은 그 상태로 소멸해 버리잖아요. 아버님은 시라는 이름으로 세상에 나온 자신의 모든 순간이 기억되지 않고 흘러가 버리기를 바랐던 것 같아요……."

알 것도 같고 모를 것도 같은 대답이었다.

"그럼 마지막 시는 발표 지면이 어떻게 되죠? 도서관이고 인터넷이고 당최 정보가 없어서……. 혹시 특수한 전자 파일 형태로 발표된 시인가요? 왜 있잖아요. 인터넷 웹진이라든지, 인터넷 서점에서 독자들을 대상으로 무료 서비스하는……."

"아녜요. 그 정도라면 제가 처리했겠죠. 거미는 좀 더 특별해요. ……, 그 시는 쉽게 없앨 수 없는 형태로 존재해요. 시에 대한 나름의 이해가 필요한 신데……. 당신이 직접 작업해주길 바라는 이유이기도 하고요."

"쉽게 없앨 수 없는 형태라면……, 혹 거리 두기가 필요하다는 말씀인가요?"

"그럴지도 모르죠. 그 시는 어떤 시보다도 세상에 존재해서는 안 되는 시였어요. 아버지의 마지막 부스러기 같은……. 그래서 하는 말인데 철저하게, 흔적을 남기지 말고 파괴해 주세요."

아무래도 엉터리 수작 같았다. 죽기 전 노망이라도 난 B가 제갈량 흉내를 내며 자신의 시 원본에 복잡한 문진이라도 설치해 놓았단 말인가? 설령 암호 장치가 돼 있다고 해도 해킹한 방이면 뚫리고 마는 것이 그런 류의 인터넷 프로그램들이다. 어쩌면 보다 근본적인 이유가 숨어 있겠지. 전자 파일을 삭제하거나 원본을 회수해서 불태우는 행위로 해결되지 않는, 특별한 무엇이 있을 것이란 생각이 들었다. 의뢰인은 언어가 가진 이중적인 의미를 알고 있을 것이었다. 파괴라는 단어는 함부로 쓸 수 있는 단어가 아니니까. 단순히 시 한 편을 삭제하는 것이 아니라 진짜로 시를 '파괴'하게 될지도 모른다는 예감 속에서 나는 마침내 B가 남겼다는 마지막 시와 대면하게 되었다.

거미

불타는 저녁
부질없는 허공!

"이거예요."

대학 노트 한 페이지를 되는대로 쭉 찢어 휘갈겨 쓴 평범한
시였다.

"몸이 한창 안 좋을 때 발표한 거라서……."

"어느 지면에 발표를 했습니까?"

"설명하자면 좀 복잡한데, 이 시는 지면에 발표되지 않았어
요."

예상한 대로였다.

"그럼 인터넷 웹진에 게시한 모양이군요?"

"아뇨!"

그녀가 왼쪽 눈 근육에 힘을 주었다.

"이 시는……, 어떤 여자에게 읽어 준 거예요."

"여자……, 읽어 줬다고요?"

최근에 들은 이야기 중 가장 흥미로운 사연이었다.

"뒤에 주소가 적혀 있어요. 가서 회수해요, 원본을!"

"지금 제가 들고 있는 종이가 원본 아닌가요?"

"아니에요. 집과 침대 등, 여자와 그 여자를 둘러싼 모든 것!"

"집과 침대라고요? 당최 무슨 말씀인지……."

그녀의 말을 대강이나마 이해하기까지는 조금 시간이 걸렸다.

"저를 실망시킬 참인가요? 아버지가 한 여자를 위해 지은 집, 아버지가 내 어머니의 곁을 떠나 5년 동안 머물렀던 그 집에 여자가 웅크리고 있어요. 파괴해 주세요. 남김없이."

그녀가 찡그린 얼굴을 풀지 않은 채 주문했다.

"그런 일이라면 아무래도 번지를……."

나는 종이를 접었다 폈다 반복하며 말까지 더듬었다. 나는 그녀가 꺼내 놓은 말의 숨겨진 의미를 섣불리 짐작할 수 없었다.

"풋, 제 말을 오해하신 모양인데 그까짓 사람 목숨 하나 어찌하는 일이라면 벌써 해결이 됐게요. 여자를 구해야 해요. 여자는 그 집 속에 고립돼 있어요. 아시겠어요? 가련한 그 여자를 아버지가 구축한 콘크리트 집에서 구해야 한다고요."

시를 파괴하고 여자를 구한다?

"정말로 이해가 안 가는 건, 그러니까 아버님이 정말 그런 유언을 했습니까? 자신의 시 전부를, 마지막 시까지 전부 흔적을 지우라고……."

그녀가 나를 뚫어지게 쳐다보았다.

"틀림없어요. 녹음까지 돼 있는 걸요. 아버지는 자신의 시가 지상에 남아 있는 것을 원하지 않았어요. 그것이 어떤 형태로든, 그게 진실입니다."

4

「거미」는 경기도 파주의 한 시골, 마을로부터 2킬로미터 정도 떨어진, 외진 계곡에 자리를 틀고 앉아 있었다. 열두 칸으로 견고하게 지어진 지상 2층 구조에, 옥상에 가건물 한 칸을 더 얹은 형태였다. 일층엔 주방과 욕실, 침실 등의 생활 편의 시설이, 2층엔 수천 권의 책이 빽빽하게 꽂힌 세 칸 서재를 비롯하여 영화를 감상하거나 음악을 들을 수 있도록 방음시설이 갖춰진 별도 시설이, 옥상엔 차나 술을 마실 수 있게 설계된 미니 바 한 칸이 한 편의 익숙한 시처럼 오밀조밀 연과 행을 이루고 있었다.

비록 그것이 콘크리트로 지어진 건축물이라고 해도 나는 기록을 지워 달라는 고객의 요구를 충실히 수행해야 했는데, 그 결과로 또 다른 친구인 A를 이번 작업에 끌어들였다. 알려진 바에 의하면, 마지막 시는 지면이 아니라 한 여인에게 헌사되었다. 유족들의 주장대로라면, 여인은 시인과 함께 했던 건물에서 지금껏 홀로 살고 있다. 유족들은 그 마지막 시가 파괴, 혹은 회수되기를 강력히 원했다. 아버지의 시를 듣고 기억하고 있을 한 여인을 비롯하여 최초 아버지의 시가 목소리로 울려 퍼졌을 마지막 공간까지, 깡그리 지워지기를 원했다. 그것은 유족의 뜻이자 B의 유언이었다……

군대 동기인 A는 중장비 자격증을 딴 뒤 공병대에서 굴삭기를 몰았고, 재대 후부터는 굴삭기를 직접 구입해서 혼자 영업을 하고 있었다. 낡은 집을 해체해 주거나 집터를 고르는 작업을 주로 맡아 했으며, 때론 문중 선산으로 불려가 사람의 관이 넣어질 자리에 굴삭기 삽날을 깊게 집어넣기도 했다. 말하자면 이런 종류의 일에 제격인 인간이었다. 〈절구 컴퍼니〉는 아웃사이더로 활동하는 몇몇 해킹 전문가들을 비롯하여 개인 정보를 취급하는 통신 회사 간부들, 알 만한 부서의 정부 부처 공무원들을 비싼 대가를 지불하며 비공식 자문 그룹으로 두고 있었는데, 그들이 하는 일이란 법의 테두리 안에서 해결할 수 없는 일들을 처리해 주는 것이다. 굴삭기 A도 그런 역할을 맡게 된 셈이었다.

"이거 지은 지 10년도 안 돼 보이는데. 이걸 도로 부수란 말이지? 정말 아무 문제도 없는 거야? 집주인 허락을 받았느냔 말야. 참 내 정신 좀 봐. 집주인 허가가 무슨 소용이야. 요즘엔 말야. 망실 신고를 하지 않으면 집주인도 맘대로 못 건드려."

A가 검게 그을린 팔을 흔들어 건물을 가리켰다.

"저건 건물이 아냐. 한 편의 시야."

나는 뒷짐을 진 채 심각하게 대답했다.

"무슨 소리냐? 임마, 너 돌았냐?"

"너 같은 놈이 알 도리가 없지. 뒷일은 내가 책임질 테니 저 걸 없애."

"부수라면 못 부술까. 한데 안에 사람 없지?"

"응. 현재로서는."

정말이었다. 나는 친구보다 한 시간 먼저 현장에 왔다. 도착 하자마자 초인종을 눌러 진입을 시도했다. B의 딸이 한 증언 과 달리 집에는 아무도 없었다. 옥상부터 일층까지 각각의 방 을 샅샅이 뒤져 보았지만 여자의 흔적은 찾을 수 없었다. 무엇 을 끓여 먹은 흔적도, 아침에 치약을 짰거나 비누를 사용한 흔 적도 없었다. 사람이 잠시 머물다 가는 펜션처럼 특별히 값나 가는 가구도, 촘촘히 걸린 옷 같은 것도 찾을 수 없었다. B의 딸이 뭔가 오해를 한 모양으로 명백히 사람이 살지 않는 빈 집이었다.

"그럴 리가 없을 텐데. 분명히 그 여자의 그림자가……. 몇 번이나 본 걸요. 해질녘이면 옥상 통유리 안에 앉아 멍하니 밖 을 바라보고는 했어요. 전화를 걸면 신경질적으로 끊기를 반 복했지만 아주 오래 전엔 통화를 한 적도 있고……."

전화로 사정을 알리자 B의 딸은 이해가 안 된다는 반응이었다.

"노트를 찢어 휘갈겨 쓴 그 마지막 시, 그건 어디서 났죠?"

"아버님이 돌아가시기 직전에요. 유언과 함께 아버지가 직접 주신 거예요. 어디, 어디엘 가면 이런 집이 있다, 거기 한 여자가 갇혀 있을 거라고."

"집안을 다 뒤져 보았지만 그런 여자를 발견할 수 없었어요. 그래도 집을 파괴하고 싶습니까?"

B의 딸이 신경질적으로 대답했다.

"눈에 띄진 않아도 분명 그 공간 어딘가에 있다니까요. 먼지가 될 때까지 철저하게 부숴요. 이미 계약서도 그렇게 쓴 것 같은데. 당신에겐 이 일에 대하여 아무런 책임을 지우지 않는다고 약속했잖아요……."

"나야 그렇지만 그쪽은 책임을 못 면할 텐데요."

"방법은 많아요. 잔해에 불을 지를 수도 있고, 또 지진이 일어났을 수도 있잖아요. 그냥, 뒷수습은 걱정 말고 모조리 흔적을 없애 주세요."

친구가 굴삭기 삽날을 허공으로 들어올렸다. 삽날이 옥상 바 통유리를 통통 쳐대는 동안, 더 정확히는 글자 '불'을 살짝살짝 쳐서 무너뜨리는 동안 나는 「거미」의 문장을 음미해 나갔다. 불타는 저녁과 부질없는 허공 사이엔 어떤 연관이 있을까? '거미'가 제목인 것으로 보아 시인은 어느 저녁 허공에 집을 짓는 거미를 보았으리라. 그런데 왜 불타는 저녁일까. '부질없는'은 거미의 행위를 의미하는가, 아니면 시인의 심상인가. 그도 아니면 시인의 인생인가. '불타는 저녁'도 마찬가지다. '불타는' 주체는 허공에 집을 짓는 거미인가, 허공에 집을 짓는 거미를 목격한 시인의 심상인가. 그도 아니면 시인의 인생인가. 두 문장은 서로 연결되는가, 아니면 별개인가. 거미와 저녁과 허공은 서로 연결된 심상인가. 개별화된 이미지인가, 아니면 아무 뜻도 없는 단어의 나열인가.

기호적 차원에서 '허공'은 수직의 상층부에 위치한다. '저녁'은 활동성을 지닌 태양이 자취를 감추기 직전의 시간이므로 그것은 순환을 상징하되 소멸로 가 닿는다. 허공의 한 지점과 순환하는 원의 만남, 수직과 원이 교차하는 지점에 거미 한 마리가 놓여 있다. 그러나 이는 실체가 없는 공간이다. '부질없는' 허공은 곧 무너질 공간이며, 따라서 의미 없는 공간 영역에 속해 있다. 의미 없는 공간에 집을 지었으니 거미 또한 허상이다. 허상의 거미를 두고 해를 감추기 직전의 저녁은 불타고 있다. 저녁 자체는 상념을 지닌 사물이 아니므로 이 역시 심리적 영역에 속한다. 수직과 그것을 둘러싼 원으로 이루어진 시의 기호들은 상념과 관념의 세계 속에서 기호를 잃고 소멸해 버린다. 포악한 어둠이 그것들을 집어 삼킬 것이기에 그렇다. 그러나 그 자체로 그것들은 소멸하는가? 어둠 속에서 허공의 거미가 여전히 제 집을 늘려 가리라는 점을 시인은 어째서 무시해 버렸을까.

　이런 생각에 잠겨 있을 때 날카로운 삽날이 가볍게 '불'을 허물어 버렸다. 그것은 실상 건물 옥상에 가건물처럼 설치된 것이어서 별 저항도 못하고 약간의 먼지만 남긴 채 2층 위로 엎어졌다. A는 능숙한 솜씨로 운전을 계속하여 2층에 얹힌 '불'의 흔적들을 마당으로 긁어 내렸다. 마지막 유리창 한 조각이 발악하듯 햇볕을 튕겨내며 마당으로 떨어져 내릴 때, 아주 잠깐 여자가 일층 창문으로 고개를 내밀었던 것도 같다. 그러나 정확한 장면은 아니다. 나는 다만 환영처럼 뼈가 앙상한 한 여자의 옆모습을 스치듯 본 것인데, 그러거나 말거나 A는 2층 해체 작업에 몰두해 있었다. 「거미」라는 이름으로 구조화됐을 때, 빼어난 건물이라고 할 수는 없어도 그냥저냥 봐 줄만 한 건물이었다. 수령이 오래 된 소나무를 배경으로 건물 앞에는 얕은 개울까지 흘렀다. 뿐만 아니라 소나무 뒤편으로 나지막한 산과 맞닿은 곳엔 백 여 평가량 되는 대숲까지 조성돼 있어 도시의 소음을 잊고 며칠쯤 묵어가도 좋을, 그런 집이었다. 그러나 민둥산처럼 이마가 헐린 「거미」는 이제 그 무엇이라고 지칭하기 힘들 정도로 흉한 몰골로 무너져 내리고 있었다.

　서재로 쓰이던 '타는 저'와 방음이 된 '녁'도 순차적으로 '불'의 뒤를 따랐다. 견고한 콘크리트 건축물이라던 딸의 예상과 달리 조립식 판넬로 마감된 외벽은 너무도 쉽게 허물어졌다. 문짝이 덧대어진 형태의 판넬들은 도미노들처럼 저항 없이 넘어갔다. 나름 균형을 이루었던 문장들은 그것의 단단한 배치가 무너지자 형편없는 허술함을 드러냈다. A는 확실히 숙달된 굴삭기 운전수였다. 1층을 보존시킨 상태에서 2층을 한 칸씩 무너뜨린 뒤 이번에도 굴삭기 삽날 끝을 이용하여 지켜보는 사람이 감칠맛을 느낄 정도로 살근살근 2층의 폐허들을 마당으로 끌어 내렸다. 5천 권쯤 되는 서재의 책들이 일시에 와르르 쏟아져 내리는 모습은 특히 압권이었는데, 만약 B가 살아서 그 모습을 보았다면 어떤 표정을 지었을지 못내 궁금했다. A는 담배를 빼어 입에 문 채 콧노래를 부르는 중이었고, 나는 '불타는 저녁'이 사라진 「거미」, 이제 「거미」랄 수도 없는 그것을 올려다보는 중이었고, 여전히 집안에 갇힌 그 여인이 비명을 지르며 뛰쳐나오길 내심 고대하며 남은 어구를, 아니 시를 이루고 있었던, 혹은 이루었던 구조물을 유심히 살폈다.

2층을 완전히 해체한 뒤 A는 굴삭기에서 내려와 詩의 잔해에 오줌을 누었다. 나는 아수라처럼 잘려 나간 폐허를 내려다보았다. 아까의 서늘하던 눈길이 떠올랐다. 도대체 저 '시' 속에 웅크린 여인은 누구란 말인가? 일방적으로 딸의 주장을 수용할 생각은 애초에 없었다. 그렇지만 못내 궁금했다. 시인과 여자 사이엔 어떤 사연이 숨어 있을까. 그것은 B의 딸이 알려준 「거미」의 문장과는 비교도 할 수 없는 것이겠지. 지나치게 짧은 「거미」의 숨겨진 행간이, 혹은 2연이, 아니면 그것을 전복시킬 새로운 시가 108번이라는 숫자를 뛰어넘어 백아홉 번째, 백열 번째 시로 여자의 몸속에 더 숨어 있는지도 모르겠다. 시인은 세상에 껍질처럼 내던진 108개의 시들을 삭제하는 대신, 진짜 시 하나를 여자의 몸에 숨겨 놓은 것이 아닐까. 백여덟 개의 시를 대신하고도 남을 단 한 편의 시를!

굴삭기는 어느새 일층 처마를 부수고 있었다. 나는 또다시 어떤 여자의 환영을 본 것도 같았다. 나는 정수리가 뻥 뚫린 건물 내부로 급히 뛰어 들어갔다. 역시나 아무도 없었다. 분명히 창가에 기댄 여자의 긴 머리카락을 본 것도 같은데……, 주방에도, 욕실에도 여자는 보이지 않았다. 애초에 그런 여자는 없었다는 듯이. 내가 옆모습뿐이던 한 여자의 그림자를 부지런히 상상하는 동안에도 친구의 손놀림은 계속됐고, 허술하게 지어졌던 2층짜리 건물은 오래지 않아 폭삭 무너져 내렸다. 친구는 일층의 잔해들을 굴삭기 삽날로 하나하나 뒤집어 끌어냈다. 마치 내 심중을 간파하고 있다는 듯이. 그리하여 석회가 뿌려진 신석기 시대의 집터처럼 「거미」를 이루었던 구획의 흔적이 어렴풋이 드러났을 때, 친구와 나는 거의 동시에 보고 말았다. 그것은 주방 자리로부터 밑으로 이어진 지하실 계단이었다. 나는 설계도나 다름없는, 첫 만남 때 찻집에서 B의 딸이 건네 준 프린트 종이를 펼쳤다. 맙소사! 2행만으로 문장이 다 끝난 게 아니었다. 행간 끝에 '!'표 하나가 더 있었다.

"지하실인가? 설마 여기에……."

나는 미친놈처럼 혼자 중얼거렸다. 나는 삽을 가져와 계단을 파내려 갔다. 역시나 나무로 된 출입문이 모습을 드러냈다. 마치 우물 뚜껑을 덮어놓은 것 같았다. 두 무릎을 꿇고 앉아 출입문에 귀를 대 보았다. 안에서는 아무런 소리도 들려오지 않았다. 두 손을 손잡이로 가져갔다. 어떤 일을 보게 될까? 한때 B의 애인이었을지도 모를 여자가 눈을 찡그린 채 걸어 나오게 될까. 아니면 여자가 숨겨 놓은 진짜「거미」가 무겁고 탁한 걸음걸이로 기어 나와 허공으로 꽁무니를 치켜든 채 흙투성이 언어의 가락을 뽑아낼까. 평생에 걸쳐 자신이 만들어 놓은 우상을 스스로 허물다가 떠난 시인 B. 그가 남겨 놓은 마지막 불협화음일지도 모르는 그것, 본래 모양도 없고 형체도 없던 그것, 조합되지 않은 개개의 낱말로 존재했던 그것, 그러나 이름을 부여받아 욕망이 되고 만 그것…….

손잡이를 쥔 손에 힘을 주었다. 나는 보아야 한다. 멈추어진 나의 언어, 나의 언어를 회생시킬 힘이 그곳에 들어 있기를 바랐다. 절필 선언 이후 나는 문장이라는 이름으로 끼적인 모든 텍스트들에 대하여 일종의 혐오를 지녀왔다. 〈절구 컴퍼니〉를 차려놓고 내가 비밀스럽게 진행해온 일을 아는 사람, 그러니까 오프라인은 물론이고 인터넷 공간 곳곳에 흩어져 있는 내 글들이 거의 남김없이 사라져가고 있음을 눈치 챈 사람은 없을 것이다. 익명의 개인들이 의뢰하는 정보 삭제 요구란 사실 어려운 일이 아니다. 굳이 업체에 의뢰를 하지 않아도 마음만 먹는다면 대부분의 글을 찾아서 지울 수 있다. 하지만 전문적인 글들은 다르다. 이를테면 학회지에서 유료 서비스되는 PDF 파일 형태의 문서 같은 것들. 많은 시간과 노력을 들인 결과 나는 내가 쓴 글들 대부분을 세상에서 지워내는 데 성공했다. 내 글들이 모두 지워지는 그 순간 나는 새롭게 쓸 수 있게 될 것이라 믿었다.

B도 같은 마음이지 않았을까. 유감스럽게도 죽음이 그를 데려갔지만 말이다. 글의 운명이란 본래 그런 것이다. 문장들은 소멸되기 위해 존재한다. 그것이 생명력을 부여받고 계속해서 곁가지를 치게 될 때, 그것이 지녔던 애초의 '어떤 순간'들은 그 의미를 훼손당하게 된다. 그것들은 불필요한 권력을 낳고, 자본을 끌어 들이고, 피곤한 재생산에 앞장서게 된다. 복제된 그것들은 진정한 의미에서 처음의 순간이 아니다. 「거미」도 마찬가지일 것이었다. B는 마지막 시를 직접 여자에게 읊어 주었겠지. 한 명은 소파에 기대 앉아 눈을 감은 채 시를 음미하고, 또 한 명은 입술을 달싹여 발음을 공명했을 것이다. B가 입술을 움직여 가며 '거미' 하고 발음하던 그 순간, '불타는

저녁'하고 발음하던 그 순간, '부질없는 허공'하고 발음하던 그 순간, 우리는 그 순간의 벌어진 틈에 대하여 알지 못한다. 그러므로 우리는 그 시에 대하여 안다고 말할 수 없다. 다만 추측할 수는 있겠다.

거미, 하고 시인의 입술이 공기를 쪼개며 파절할 때, 시인의 입술을 빠져나온 공기의 흔들림이 부드럽게 커튼에 부딪히고, 여자의 이마에 내려앉았다가, 여자의 갈색 머리카락 자락을 훑은 뒤 허공으로 분산되었으리라. 그날의 그 숨결, 그날의 들숨과 날숨, 그날 방안 곳곳으로 흩어진 언어에 대하여 우리는 말할 수 없다. 그 순간, 그 한 순간을 위하여 「거미」는 소임을 다했으리라. 종이에 적힌 원본은 껍데기에 불과할 뿐이다. 애석하게도 B는 그 사실을 몰랐던 것 같다. 나처럼 내가 세상에 어지럽게 던져놓은 내 텍스트에 대한 혐오 때문에, 자신의 시를 회수한 게 아니라면, 그의 작업은 부질없는 말년의 노정으로 치부될 수도 있겠지. 시인의 말대로 시는 날것으로 던져진 그 순간, 그 자체로 존재했다가 사라진다. 그렇다면 그 이후의 것들은 처음의 그것, 날것 이미지로서의 시는 아닐 것이다. 그런데 B는 무엇을 위해 자신의 흔적 지우기에 집착했을까.

나는 문을 열고 지하실 내부로 발을 들여 놓았다. 두 평쯤 되는 공간이었다. 공간은 비어 있었다. 아니, 정확히는 잔뜩 웅크린 어둠과 짓눌렸던 공기와 그 속에서 막 쏟아져 들어오는 바깥의 빛줄기에 눈을 찡그린 한 여인을 보았다. 그녀는 간절한 눈빛을 하고서 허공을 보고 있었는데, 나를 보는지는 확실하지 않았다. 그녀는 알몸이었다. 내가 가볍게 몸을 어루만지자 그것은 형체도 없이 바스라졌다. 새끼들에게 등을 내주고 바람이 되어 흩어지는 허공의 거미처럼, 자신의 전부였던 한 세계가 사라져 버렸을 때 그녀는 물가에 누워 허공을 응시하던 오필리어처럼 저물어가는 자신의 시간을 올려다보았으리라. 그러다가 박제가 돼 버렸는가. 그녀에게 마지막 시 같은 것은 아무것도 아니었을 것이다. 그녀의 눈빛이 그렇게 말하고 있었다. 그녀 자체야말로 어떤 굴강한 굴삭기로도 무너뜨릴 수 없는, 한 편의 간절한 시였다……. 108번째 시는 그것이 만들어 낸 헛물이었다. 생각이 거기에 닿았을 때 나는 비로소 「거미」의 덫에서 빠져나올 수 있었다.

5

나……는 말하려고 한다. 내가 아는 어느 비밀스러운 언어의 함구에 대하여. 홀로 어두워져 가는 저녁에 관하여, 밤의 은밀한 노래들을 향하여, 움직임 없는 소리들에 대하여, 흩어진 언어를 끌어 모으는 어느 시인의 새벽 투쟁과 별처럼 빛나는 어떤 순간의 발화를 향해, 작은 소리로 콧노래를 흥얼거려

본다. '불타는 저녁 부질없는 허공!', 이것은 한 편의 시인가, 또한 노래인가. ㅂㅜㄹㅌㅏㄴㅡㄴㅈㅓㄴㅕㄱ ㅂㅜ ㅈㅣ ㄹㅇ ㅓ ㅂㅅㄴ ㅡㄴㅎㅓ ㄱㅗㅇ! 자음 20개와 모음 11개로 이루어진 이 문장을 혹자들은 「거미」라고 부른다. 그렇다. 이것은 시가 분명한데, 그러나 이것의 텍스트는 아직 세상에 알려지지 않았다. 아니, 굳이 알려질 필요가 없겠다. 하여 나는 이것을 "집"이라고 부르기로 한다. 그 집에 갇혔던 한 여인이, 혹은 한 사내가 중얼거리는 소리를 나는 이와 같이 들었다.

옴, 바라마타리아

1

1977년에 태어나 2012년에 죽은 한 예언자의 이야기라.

추종자들에 따르면, 그는 출생부터가 범상치 않았다. 몇 년 전에 골프장으로 변한 강원도 어느 화전민 마을이 그의 고향이 되겠다. 대개의 설화가 그렇듯, 아이가 출생하기 전부터 마을엔 신이한 징조가 끊이지 않았다. 두꺼비 수십 마리가 저녁마다 땅 위로 기어 나오거나 황금빛 새가 날아들었다는 식의, 밑도 끝도 없는 에피소드가 그것이다. 당일 아침에도 칠색 무지개가 나타나 낡은 너와집을 휘감았다. 사물의 조화로운 움직임에 부흥하듯 어머니는 날이 새자마자 산통을 느꼈다. 아이는 두 시간쯤 뒤에 우렁찬 울음을 달고 세상에 나왔는데 탯줄을 왕관처럼 머리에 감은 채였다. 아이의 기운이 강했던 나머지 어머니는 태반이 배출되기도 전에 호흡 곤란으로 숨졌나니, 믿거나 말거나 한 이 상투적인 탄생 설화는 경전에 정식으로 실려 그럭저럭 한 종교가 모양새를 갖추는 데 일조하게 된다.

탄생 설화가 이처럼 구체적임에도 예언자의 유년에 대해선 별로 알려진 게 없다. 그 결과 온갖 추측과 설이 난무하게 되었다. 아버지가 죽자 암자에 맡겨졌다가 20대 중반에 파계했다는 소문이 있는가 하면, 군대에서 장기하사관으로 복무하다가 사고를 쳐 강제 전역했다는 이야기도 떠돈다. 그중 압권은 아버지를 죽이고 옥살이를 하다가 뒤늦게 형기를 마치고 출소했다는 그럴듯한 소문이다. 증언자는 한때 감방 동기였다고 주장하는 아무개로, 나름 신빙성 있는 증언이었지만 나는 그의 주장을 채택하지 않았다. 예언자가 죽기 직전 집필이 완료된 그에 관한 전기, 혹은 경전에는 일곱 살 때 아버지가 세상을 뜨자 인간의 삶과 죽음, 생에 대한 자기 연민으로 길을 나선 예언자가 스물네 살 때까지 전국 방방곡곡을 떠돌며 고뇌와 자기 성찰의 시간을 보냈다고 기록되어 있다. 내가 임의로 지어낸 그 에피소드에 대하여 교단 관계자들은 지금껏 한번도 토를 달지 않았다.

2

예언자의 본명은 알려진 바 없다. 데뷔 초, 사람들은 그를 '지리산 청년'이라고 불렀다. 그는 스물네 살이 되던 해 잡지 한 귀퉁이를 장식하며 세간에 얼굴을 알렸다. 추종자들에게는 이날의 족적이 종교적으로 대단히 중요한 사건, 즉 경전의 내용대로라면 예언자가 중생 구제를 위해 세상으로 첫발을 내딛은 원년이지만, 따지고 보면 그다지 특별할 것 없는 이야기가 되겠다. 내가 경전 집필 의뢰를 받고 취재 과정에서 알게 된 사실은 이렇다. 최초로 그에 관한 기사가 실린 잡지는 〈느림〉이라는 월간지였다. 벌써 오래 전에 폐간되어 도서관에서나 만날 수 있는 잡지로, 귀농과 등산 정보, 자연에서 얻을 수 있는 먹을거리나 전원주택 등을 소개하던, 그야말로 '잡지'였다. 그에 관한 기사는 2000년 1월 호의, '산에서 만난 사람'이라는 고정 코너에 실려 있다. 우연히 겨울 지리산을 찾게 된 기자가 토끼봉 근처 바위에 앉아 명상에 잠긴 젊은 청년을 만나 사진을 찍게 된 게 계기였다.

잡지의 두 쪽 기사를 간략히 옮기자면, 청년은 전국을 떠돌며 명상을 수행하는 기인이었다. 그는 아주 어릴 때부터 전기가 들어오는 지상의 마을을 거부하고, 오로지 산과 산을 옮겨 다니며, 유랑객처럼 살아왔다고 전한다. 두 사람이 휴게소로 자리를 옮겨 따듯한 보리차를 앞에 놓고 나눈 대화를 더 들여 다보자면, 기도에 기도를 거듭하던 어느 날 청년에게 앉아서 천리 밖을 볼 수 있는 능력이 주어졌다. 과거와 현재, 미래를 꿰뚫는 천안통이 생긴 것이었다. 기자가 농담 삼아 국운 비전을 청하자 그는 씩 웃으며 "내년이면 끝난다"고 대답했다. 즉, 1998년에 받은 구제 금융을 상환하고 IMF를 조기 졸업한다는 예언이었다. 내친김에 기자가 2년 후에 열릴 한일 월드컵을 화제에 올리자 그는 손가락 네 개를 펼쳐 보였다. 4강이요? 우리 나라가요? 하하하, 농담도요. 아무리 그래도 그렇지! 도무지 믿을 수 없는 얘기였으므로 기자는 청년의 예언에 비중을 두지 않고 추운 날에도 산에서 수도 생활을 이어 가는 한 젊은이의 건강한 정신과 낭만적 기질에 초점을 맞춰 기사를 마무리했다.

지리산 청년은 2년 후 우리나라가 월드컵 4강에 진입하며 비로소 주목을 받게 된다. 묻혀 버릴 뻔했던 청년의 능력을 되살려 낸 건 모 스포츠 전문지 사회부 기자였다. 퇴근 무렵까지 기삿거리를 찾아 검색 신공을 발휘하던 그는 한 귀농 전문 카페에 들렀다가 어떤 사람이 비공개로 올린, '지리산 선생 예언이 딱 맞네'라는 글을 만나게 된다. 해당 네티즌은 지리산 자락에 귀농하여 살던, 40대 중반의 남자였다. 네티즌은 자신이 정기 구독한 2년 전 잡지를 스캔해 올리며 잡지에 실린, 지리산 청년의 예언이 맞아떨어져 신기하다고 적었다. 아직 퇴근 시간이 50분이나 남아 있었지만 눈이 번쩍 뜨인 기자는 곧장 택시를 잡아탔다. 기자가 향한 곳은 남산도서관이었다. 정기 간행물 코너에서 어렵게 〈느림〉의 해당 기사를 찾아낸 기자는 구석으로 가 태그를 찢고 잡지를 가방에 집어넣었다. 다음 날 기자는 해당 기사를 작성했던 〈느림〉의 기자를 찾아가 청년의 연락처를 물었다. 그러나 돌아온 대답은 "바람처럼 떠도는 인물이라 연락처를 알 수 없다"는 것이었다. 스포츠지 기자는 주말마다 지리산으로 달려가 산장지기며 매점 주인을 만나고 다녔다. 이때 여기저기 명함을 뿌려 놓은 탓에 반 년 뒤 고대하던 소식이 들려왔다.

지리산 청년은 쌍계사 근처의 작은 암자 선방에 머물고 있었다. 스포츠지 기자가 훗날 〈정신세계로의 입문〉이라는, 그럴싸한 제목의 수필집에서 밝힌 바에 의하면, 지리산 청년의 첫인상은 실망스러운 수준이었다. 그가 찾고 있던 것은 비주얼이 되는 상품, 즉 시공간을 뛰어 넘어 현대에 다시 나타난 도인이었다. 좋은 풍채에 무협지에서나 만날 듯한 형형한 눈빛, 흰 수염과 정확한 발음, 논리적인 주장을 겸비한 봉추나 와룡선생 같은 인물을 예상했지만 실물로 만나 본 청년은 작고 왜소한 체격에다가 말까지 더듬었다. 눈동자는 불안하게 흔들렸고, 술 가져온 게 있냐고 너스레까지 떨었다. 기자는

'역시 기자 놈들 글은 믿을 게 못 돼'라고 생각하며, 그래도 밑 져야 본전이니 사진 몇 장을 찍고 정중하게 신년 예언을 청했다. 맞으면 좋지만 안 맞아도 그만인 게 예언인 법, 적중 여부보다 우선 호기심 어린 기사로 독자의 관심을 끌어 보자는 게 기자의 생각이었다.

며칠 뒤 기자는 고심 끝에 다음과 같은 타이틀을 뽑았다.

월드컵 4강을 예언했던 지리산 청년, 이번에는 한반도 국운 예언.
올해 초반, 하늘과 땅에서 각각 큰 화가 닥치지만 후반부터 좋아져…….

이미 적중한 예언을 부각시켜 독자들의 호기심을 자극한 뒤 신년 예언을 나열하는 전형적인 방식이었다. 하늘과 땅에서 큰 화가 닥치리라는 지리산 청년의 예언은, 그러나 세간의 관심을 별로 끌지 못했다. 그런 예언이란 해마다 1월이 되면 신문이란 신문마다 죄다 면 하나씩을 할애하여 쏟아내곤 하는 연중 기획이었으니까. 사실 청년은 기인이라기보다 산에 적응한 채 살아가는 보통의 산사람이었다. 문명에 적을 두고 사는 인간이 골프에 취미를 붙이거나 자동차 드라이브를 즐기듯 그는 단지 산을 좋아할 뿐이라고 여겨졌다. 정말로 천안 통을 가졌는지는 알 수 없으나, ─그걸 도대체 어떻게 증명하겠는가? — 월드컵 4강이라는 국가지경사를 예측한 것을 보면 영 엉터리가 아니었던 것만은 틀림없다.

그해 2월이 채 가기도 전, 스포츠지 기자는 지리산 청년을 소재로 또 한 편의 기사를 송고하게 된다. 기사의 제목은 '지리산 청년의 예언 이번에도 대 적중'이었다. 시계를 9년 전으로 되돌려 보자. 월드컵의 흥분이 채 가시기도 전인 2003년, 새해 벽두부터 어수선한 일들이 연이어 터지며 전국이 혼란에 빠졌다. 2003년 1월 10일, 북한이 핵 확산 금지 조약(NPT)의 탈퇴를 선언한 게 시작이었다. 부시 정권은 즉각 북한 핵시설에 대한 폭격을 준비하고 나섰다. 한반도에 전쟁의 불길이 야금야금 피어오르던 그때, 이번에는 지방의 한 지하철역의 전동차에서 방화로 인한 불이 나 200명 가까운 사람이 희생되었다. 기자는 새해 벽두에 벌어진 두 사건을 예언과 연결시킴으로써 지리산 청년의 신통함을 부각시킨 것이다. 기사가 나가자 신문사로 수십 통의 전화가 걸려 왔다. 지리산 청년의 연락처를 묻는, 다른 매체의 전화가 대부분이었지만 개중에는 지리산 청년의 정체를 궁금해 하는 일반 독자들의 전화도 다수였다. 이에 고무된 기자는 지리산 청년이 가진 예언 능력을 보다 정밀히 테스트하기 위해 작정하고 짐을 꾸렸다.

"지난번에 하신 얘기 말입니다. 금년에 하늘과 땅에서 한 차례씩 화가 닥칠 거라는, 그거 미리 알고 하신 얘깁니까? 혹시 북한 핵 개발과 지하철 사고를 예상했나요?"

기자가 준비해 간 막걸리를 꺼내며 물었다.

"제가 그런 얘길 했던가요?"

지리산 청년이 오히려 반문했다.

"그럼요. 녹취록도 가지고 있는 걸요."

"허허, 글쎄요. 얘기란 게 흐르는 물과 같아서 한번 지나가면 그만 아닙니까? 음, 얘기는 바람입니다. 물이에요. 그런데 북한은 뭐고 지하철은 뭡니까?"

낙심했지만 기자는 덕담으로 받아 넘겼다.

"특이하시군요. 말씀을 하신 뒤 곧 그걸 잊다니. 얘기를 더 과거로 돌려 보죠. 월드컵 4강은 어찌 아셨습니까? 그러니까 선생 같은 경우엔 천안통이 어떤 형태로 오냔 말입니다. 고승들처럼 직접 미래의 시간으로 이동해서 눈으로 현장을 목격하나요? 아니면 글자의 형태로 예언이 전달되나요? 그것도 아니면 시각적인 메시지인가요?"

청년이 막걸리를 쭉 들이켜고 나서 대답했다.

"음, 글쎄요. 전 다 해당이 안 됩니다. 저의 경우엔 상대가 물으면 그냥 저절로 대답이 나옵니다. 깊게 생각하지 않고 즉석에서 제 생각을 꺼내지요. 월드컵 얘기 말인데 그때 담당기자와 농담 삼아 몇 강이나 들지 내기를 했던 것 같아요. 그때 나도 모르게 4강이란 소리가 입 밖으로 나왔고요. 지난번도 마찬가지였죠. 기자님이 질문하지 않았습니까? 올해 특별히 이슈가 될 만한 사건이 있겠느냐고요. 질문을 듣는 순간 나도 모르게 '하늘과 땅」이라는 대답이 턱하니 나온 겁니다. 그게 뭔지는 나도 몰라요."

기자는 무릎을 쳤다.

"그러니까 질문이 구체적일수록 적중률이 높은 거군요?"

청년은 손을 저었다.

"음, 꼭 그런 건 아닐 겁니다. 정신이 맑아야 해요. 머리가 어지러우면 아무 말도 나오지 않거든요. 오늘은 무얼 물어도 대답이 나오지 않을 거예요."

계속해서 동문서답뿐이었다. 기자는 별 수확 없이 지리산을 내려왔다. 기자는 마음이 맑을수록 예언의 적중률이 높다는 이야기를 들은 적이 있다. 지리산 청년은 의심의 여지없이 맑은 사람이었다. 하지만 예언이 어디에서 나오는지, 그 예언이 신뢰할 수 있는지에 대해서는 여전히 신뢰가 가지 않았다. 결국 해답을 찾는 일은 연말로 미뤄졌다. 신년 예언을 통해 최종적으로 청년의 능력을 시험하고자 했던 것인데 아쉽게도 기자는 지리산 청년을 만나지 못한다. 겨울이 되어 지리산에 찾아갔을 때 청년은 이미 그곳을 떠난 뒤였다. 지리산 청년에 대한 대중적 호기심이 서서히 형성돼 가던 시기였기에 기자는 낙담했다. 하지만 그는 떠난 게 아니었다. 오히려 더 매서운 예지 능력을 장착하고 대중 앞에 얼굴을 내밀었다. 그로부터 약 4년 뒤인 2007년 겨울이었다. 제17대 대통령 선거를 코앞에 두고 지리산 청년은 한 주간지와의 인터뷰에서 감히 천기를 누설한다.

三千里外美人在 그리운 님은 삼천리 먼 곳에
十二樓中秋月明 열두 누각엔 밝은 가을 달

훗날 송강 정철의 작품 속 일부로 밝혀지기도 한 비교적 쉬운 내용의 한시였다. 한시를 이용한 지리산 청년의 게송 예언은 빠르게 전파되며 화제가 됐다. 예언 내용이 명확하게 해석되지 않기 때문이다. 유력 대권 후보의 이름과 같은 한자가 들어 있기도 하지만, 두 번째 행에 등장하는 열두 누각에서 12라는 숫자는 다른 유력 후보의 한글 이름 획수와 일치했다. 양쪽 후보의 지지자들은 서로가 자기 후보의 당선을 예언한 글이라고 주장했다.

그즈음 지리산 청년은 한 방송국의 초청을 받게 되는데, 텔레비전을 통해 그를 다시 보게 된 스포츠지 기자는 눈을 의심할 수밖에 없었다. 그는 기자가 알던, 4년 전의 순박한 청년이 아니었다. 지저분하던 머리카락은 말끔히 정돈돼 있었다. 계량 한복을 깨끗하게 입고 나와 내뱉는 한 마디 한 마디는 힘이 넘쳤다. 발음도 정확했다. 눈매는 전보다 더 날카롭게 올라가서 정말로 신기(神氣)라도 든 것처럼 매서움이 느껴졌다. 하지만 게송의 내용을 이해할 수 없기는 다른 사람들과 마찬가지였다. 그해 12월 19일 밤, 마침내 당선자가 결정되고 나서야 기자는 자신도 모르게 무릎을 쳤다. 이번에도 그런 거였군! 혼잣말을 중얼거리며 그는 급히 지리산 청년에 대한 특집 기사를 써내려 갔다.

월드컵 4강과 지하철 참사, 북한의 핵 도발을 예언했던 지리산 청년
이번 대통령 선거결과도 게송을 통해 정확히 적중, 달라진 게 있다면⋯⋯.

헤드라인은 전과 크게 다르지 않았다. 기사를 송고한 뒤 스포츠지 기자는 지리산 청년을 4년 만에 만났다. 인사동 한정식 집에서 마주한 그는 확실히 변해 있었다. 얼굴은 쫓기듯 조급해 보였고 식사를 하는 내내 불안하게 사방을 두리번거렸다. 술이 한 순배 돌자 지리산 청년은 차기 국운 예언을 해 줄테니 돈을 달라고 요구했다. 얼마면 되겠냐고 묻자 그는 손가락 하나를 세웠다. 천만 원이었다. 그는 데스크와 상의를 해본 뒤 연락을 하겠다고 대답했다. 돈 얘기가 오가서인지 밥을 먹

는 내내 속이 불편했다. —이날의 이야기는 훗날 기자가 쓴 수필집에 자세히 기록되어 있기도 하다— 식사를 마친 뒤 기자는 무슨 일로 세속의 돈이 필요해졌냐고 따지듯 물었다. 지리산 청년은 동동주 사발을 끌어당긴 뒤 숨도 쉬지 않고 벌컥벌컥 잔을 비웠다. 그리고 입술을 닦으며 대답했다.

"음, 여자가 생겼습니다. 산장에서 밥 짓고 등산객들 허드렛일 도와주던 여자죠. 여자가 생기면 양기를 뺏긴다고 하는데 난 그게 그렇게 생각되지 않습디다. 음, 그냥 물 흘러가는 대로 인연 닿는 대로 사는 게 더 자연스러운 거잖아요?"

기자가 고개를 끄덕이며 물었다.

"그래서 집도 필요하고 자동차도 필요하고 옷도 필요해진 거로군요. 안사람이 생겼으니 자녀도 생길 테고요."

그가 특유의 포즈로 손을 저었다.

"안사람이라뇨. 언제 헤어질지도 모르는 인연인 걸요."

기자는 장난기가 발동했다.

"그래서 겪어 보시니 산이 좋습디까? 여자가 좋습디까?"

"양단이 있는 셈이죠. 그걸 어떻게 딱 찍어서 말해요?"

데스크는 지리산 청년의 제안을 거절했다. 그런데 모두가 같은 입장은 아니었던지 그해 1월, 두 군데 매체에 지리산 도령의 신년 예언이 실렸다. 석간에 실린 예언은 정치에 관한 것으로, 차기 미국 대통령이 누가 될지지의 여부와 경색 국면에 접어들 남북 관계에 관한 것이었다. 기자와의 대담 형식을 통해 지리산 도령은-이때부터 청년이 아닌 도령으로 이름이 바뀌게 된다- 차기 미국 대통령과 관련해서는 '바다를 건넌 사람'이라는, 다소 애매한 표현을 썼다. 남북 관계에 있어서는 북한의 국지적 도발로 모든 거래가 차단될 것이라는 예언을 내놓았다. 경제 신문에 실린 예언은 연예 이슈와 환경에 관한 것이었다. 아프리카에서 기근이 계속되고, 멕시코와 터키에서 지진이 일어나리란 예언은 별로 관심을 끌만한 게 못 됐다. 그 예언들 중 훗날, 처음 그를 발굴한 스포츠지 기자에 의해 대서 특필되며 다시금 그의 주가를 드높이게 된 예언은 전 국민의 사랑을 받던 중견 탤런트가 사고로 아깝게 목숨을 잃게 된다는 예언이었다. 그해 마치 예언을 증명이라도 하듯 누구나 알 만한 연예인 하나가 스스로 목숨을 끊었다. 그 사건을 계기로 지리산 청년의 예언은 또다시 100% 적중을 자랑하며 인구에 회자됐다. '바다를 건넌 사람'이라는 다소 시적인 문장은 버락 오바마의 조상들이 아메리카로 끌려왔던 과거의 사건으로 귀결되었고, 남북 관계도 금강산 총격 사건이 발생하며 차갑게 얼어붙었다. 어느 모로 보나 100% 적중이었다.

그해 인터넷에 개설된 '지-도-덕(지리산도령덕후모임)' 카페엔 7천명도 더 되는 네티즌이 가입했다. 훗날 교단을 형성할 때 일정 역할을 수행하는 인물들도 이때 대거 회원으로 가입하게 된다. 카페를 통해 구심점이 생기자 회원들은 자발적으로, 여기저기에 떠도는 지리산 도령의 글을 한곳으로 퍼 모았다. 오프라인 모임에서 지리산 도령이 사적으로 내뱉은 말들도 —이를테면 '정치하는 놈들은 다 개새끼들이야'라든지, '젊고 예쁜 여자일수록 기의 순환이 더 활발하다'와 같은— 다양한 에피소드와 함께 극화되어 게시판에 올랐다. 그중 한 회원은 자기 소유의 건물 일 층에 '지리산 명상쉼터'라는 상호를 내걸고 회원들을 대상으로 명상 쉼터를 개소했다. 일주일에 한번, 지리산 도령이 직접 강연을 한다는 소문이 퍼지면서 명상쉼터는 6개월 만에 세 개로 늘어났다. 이러한 변화 뒤에는 혼인 신고만 하지 않았을 뿐 사실상 부부나 다름없던 부인의 역할이 컸다. 훗날 나는 추종자들과 상의하여 그녀와 지리산 도령 사이의 사적인 관계를 경전에서 삭제 —막달라 마리아의 경우처럼— 한다. 무릇 교주란 청정한 이미지가 기본이고, 또 교주인 동시에 만인의 연인이어야 하기 때문이다. 그 편이 교세를 늘릴 때 유리할 거라는 점은 군이 말할 필요도 없겠고.

3

대부분의 교주들이 이상하리만치 영생을 추구하는 현 세태

와 달리, 지리산 도령은 건강 유지에 별로 관심이 없었다. 특히 술을 좋아해서 한번 마시기 시작하면 필름이 끊겨야 손에서 잔을 놓았다. 사정이 이러하니 지병이던 간염이 갈수록 악화되었음은 물론이다. 제법 유명 인사가 되었을 무렵에는 병세가 간경화로까지 발전했다. 이때까지만 해도 추종자들 사이에서 종교 형태의 믿음은 나타나지 않았다. 어느덧 카페 회원이 2만 명을 넘었다지만 딱히 지리산 도령을 추종한다기보다 예언에 관심이 많은 사람들이 모인 커뮤니티에 불과했다. 카페 시삽인 동시에 지리산 도령의 매니저인 그의 부인은 다양한 사업을 펼치며 지리산 도령을 배후에서 지원했다. 지리산 청정 지역에서 재배되었다는, 각종 유기농 식품을 회원들에게 나눠주거나 팔았고, 명상 사업도 체계화해 나갔다. '지리산 도령'만 치면 어디서든 접속할 수 있는 홍보 홈페이지도 그녀의 작품이었다.

주거가 안정되자 지리산 도령은 더욱 활발히 활동을 선개해 나갔다. 종종 정체불명의 단체로부터 초청을 받아 강연을 하기도 했고, 기도를 드린다며 몇몇 회원들과 함께 지리산 깊숙이 들어갔다가 보름, 혹은 한 달 만에 돌아오는 일도 다반사였다. ─카페에 위장 가입한 기자들이 있어 이런 소식이 간간이 세간에 흘러나왔다. 2009년이 되자 지리산 도령은 세상이 놀랄 큼직한 예언을 내놓았다. 지극히 개인적인 판단이건

대, 이때까지만 해도 나는 그가 어느 정도 영적인 능력을 보유했다고 믿는다. 그쪽 사람들 표현을 빌자면, 지리산 도령의 몸에 실렸던 신령들이 세속화된 도령에 실망하여 떠나간 시점이 이때였다. 2009년을 며칠 앞두고 도령이 던진 예언을 복기해보자.

바다 건너에서 두 개의 큰 별이 떨어진다.
산이 노하여 바다와 자리를 바꾸고 아이들이 길을 잃는다.

두 번째 예언은 자연 재해를 묘사한 것으로 해석할 수 있다. 해마다 벌어지는 일이므로 예언 축에도 낄 수 없는 상투적인 표현이다. 반면 첫 번째 예언은 기자들을 흥분시키기에 충분했다. 두 개의 별이 지다니? 혹시 서방 대통령이나 교황이 암살되기라도 하는 것은 아닐까? 온갖 억측이 난무했으나 일은 의외의 곳에서 터졌다. 새해 벽두에 유명한 종교 지도자가 입적한 것을 필두로 얼마 뒤 이번에는 전직 대통령이 갑작스럽게 생을 마감했다. 8월이 되자 또 한 명의 전직 대통령이 임종을 맞았다. 연이어 나라의 큰 별이 세 개나 떨어진 것이다. 가을이 되자 스포츠 연예 매체들은 너나 할 것 없이 지리산 도령에 대한 기사를 쏟아냈다. 모든 기사가 마치 약속이나 한 듯이 '전직 대통령의 죽음을 정확히 예언한'이라는 문장으로 지리산 도령을 치켜세웠다. 인터넷 검색만 하면 나오는 지리산 도령의 신년 예언은 사실 맞다고 하기엔 애매한 구석이 있었다. 그는 바다 건너, 즉 외국의 유명 인사가 죽을 것을 예언했다. 세 명도 아니고 두 명이었다. 하지만 표현의 정확성은 중요하지 않았다. 두 명이든 세 명이든, 그것이 한국이든 바다 건너든 매체들이 쏟아내는 기사는 대중의 호기심을 자극하며 오직 지리산 도령의 신통함을 부각시키는 데 집중됐다.

일이 틀어지기 시작한 것은 이때부터다. 이후에도 기자들은 잊을 만하면 지리산 도령에 관한 기사를 써 댔고, 지리산 도령 또한 장단을 맞추듯 예언 가락을 뽑아냈다. 불과 1, 2년 앞을 내다보던 그의 예언 능력은 한반도의 3천년 이후 미래로까지 거침없이 뻗어 나갔다. 어느 매체와의 인터뷰에선 목성의 위성인 유로파에 산다는 외계인의 존재에 대해서 진지하게 털어 놓기도 했다. 그 외계인은 ―그가 관념에 의해 창조해 냈을 것으로 추측되는― 원래 지구에 살던 아틀란티스인의 일부로 아틀란티스가 무(Mu) 대륙과 핵전쟁을 일으켜 자멸할 당시 금속 원반을 이용해 유로파에 안착했다는 것이다. 그가 쏟아 내는 신비로운 이야기들은 매번 추종자들을 흥분시켰다. 카페 열혈 회원 중에 출판사 편집자가 끼어 있어 그의 책이 나오게 된 것도 이즈음이다. 대필 작가가 달라붙어 3개월 만에 급조해 낸 〈청춘이여, 미래로부터 답을 얻자〉는 출판사를 잘못 만나 베스트셀러가 되지는 못했지만, 그럭저럭 5만부 가까이 팔리며 예언가로서의 그의 이름을 대중에게 인지시켰다.

책이 출간되자 전국 각지에서 강연 요청이 들어왔다. 책에 적힌 내용을 소개하는 형식의, 특별할 것 없는 강연이었다. 그러나 그를 좋아하거나 그의 삶을 본받으려는 사람들로 강의장은 북적거렸다. 특히 강연 중간에 그가 채널러(Channele)라도 된 듯 목소릴 낮추고 들려주는 금성의 위성 유로파인들의 삶은 사람들을 매료시키기에 충분했다. 그는 예언자이자 미래로 인간을 안내하는 시간 여행자였다. 어느 강연에선가 그는 자신을 신의 대리자라고 말하기도 했다. 그가 말한 신이란 우주적인 자연의 질서, 즉 자연을 대변하는 사람 정도였지만 열혈 추종자들 몇몇에게는 그날의 발언이 마침내 그에게서 신성을 확인하는 시간이기도 했으리라. 이때만 해도 열혈 추종자들은 기껏해야 스무 명을 넘지 않았다. 추종자들 중에는 아이돌 사생팬처럼 그가 가는 곳마다 따라다니며 커피를 챙겨 주거나 운전을 해주는, 나중에 3대 제자로 부각되는 자들이 있었다. 하지만 대부분의 추종자들은 일정한 거리를 유지한 채 여전히 동호인 모임 이상의 의미를 두지 않았다.

지방에 강연 일정이 잡히면 대여섯 대의 차들이 늘 함께 이동했는데 그 와중에도 신이한 이적은 계속됐다. 아슬아슬하게 교통사고를 면했다거나 급체로 숨이 넘어가던 회원이 그의 마사지를 받고 생명을 구했다든지 하는, 과장된 무용담들이 그것이다. 추종자들 중에는 중병에 걸려 죽음을 앞둔 사람들도 더러 있었다. 그들 중에 몇몇이 의사의 오진이나 기타 원인 불가의 이유로 갑자기 암세포가 소멸하거나 병이 씻은 듯이 낫게 되었고, 그들은 기적 같은 치유의 이유를 지리산 도령의 영험으로 돌리는 미덕을 발휘했다. 지리산 도령은 이렇듯 자신의 의지와 무관하게 날이 가면 갈수록 신이하고 영적인 존재가 돼 갔다.

4

이제 이야기는 예언자가 죽기 직전 해로 건너뛴다.

2011년 들어 그가 야심차게 꺼낸 화두는 우주 대변혁에 관한 것이었다. '2011년에서 12년 사이에 지구의 자전축이 기울어 대륙의 1/5이 물에 잠기고 하늘에서 빛나는 물체가 내려와 지구인의 손을 잡게 된다'는 예언은 나름 관심을 끌었다. 면밀히 따지면 마야의 예언이나 노스트라다무스, 계속해서 생명력을 연장해 온 요한 계시록의 내용을 짜깁기한 것에 불과했다. 그러거나 말거나 예언의 완결판이 나왔다며 추종자들을 중심으로 부지런히 글이 퍼 날라졌다. 덩달아 기자들도 바빠졌다. 나라 안팎에서 큰 사건이 생기기만 하면 '지리산 도령의 예언이 있었다는 식의, 밑도 끝도 없는 기사들을 쏟아냈다. 그렇게 생산된 기사의 끝판왕은 2011년이 저물어갈 무렵 갑자기 찾아온 김정일의 죽음이 아닐까 싶다. 사실 지리산 도령은 어떤 식으로든 김정일의 죽음을 예측하지 못했다. 북한에 대한 그의 예언이란 늘상 '위협적인 존재'라거나 '운이 다했다'는 애매한 추론의 범주를 벗어나지 못했다. 그러거나 말거나, 김정일의 장례가 막 끝나가던 12월 하순에 인턴 기자 생활을 마치고 정식 입사한 모 스포츠 전문지 여기자가 마음먹고 송고한 기사는 이런 내용이었다.

— 지리산 도령, 이번에도 김정일 사망 정확히 예언

지리산 도령이 이번에도 김정일의 사망을 정확히 예언했다. 지난 7월 지리산 도령은 자신이 수행하던 지리산 산장을 찾았다가 평소 안면 있는 산장지기와 술을 마시며 북한의 시국을 화두로 꺼냈다. 산장지기 천 모 씨에 의하면, 그 자리에서 지리산 도령은 '김정일의 운이 다했다고 밝혔다'는 것이다. 월드컵 4강과 두 전직 대통령의 서거 등, 나라 안팎에서의 굵직굵직한 사건이 생길 때마다 정확히 미래를 예측해 온 지리산 도령이 이번에도 어김없이 큰일을 예언하자……(후략).

당시 지리산 도령은 지리산에 가지 않았다. 훗날 경전 집필 작업을 위해 추종자들과 접속했을 때 알게 된 사실이다. 그는 새벽에 갑자기 쓰러져 응급실로 실려 갔고, 퇴원 후 아내를 떠나 종적을 감췄다. 그런데도 그가 있든 없든, 지리산 도령의 주가는 계속 치솟았다. 굳이 그가 나서지 않아도 세상사 신통방통한 예언의 흐름은 끝없이 반복 재생산되며 지리산 도령을 닿을 수 없는 신이한 존재로 끌어 올리는 자발적 시스템이 마련되었다. 특별히 예언을 문제 삼는 사람은 없었다. 대중들이 필요로 하는 건 예언의 진위 여부보다 익명의 타인들과 실시간으로 커뮤니케이션할 텍스트들이었다. 그들은 —당신을 포함하여— 누군가 실시간으로 전해 온 이야기를 실시간으로 전하는 정보 운반자의 역할에 더 만족해했다. 빛의 속도로 전송되는 이야기의 원천들을 질료 삼아 사람들은 밥을 먹고 일을 하며 길을 걷거나 잠을 자거나 술을 마셨다. 그리고 조금 덜 고독해 했다.

출판사에 다니는 선배로부터 만나자는 전화가 온 것은 지리산 도령이 죽기 삼 개월 전이었다. 선배는 급하게 대필할 작품이 있는데 상상력을 요구하는 작업이라고 말끝을 흐렸다. 다음 날 선배를 따라 남현동 골짜기에 자리한 〈지리산 명상쉼터〉란 곳을 찾아갔다. 관악산 등산로를 타고 오르다가 관음사 주차장에서 왼쪽 숲으로 꺾어 내려간 곳에 위치한, 빨간 지붕이 인상적인 3층 벽돌집이었다. 1층엔 식당과 주차장이, 2

층엔 수련장이, 3층엔 사무실 및 살림집이 들어선, 150여 평 가량 되는 아담한 시설이었다. 선배와 나는 관리인의 안내를 받아 3층으로 올라갔다. 2층을 지날 때 유리 창 너머로 들여다보니 태권도장처럼 생긴 공간에 열댓 명쯤 되는 남녀노소가 가부좌를 틀고 앉아 심각하게 벽을 응시하고 있었다. 다들 표정이 진지했으므로 선배와 나는 발소리를 죽이며 계단을 마저 올랐다.

"대필은 좀 해보셨어요? 뭐 신 선생이 모시고 왔으니까 어련히 잘 하시리라 믿습니다만 이런 일은 처음이라서 공부가 좀 필요하실 거예요."

사무실에서 만난 지리산 도령의 부인은 생각보다 젊었다. 많이 잡아도 30대 초반으로 보이는 미모의 소유자였다. 눈썹이 어떤 여자 탤런트를 연상시킬 정도로 깊고 진했는데 그게 누구인지는 생각나지 않았다. 부인은 '주역'이니 '개벽'이니 하는 글귀가 붙은 책을 수십 권 가져와 책상에 펼쳤다. 그 중에는 전에 흥미롭게 읽은 〈티베트 사자의 서〉나 〈불제자였던 예수〉 같은 책들도 섞여 있었다. 〈한 권으로 읽는 세계의 종교〉라는 책이 끼인 걸 보니 아무래도 야무지게 일을 시킬 모양이었다. 부인은 내가 책을 훑어보는 동안 종이컵에 믹스커피를 타왔다. 선배가 부인을 대신해 운을 뗐다.

"성경이나 천부경 같은 책들 보면 답이 나올 거야. 그 정도

수준까지는 필요가 없고. 사모님 생각은 누구나 쉽게 접근할 수 있는 경전이 필요하다는 거야. 엄숙할 필요는 없다는 얘기지. 중요한 건 형식이잖아? 구심점을 만들 때 말씀을 기록한 경전만큼 효과적인 것은 없으니까. 앞쪽엔 탄생과 관련된 장을 하나 만들어 주고, 연대기별로 어록을 기록하는 방법도 있고, 아니면 사랑이나 평화, 인내와 같은 테마로 엮는 방법도 있지."

내가 뜸을 들이며 말을 아끼자 선배가 다시 덧붙였다.

"사람들을 만나 보면 알겠지만 여긴 정말 깨끗한 곳이야. 사모님이 얼마나 사람들을 잘 챙기는지 매주 찾아와 믿고 의지하는 사람만도 수백 명이나 되거든."

더 듣지 않아도 부인이 원하는 게 뭔지 알 수 있었다. 그녀는 남편이 죽기 전에 예언자가 사방에 뿌려 놓은 이야기의 씨앗을 경전이라는 형태로 수습하고 싶었던 것이다. 나는 밖으로 나와 담배를 피우며 잠시 어떻게 할까 고민했다. 대필을 할 때 나름대로 세워 놓은 두 가지 원칙 때문이었다. 첫째는 어떠한 경우에도 정치인들의 글은 대필하지 않는다는 것이고, 두 번째는 진실이 결여된 글, 즉 의뢰자의 프로필을 치장하기 위해 있지도 않은 과거를 조작하는 글은 쓰지 않겠다는 것이었다. 지리산 도령의 이야기는 전에도 가끔 뉴스에서 접했던 터라 낯설지 않았다. 다만 경전을 만든다는 게 마음에 들지 않았다. 경전을 만들고 나면 자연스레 교단이 형성되고, 교단이 형성되면 아무리 신실한 마음으로 출발한 사업이라도 변질되고 썩어 악취가 진동함을 심심찮게 보아온 탓이었다.

사무실로 돌아오니 선배가 계약서를 준비해 놓고 있었다. 선배는 나를 일러 '나라에서 열 손가락 안에 드는 대필 작가'라는 덕담을 잊지 않았다. 계약은 속전속결로 진행됐고, 대필료의 반인 7백만 원을 계약금으로 받았다. 돈을 보자 마음의 갈등이 깔끔하게 정리됐다. 약간의 픽션을 첨가한다면 늦어도 석 달 안에 그럴듯한 종교 경전 하나쯤은 만들어 낼 자신이 있었다. 이건 어차피 일일 뿐이다. 나는 개운치 않은 일거리를 만날 때마다 그랬듯이 스스로를 위로하는 문장을 곱씹으며 밖으로 나왔다. 하늘을 나는 슈퍼맨과 물 위를 걷거나 병자를 치료한 메시아들이 겹쳐 떠올랐다. 신이한 이적을 무기 삼아 어려움에 처한 중생들을 구제한다는 점에서 한 종교의 교주가 맡는 역할은 악당을 무찌르는 슈퍼맨이나 배트맨의 영역과 크게 다르지 않다. 전자가 추종자들로부터 돈을 헌납 받아 교단을 운영한다면, 후자는 활약상이 담긴 영화나 책을 통해 팬들을 만난다는 점이 다르다. 어느 종교에서든 교주가 행한 이적은 단 한 번도 과학적이나 객관적으로 증명된 바 없다. 그러거나 말거나 신자들은 그들에게서 위안을 얻는다. 상상 속에서나 존재하는 슈퍼맨과 배트맨, 원더우먼에게 애나 어른이나 미친 듯 열광하는 것처럼.

　나는 자료 조사에 한 달, 초고 작성에 한달, 퇴고 작업에 한 달을 할애한다는 계획 아래 작업을 시작했다. 경전을 집필하는 데 있어 가장 어려웠던 점은 거대한 그림, 이를테면 주요 제자나 계율, 말씀, 삼위일체 따위의, 한 종교의 정체성과 관련된 밑그림을 그리는 작업이었다. 아직은 정식 종교로 인정되기 전인 관계로 뉘앙스만 풍겨주면 된다는 게 내 생각이었다. 엉성하게나마 경전이 완성되면 추종자들 내부에서 자연스레 계급이 발생하고 질서가 잡힐 것이었다. 성경으로 치자면 내가 짓는 경전은 일종의 개념서에 불과할 것인데, 후에 명민한 제자들이 나타나 거듭해서 경전이 업그레이드되기를 바랐다. 당장은 어렵겠지만 세월이 지나면 교주의 탄생과 죽음, 세간의 행적들이 더욱 신비화되고 과장되어 그럴듯한 설득력을 지닌 채 안착될 것이었다. 물론 십 수 년 안에 흔적도 없이 지워질 수도 있다. 모든 가능성은 열려 있었다. 기독교나 이슬람교처럼 총칼을 앞세워 부흥할 수도 있고, 저 위대한 신 아흐라마즈다처럼 신흥 종교에 떠밀려 재단에서 사라질 수도 있었다.

　아무튼 나는 신성한 마음으로 경전을 집필해 나갔다. 선불을 받았을 뿐만 아니라 경전을 집필한다는 자체가 하나의 특이한 경험이었던 탓이다. 기존 종교에서처럼 세상의 문제를 선과 악의 대결로 파악하지 않고 '끝없는 진보'라는 개념을 도입한 것은 지금 생각해도 괜찮은 선택이었다. 선과 악이 싸우다가 끝내 악이 소멸하고 선이 최종 승리를 거두는 방식은 너무 상투적이어서 낯이 뜨거울 게 아닌가. 아직도 그런 류의 얘기를 귀담아 듣는 사람들이 적지 않으나, 새로 탄생한 종교라면 모름지기 새로운 비전을 제시해야 한다는 게 내 생각이었다. 이런 문제의식에 따라 새로운 경전에는 인간이 겪는 여러 제반 문제들을 '끝없는 변화 과정에서 맞닥뜨리는 흔들림'으로 해석해 담았다. 지리산 도령은 생의 고난을 인간이 적극적으로 받아들이길 여러 차례 권고한 바 있다. 기쁜 일이건 슬픈 일이건 인간의 희로애락은 변화 과정의 부유물이며, 긍정적인 사고만이 고통으로부터 스스로를 자유롭게 한다는 사상에서다. 언뜻 불교와 유사점이 있으나 불교가 윤회를 기반으로 하는 것과 달리 경전에는 완전한 무(無)를 강조했다. 종교의 본질이 재생이나 구원의 기능이라는 점에서 보면 대단히 위험한 접근이었다. 그런데도 인간이 죽더라도 궁극적인 원자는 변하지 않고 끝없이 흐른다는 점을 바탕으로 삼고, 인간의 정신 자체가 가진 불멸의 진보 원리를 덧붙였다. 신을 믿고 의지하거나 자기 성찰을 통해 깨달음에 접근하는 방식이 아니라 우주의 흐름에 몸을 맡김으로써 정신적 고통과 미래에 대한 불안으로부터 벗어나 참 자유를 얻게 된다는 논리였다. 이러한 과정을 거쳐 경전의 기본 사상을 '없음을 향해 나아가다', 즉 무진 사상(無進思想)이라는 개념으로 이론화했다.

경전은 총 다섯 개의 장으로 구성되었다. 성경의 창세기에 대입되는 1장은 지리산 도령의 탄생 과정과 젊은 날의 방황을 다루었다. 오랜 방황 끝에 지리산 어느 바위 동굴에 도달한 지리산 도령이 어느 날 굴 밖으로 흘러가는 구름을 무상이 내려다보다가 홀연히 천안통을 얻는 과정이 서사시 형태로 기술돼 있다. 2장은 평소 말씀이나 어록을 다룬 장으로, 각각 다섯 개의 장소에서 지리산 도령이 행한 강연들(혹은 잡소리들)을 바탕으로 작성되었다. 앞에서 다소 장황하게 소개한 무진 사상의 핵심 개념이 여기 2장에 녹아 있다. 3장에선 우주의 원리에 대한 지리산 도령의 평소 주장들을 알기 쉽게 기술해 놓았다. 우주의 원리라고는 하지만 대부분은 〈천부경〉이나 〈아담스키의 우주 법칙〉 같은 책들을 바탕으로 짜깁기한 내용들이다. 4장은 지리산 도령에 대한 추종자들의 찬양 내용을 담았다. 은총을 입어 병을 고쳤거나, 지리산 도령이 이적을 행하는 현장을 목격한 자들의 체험 기록이었다. 5장은 일종의 계시록으로, 지리산 도령이 그간 행한 예언들을 정리하고 아직 이루어지지 않은 예언을 차례로 묶어 경전의 모양을 내는데 주력했다. 시간에 쫓겨 급조했지만 그럭저럭 만족할 (만한) 수준이라고고 자평한다. 아울러 더 많은 자발적 집필자들이 나타나 창

수 아버지 서(書) —그는 지리산 도령을 오랫동안 후원해 온 재력가다—, 안종구 장로 서(書) —그는 지리산 도령의 운전사 노릇을 하고 있었다—, 김춘희 서(書) —그는 지리산 도령의 아내다—와 같은, 제2, 제3의 경전들이 거듭 집필되어 내 부족함이 채워지기를 바라는 바이다.

5

지리산 도령은 2012년 2월, 봄이 되기 직전에 죽었다. 지병이 그를 죽음으로 끌어내린 것 같지는 않았다. 지리산 도령은 자신을 부쩍 따르던 젊은 여성과 모텔에서 밤을 보낸 뒤 아침에 시신으로 발견됐다. 부검 결과 특이점은 없었다. 사인은 모두가 짐작한 대로, 심장마비로 결론이 났다. 그게 고인을 위한 의사의 예의였으리라. 현장으로 달려간 지리산 도령의 아내는 상대 여자의 입단속을 시키는 것으로 -자신이 할 수 있는 신성한 것이기도 한- 제자의 소임에 충실했다. 그리고 남편을 관에 넣어 재로 만들며 그녀는 남편의 유지를 받드는 데 전 생애를 걸겠다고 다짐했다. 그녀의 손에는 이미 잘 정리된 한 권의 경전이 들려 있었으니, 이름하여 천음경(天音經)이었다. 명상 쉼터와 카페 회원을 중심으로 모인, 3백 명도 더 되는 추종자들이 일제히 대기실 바닥에 엎드려 천음경을 펼쳐 놓고

"옴 바라마타리아"를 외치던 순간을 나는 지금도 짜릿하게 기억한다. 옴 바라마타리아! 옴 바라마타리아! 물론 교주가 생전에 그런 단어를 입 밖으로 꺼낸 적은 없지만……. "모든 일이 속히 이루어지소서"라고 중얼거린다면, 그것이 옴 바라마타리아다. "사업이 잘 풀리게 해주십시오"라고 생각한다면 그것 역시 옴 바라마타리아다. "마누라와 헤어지게 해 주십시오"라든지, "로또에 당첨되게 해 주십시오"라는 기도에도 쓸 수 있는 만능 진언이 바로 그것이다. 따라서 기도에 대한 화답 여부는 순전히 당신의 지극 정성에 달렸다. 음, 옴 바라마타리아.

장례 며칠 뒤, 어느 탤런트와 비슷한 눈썹을 가진 그 미모의 부인이 나를 찾아왔음을 덧붙인다. 부인은 교단을 홍보하거나 교단의 일을 기록할 필경사가 필요하다고 했다. 나를 공식적으로 채용하겠다는 뜻이었다. 대기업 연봉에는 못 미쳤지만 일 년에 한두 권씩 머리를 쥐어짜며 대필을 하지 않고도 먹고 살 수 있는 금액을 제시했다. 특히 구미가 당겼던 것은 일주일에 사흘만 출근해도 좋다는 예외적인 규정이었다. 아마도 내가 아침 일찍 일어나 출근하는 일을 못 견뎌 할 거라는 선배의 조언이 전달된 덕분에 끼워 넣은 부분이었으리라. 며칠을 고민한 끝에 나는 부인의 제의를 거절했다. 대필 과정에서 알게 된 교단의 재정 상태가 너무나 형편없었기 때문이다. 아무리 머리를 굴려 봐도 성장 동력이 부족했다. 관악산 입구에 자리한 명상 쉼터 본부는 교단 몫이 아닌 개인 소유였고, 다섯 개로 늘어난 명상 쉼터는 회원들의 잦은 입출로 큰 재미를 못 보고 있었다. 즉, 새 지도자가 나타나 강력한 지도력을 발휘하지 않으면 얼마 안 돼 흔적도 없이 사라질 존재들이었다. ……, 어쩌면 누군가, 아주 특별한 존재가 나타나 그 고단한 작업을 이어갈 수도 있겠다. 예수라는 예외적인 존재가 제 살과 피를 바쳐 신과 인간을 연결했듯이. 그러나 나는 그들과 고통을 함께 하며 불철주야 정진할 마음이 없었다. 그 일이 아니어도 세상엔 의미 있는 일들이 넘쳤고, 나는 바빴으니…….

존재와 이미지, 혹은 사랑에 관한

1

　존경하는 관장님, 인지하고 계시다시피 로이 리히텐슈타인의 〈행복한 눈물〉이 창고에서 감쪽같이 사라져 버렸습니다. 하여 제가 기억하는 전부, 이 사건과 관련하여 보고 듣고 겪은 모든 것을 털어놓기 이전에, 머리 아픈 주제긴 하지만 우선 '존재함'의 의미부터 잠깐 짚고 넘어가고 싶습니다. 〈행복한 눈물〉이 세상에 존재한다는 것은 그것이 놓인 장소가 어디인지를 차치하고, 〈행복한 눈물〉을 일차적 텍스트로 하여 어느 장소에 놓인(혹은 걸린) '존재자'로서의 〈행복한 눈물〉이 존재한다는 함의를 지니니까요. 하지만 유감스럽게도 지난 주 모 텔레비전 시사 프로그램에서 장장 50분을 할애하여 〈행복한 눈물〉의 흔적을 추적한 바대로, 그것을 누가 어디에 보관하고 있는지 우리는 단서를 찾지 못했습니다. 따라서 그것은 '현재' 존재하지 않는다고 말할 수 있게 되는 것이지요.

하이데거를 끌어들인 저의 궤변에 당신은 살짝 인상부터 찌푸리시는군요. 그래도 들어야 합니다. 당신은 그럴 의무가 있는 분이니까. ……작품은 사라졌지만 그것을 기억하는 사람은 많습니다. 당연하게도 그 그림을 가장 생생하게 기억하는 사람은 화가인 로이 리히텐슈타인이 되어야겠지요. 하지만 확신할 수 없군요. 전기 작가에 따르면 리히텐슈타인은 자신이 평생에 걸쳐 구축한 '점과 점'의 감옥에 갇혀 말년에는 손녀 이름조차 기억하지 못하는 멍청이가 되어 버렸답니다. 언론이 리히텐슈타인의 증세를 파킨슨병으로 도배했지만 전기 작가는 딱히 그렇지만은 않았다고 써 놓았더군요. 믿지 못하시겠지만, 리히텐슈타인은 죽기 전 마지막 인터뷰에서 자신의 작품 대부분을 부정했습니다. 특히 〈행복한 눈물〉에 대해서는 자신은 그런 그림을 제작한 기억조차 없고, 심지어 자신의 이름으로 돌아다니는 〈행복한 눈물〉이 복제된 작품이라고 주장해 세상을 놀라게 했습니다. 방송국 기자와 인터뷰 당시 그의 정신이 온전했는지의 여부는 여전히 갑론을박 상태지만 말이죠.

2

존경하는 관장님, '복제'라는 단어가 주는 울림 앞에서 표정을 찡그리게 될 당신의 모습이 상상됩니다. 작품이 복제되었다면 '모체'가 존재해야 한다는 지극히 상식적인 결론과 맞닥뜨리게 되겠지만, 아쉽게도 리히텐슈타인은 기억에 꼭꼭 자물쇠를 채우고 세상을 떠났습니다. 〈행복한 눈물〉이 실은 복제된 그림이며, 그것의 모체인 《〈행복한 눈물〉》이 따로 존재하고, 그 원 존재를 자신이 직접 그렸다는 건지, 아니면 자신은 모체조차 그리지 않았으며, 따라서 세상에 알려진 〈행복한 눈물〉과 자신이 완전히 무관하다는 건지 따위의 궁금증을 남겨 둔 채 말이죠. 다행스러운 건 리히텐슈타인과 〈행복한 눈물〉이 아주 무관해 보이지 않는다는 겁니다. 리히텐슈타인은 적어도 30년 가까이 〈행복한 눈물〉의 저작권자 역할을 해왔고 심지어는 〈행복한 눈물〉의 창작 동기를 소재로 신문에 글을 기고하기도 했으니까요. 그렇다고 해서 그가 진정 〈행복한 눈물〉의 창조자일까요?

이 이상한 논쟁은 우선 덮어두기로 하고, 그가 〈행복한 눈물〉을 그리기 직전의 과거로 시간을 거슬러 가보는 게 좋겠습니다. 이미 눈치채셨겠지만 관장님이 기억 저편에 완전히 묻어 버린, 혹은 기억하고 싶지 않은 어떤 기억들, 관장님의 기억 속에서 생명이 다해 버린 기억 하나를 다시 들추기 위한, 어쩌면 이것은 사전 정지 작업이 될 수도 있겠지요. 물론 제 편지를 끝까지 읽고 안 읽고는 전적으로 관장님의 자유 의지 겠지만……. 리히텐슈타인 본인은 기억하기 싫겠지만 〈행복한 눈물〉이 나오기 전해인 1963년, 그는 가장 치욕스러운 한 해를 보냈습니다. 만년 무명 화가로 지내 오다가 1961년에 와서야 〈공놀이 소녀〉라는 놀라운 작품으로 화단의 주목을 받아 의욕적으로 작품을 '생산'해나가던 시절이었죠. 세간에 널리 알려지진 않았지만, 그는 당시 교편을 잡았던 러트거스 대학교에서 제자를 추행했다는 이유로 윤리위원회에 회부되기도 했습니다. 6개월의 조사 끝에 혐의 없음으로 결론이 났지만, 그 사건으로 인해 리히텐슈타인은 견딜 수 없는 좌절을 겪게 되지요.

훗날 전기 작가가 밝혀낸 바에 따르면 그는 미키라는 제자와 사랑에 빠졌던 것 같습니다. 미키는 부임 첫해에 만난 제자로, 리히텐슈타인은 그녀를 모델 삼아 〈공놀이 소녀〉를 비롯하여 〈봐라, 미키〉, 〈차 안〉 같은 작품을 의욕적으로 그리게 됩니다. 그러나 3학년이 되면서 미키의 신상에 변화가 일어나는데, 그녀에게 남자 친구가 생겨 버린 거죠. 마흔세 살의 리히텐슈타인은 사랑하는 여자가 새 남자 친구와 교정을 나다니는 모습을 참담히 지켜보았을 겁니다. 당연하게도 그녀의 마음을 되돌리기 위해 노력을 기울였지요. 〈물에 빠진 소녀〉가 나왔던 시기가 그즈음이었던 것 같습니다. 그러면 그럴수록 리히텐슈타인은 자신이 진흙탕 속으로 빠져들고 있다는 걸 느껴야 했습니다. 마침내 올 것이 오고 말았지요. 미키의 남자친구가 학내 윤리위원회에 리히텐슈타인을 제소했던 겁니다. 다행히도 미키가 나서서 적극적으로 해명을 한 덕에 리히텐슈타인은 그 사건이 오해에서 비롯되었음을 학교 당국에 인식시킬 수 있었습니다. 〈행복한 눈물〉이 그려진 건 바로 그 직후였고요.

널리 알려진 대로, 물론 지금은 그것이 진실인지 허구인지 증명할 방법이 없게 되었지만, 〈행복한 눈물〉에는 리히텐슈타인의 전형적인 특징들이 죄다 들어가 있습니다. 인물이나 물체를 둘러싼 굵은 윤곽선과 강렬한 삼원색과 무수한 망점(Benday Dot)의 집합으로 표현되는 사물들. 리히텐슈타인은 이런 망점을 붓이 아닌 구멍 뚫린 판을 사용하여 만들어 냈는데, 오히려 이런 기계적인 작업들이 훗날 비평가들을 자극하는 결과로 이어지게 되지요. 미술 비평지 같은 곳에 잘 설명돼 있는 대로 ─텔레비전에 비친 광고 프레임의 무수한 망점들처럼 대량 생산과 대량 소비를 강조하고 매스 미디어에 의해 지배되는 현대의 풍경을 풍자, 일상과 예술의 경계를 허문 진정한 팝 아티스트, 이후 붓 자국을 만화 양식으로 변형시킨 아르 데코 디자인과 고대 그리스의 신전 건축과 정물화 등에 관심을 가지며 이를 재해석하는 작업에 몰두했으며…… 등등. 한데 여기서 한 가지 질문이 생깁니다. '행복'과 '눈물'이라는 상반된 단어의 조합을 통해 리히텐슈타인은 무슨 얘길 하고 싶었던 걸까요?

리히텐슈타인과 미키의 구구절절절한 연애담과 〈행복한 눈물〉에 대한 사전적 설명은 이쯤에서 줄일까 합니다. 중요한 건 그날의 리히텐슈타인이겠지요. 사랑하는 여인을 빼앗기고 홀로 교정을 서성였을 중년의 남자, 사랑하는 연인을 마음에서 내려놓고 그녀의 행복을 빌어야 하지만 마냥 그럴 수만은 없었던 그날의 리히텐슈타인, 그리고 행복한 눈물…… 관장님은 어떤가요? 혹 사랑하던 남편을 다른 여자에게 빼앗기고 울어 본 적은 없나요? 당신의 질투가 한 여인을 죽음으로 몰아간 적은 없나요? 그리하여 회장님의 마음이 그 여인에게서 완전히 떠나간 지금, 당신은 진심으로 행복한가요? 누구도 기억하지 않는 기억들이 아직도 당신을 괴롭히고 있지는 않은지……. 혹여 당신은 지금, 아랫사람들을 죄 동원하여 당신의 기억 속에서 사라져 버린 그림 한 점을, 아니 당신의 있고도 없는 옛 기억을 찾고 있지는 않은지. 어쩌면 원래부터 존재하지도 않았을지 모를 그것의 이미지를…….

3

그래요. 나는 당신이 운영하는 미술관 '모나드'의 지하 비밀 수장고 관리자였습니다. '였'이라는 과거형 어미가 편지를 쓰는 내내 손가락을 주춤거리게 만드는군요. 어쩌면 나는 여전히 그 직책을 맡고 있는지도 모르니까요. 해고 통지를 받은 일도 없고, 스스로 사표를 낸 적도 없으니 말입니다. 내가 그 직책에 오르기까지 당신이 얼마나 나를 신임했는지, 그 생각을 하면 지금도 가슴이 미어집니다. 그래요. 나는 당신과 나 사이에 놓인 인간적인 신뢰를 형편없이 무너뜨렸습니다. 더구나 당신의 고향 친구인 내 어머니, 믿고 일을 맡긴 그 아들로 인해 친구와의 오랜 우정에도 금이 가게 생겼군요. 미친 소리로 들리겠지만 이 모든 일의 시작이 한 여인 때문이었다고, 아니 그 여인이 사랑한 그림 〈행복한 눈물〉때문이었다고 말한다면 작게나마 변명이 될 수 있을까요?

제 손가락은 자판 위에서 문장을 썼다 지우며 한 마리 딱정벌레처럼 앞걸음과 옆걸음을 반복합니다. 유감스럽게도 이쯤에서, 관장님이 결코 기억하고 싶어 하지 않을 사진첩 하나를 들춰내야겠군요. 그래야 나의 미나……, 당신과 회장님이 쌓아 올린 시간의 감옥에 갇혀 서서히 말라 죽어간 그 여자 이야기를 할 수 있게 될 테니까요. 제가 그녀를 처음 본 건 5년 전 어느 봄이었습니다. 무슨 일인가로 회장님이 미술관에 들른 날이었지요. 아마도 관장님은 해외로 출장 중이었을 겁니다. 눈치채셨겠지만, 회장님은 관장님이 자리를 비운 날을 택해 여자들과 미술관에 들르곤 했지요. 그날 오후도 그런 많은 날들 가운데 하나였습니다. 하지만 제겐 아주 특별한 날이었지요. 관장님과 회장님 이외엔 아무에게도 열어 보여주지 않았던 19호실에 최초로 외부 손님이 든 날이었기 때문입니다.

그날 회장님은 친히 제게 오셔서 지시했습니다. 지하 주차장, 자신의 볼보 승용차 안에 한 여자가 앉아 있다. 그 여자를 비상계단을 이용하여 ―여기서 비상계단이란 19호실로 들어갈 수 있는 '유일한 길'을 가리키는 은어라는 사실을 관장님은 알고 계실 겁니다. 미술관 직원들을 통틀어 19호실의 존재를 알고 있는 사람은 셋 밖에 되지 않으니까요― 19호실로 안내해줘라. 여자가 19호실에 다녀갔다는 사실은 누구에게도 비밀로 해야 한다. 심지어는 관장님에게까지도……. 대략 이런 지시였습니다. 누구 말씀이라고 거절을 하겠습니까? 지하 주차장으로 달려가니 처음 보는 여자가 자동차 뒷좌석에 인형처럼 앉아 있더군요. 회장님과 단 둘이 들른 건지 수행원도 비서도 보이지 않았습니다. 재색 실크에 흰 테두리를 두른 소박한 챙모자를 깊이 눌러쓴 데다가 마스크와 선글라스로 얼굴을 꽁꽁 가리고 있어서 인상은 확인할 수 없었습니다. 하지만 자동차에서 내리는 순간 슬쩍 훔쳐본 옆모습만으로도 범상치 않은 여인이란 걸 단박에 알아볼 수 있었죠. 거의 완벽하다 싶은 몸매에 선글라스를 통해 살짝 비쳐진, 정지한 듯한 큰 눈동자가 이상한 우울을 달고 아주 잠깐 내 얼굴에 머물다 간 것이 마음에 살짝 걸리긴 했지만 말입니다.

그녀와 나는 세 개의 문을 지나 19호실로 들어갔습니다. 이백 평가량 되는 그 방은 언제나 그렇듯 적막했습니다. 저는 보안을 해제하고 조명을 밝혔습니다. 물감 냄새를 풍기며 동면하던 그림들이 하나 둘씩 빛 속에 드러나기 시작했습니다. 수백 년을 땅 속에서 견뎠을 자기(瓷器)들과 고대의 왕들이 쓰던 금제 장신구들, 소문으로만 떠도는 금동미륵보살, 일본에만 단 한 점 존재하는 것으로 알려진 고려의 수월관음도 같은 그림들……. 여자는 독을 지닌 살모사가 인간의 가장 예쁜 지점을 향해 기어가듯 조용히, 벽에 걸리거나 선반에 올려놓은 그림들 속으로 발을 딛더군요. 저는 입구에 그림자처럼 서서 조용히 여자의 뒷모습을 좇기 시작했습니다. 문을 열어 주라는 것 이외에는 어떤 지시도 받지 못했기 때문이지요. 그런데 등을 보이고 몇 발짝 걷던 그녀가 갑자기 한쪽 손을 살짝 치켜드는 것이었습니다. 그러곤 생기라곤 전혀 느껴지지 않는 목소리로 부탁을 해왔지요.

"저어기…… 죄송하지만 조명 좀 줄여 주시겠어요?"

30대 초반, 혹은 중반쯤으로 느껴지는 목소리였습니다. 저는 즉시 조명을 반으로 줄여주었습니다. 여자는 고맙다는 인사로 모자챙을 살짝 들어 보이고는 하이힐을 또각이며 반대편 구석으로 돌아가더군요. 저는 출입구 앞 데스크에 앉아 CCTV에 비치는 여자의 뒤태를 숨 죽여 살피고 있었고요. 어떤 까닭인지는 모르지만, 여자가 자신의 얼굴을 보여주고 싶어하지 않는다는 걸 알 수 있었습니다. 회장님의 소문난 여성 편력대로, 어쩌면 이름이 알려지기 시작한 신인 가수이거나 혹은 텔런트인지도 몰랐죠. 외부인에게 한 번도 개방한 적이 없는 19호실을 보여주는 것으로 보아 아주 특별한 손님이란 것 하나만은 분명했습니다. 사실 저는 여자의 정체에 관심이 없었습니다. 그건 회장님이나 관장님을 곁에서 모셔야 하는 우리 같은 사람들이 지켜야 할 가장 중요한 덕목이니까요.

아시다시피 19호실은 존재하기도 하고 하지 않기도 하는 그런 곳입니다. 설계 단계부터 방의 존재는 철저하게 가려졌습니다. 하지만 최첨단 컴퓨터 시스템에 의해 환기와 습도 조절은 물론 침수, 화재, 지진 등의 비상사태 등에 견딜 수 있도록 제반 시설이 완벽하게 설계된 방이기도 합니다. 그곳에는 세상에 존재한다고 알려진, 그러나 확인되지 않은 백여 점 이상의 그림과 이백여 개의 골동품들이 숨겨져 있지요. 그림의 대부분은 관장님과 회장님이 비공개 루트를 통해 경매에서 사들인 진품들입니다. 적게는 1, 2억짜리 그림으로부터 많게는 수 백 억을 호가하는 물건들이지요. 관장님과 회장님이 특히 그림을 선호하는 이유는 수 백 억에 낙찰을 받아도 한 두 단계만 거치면 철저히 익명이 보장될뿐더러, 경매 주체에 따라 세금을 합법적으로 물지 않거나 적게 납부해도 되기 때문이겠지요.

그날 이후 여자는 한 달에 한 번, 생리를 하듯 주기적으로 19호에 들렀습니다. 같은 일이 반복되면서 차츰 여자의 방문 목적과 동선이 눈에 들어오더군요. 한번 방문할 때마다 여자는 약 20분 가량 19호실에 머물곤 했는데 그녀는 대부분의 시간을 가장 안쪽 벽에 걸린 〈행복한 눈물〉 앞에서 보내는 것이었습니다. 처음부터 여자가 그 그림을 보기 위해 들른 것인지, 아니면 소장한 그림을 감상하는 과정에서 유독 그 그림에 집착을 하게 된 건지는 알 수 없습니다. CCTV에 비친 여자는 거의 정물처럼 〈행복한 눈물〉 앞에 굳어 있곤 했는데, 그럴 때면 그녀가 마치 거울을 들여다보는 것처럼 마스크와 선글라스에 가려진 그녀의 진짜 얼굴이 〈행복한 눈물〉에 비쳐진 건 아닌지, 하는 착각에 빠지곤 했습니다. 여자는 매번 자신의 얼굴을 바라보기 위해 들렀던 것은 아닐까요?

그런 날들이 자그마치 1년 하고도 6개월이나 계속됐지만 여전히 저는 여자에 대해 아는 것이 없었습니다. 말을 붙여본 적도, 여자가 특별히 말을 걸어온 적도 없습니다. 한 가지 유일한 변화라면, 회장님을 두고 여자 혼자 찾아오는 날의 비중이 점차 늘어났다는 점입니다. 물론 여지없이 회장님의 문자 메시지가 제 폰에 직접 찍혀 있곤 했지요. 그런 날은 어김없이, 영화에서 작전을 펼치듯 여자를 데리고 미궁처럼 설계된 미술관 지하를 여기저기 돌아 19호실에 닿곤 했습니다. 정장 차림의 여자는 두세 걸음쯤 떨어진 곳에서 묵묵히 제 뒤를 따라왔고요. 건강이 안 좋은지 잔기침을 하기도 했는데, 부축을 해야 할 정도로 심하지는 않았습니다. 그게 다였죠. 20분쯤 흐르면 재촉하기 전에 여자는 알아서 그림으로부터 떨어져 나왔고, 주차장까지 배웅을 하면 고맙다는 인사를 까딱해 보이곤 자신의 분홍색 닛산 마치에 올라 주차장을 빠져 나갔습니다. 여자가 가고 나면 황급히 19호실로 돌아와 CCTV에 찍힌 영상들을 삭제한 것도 매번 변함없는 일과였고요.

여자의 왕래와 더불어 가장 크게 변한 곳은 19호실입니다. 여자가 찾기 전까지 그곳은 늘 존재를 부정해야 하는, 음침하고 비밀스러운 장소에 지나지 않았습니다. 밖으로 꺼내진다면 한 점 한 점, 신문의 헤드라인을 장식하고도 남을 위대한 예술품들이 ―혹시나 이 편지가 유출될 것에 대비하여 차마 세세한 목록만은 밝히지 못하겠군요― 묵묵히 시간을 견디고 있었으니까요. 예술품은 사람의 눈길이 닿을 때 비로소 그 가치를 발하지 않습니까? 여자는 매번 19호실을 찾아와 존재하지 않는, 그러나 존재를 부정할 수 없는 그 예술품들에게 숨을 불어넣고 있었던 겁니다. 많은 시간 여자의 발길이 〈행복한 눈물〉 앞에 멈춰 있긴 했지만, 그녀의 방문만으로도 19호실의 그림과 골동품들은 제 존재의 가치와 긴 시간 침묵과 싸워야 하는 이유를 알아 버린 셈이지요. 아, 그녀가 구두를 또각거리며 그 작은 ―만 2천 평이나 되는 3층짜리 미술관 전체 공간에 비하면― 공간을 돌아다닐 때마다 공간 자체가 얼마나 화사하게 빛났는지, 관장님은 좀체 짐작하지 못하실 겁니다.

4

관장님, 혹시 관장님께서는 〈행복한 눈물〉을 잠시라도 가까이서 응시해본 적이 있나요? 유감스럽게도 제 기억 속엔 그런 장면이 남아 있지 않군요. 제가 이곳 19호실의 비밀 책임자가 된 뒤, 관장님이 이곳에 직접 내려오신 적은 손으로 꼽을 정도니까요. 그마저도 컴퓨터로 계측되는 작품 목록을 확인하고, 채광과 습도 상태를 확인한 뒤 쫓기듯 지상으로 올라가 버리곤 하셨지요. 존경하는 관장님, 관장님의 기억 속에 19호실은 어떤 의미였나요? 세상 밖에 있을 때, 온갖 찬사를 듣던 그림

⟨Happy Tears⟩, Loy Lichtenstein

들도 이곳에 오면 오직 숫자와 기호로만 존재하지요. 수백 년, 수천 년을 땅 속에서 견딘 유물과 옛 장인들의, 평가불가의 가치를 지닌 작품도 마찬가집니다. 숫자화 된 기호들이 값으로 환산되고, 환산된 그 가치는 그룹을 막후에서 지지하거나 미래의 위험을 대비하기 위해 비축되는 자산 그 이상도 이하도 아닌 그런 것이겠지요.

관장님, 언젠가 미술관 이름을 왜 '모나드'로 지었느냐고 잡지사 기자에게 질문을 받은 적이 있으시죠? 그때 관장님이 미소를 지으며 했던 말을 아직도 기억합니다. 모나드란 넓이나 형체를 가지고 있지 않으며, 무엇으로도 나눌 수 없는 궁극적인 실체로 모든 존재의 기초가 되는 것이잖아요? 하지만 역설적이게도 그것은 실체가 없지요. 저는 그러한 존재를 영원이라고 생각합니다. 현실의 시간이 아닌 영원의 시간, 우리 미술관에 전시된 수천 점의 작품들도 그렇게 영원의 시간 속에서 영원히 보존되길 바라는 마음을 담았습니다……. 물론 관장님은 모나드(Monad)가 원래 수학 용어로 1, 또는 단위를 뜻하는 그리스어의 모나스(monas)에서 유래되었다는 것은 모르고 계셨겠지요. 개관을 앞두고 홍보실에서 미리 알려준 문장 몇 개가 관장님이 읊은 상투적인 답변의 전부였으니까요. 세상을 창조한 조물주로부터 인간과 동물, 식물을 포괄하는 세상의 모든 물질이 그러나 이 모나드 속에 체계를 갖춘 채 숨겨져 있다는 개념을 관장님은 혹 이해하시겠어요?

언젠가 〈행복한 눈물〉을 찬찬히 뜯어본 적이 있습니다. 그날따라 여자는 30분 가까이 그림과 눈을 맞추었고 내가 멀리서 지켜보는 것을 잊은 듯 손수건을 꺼내 눈물을 닦기 시작하더군요. 여자가 눈물을 보인 건 그날이 처음이었기에 —당신은 상상이 가십니까? 눈물을 흘리는 그림 속 여인과 그 그림을 바라보던 여자가 침묵 속에서 마침내 소리 죽여 눈물을 흘리던 그날의 장면이— 여자를 보내고 난 뒤, 나는 그림 앞으로 다가갔습니다. 가로 세로 각각 1미터가 조금 못 되는 〈행복한 눈물〉은 그림에 문외한인 제게 그다지 특별한 감흥을 주지는 못했습니다. 붉은 머리를 한 외국계 여성이 두 손으로 턱과 볼을 감싼 채 눈물을 흘리고 있는 그림이었죠. 여성의 표정이 우는 건지, 웃는 건지 애매해서 만약 제목의 친절한 설명이 없었다면 어떤 장면을 그린 건지 헷갈렸을 것이 분명한 그림입니다. 전기 작가의 취재대로라면 그림 속 여성은 당연히 화가 리히텐슈타인이 사랑했던 미키가 되어야 하겠지만, 그것 역시 진실이란 증거는 없지요. 〈행복한 눈물〉은 감상자에게 스스로 던진 질문의 답을 전가할 뿐입니다. 혹시 관장님은 소녀 미키의 얼굴에 찍힌 무수한 망점을 보신 적이 있으신가요?

세상에 널리 알려진 대로라면, 모 텔레비전 프로그램에서 장장 60분을 할애하여 추적한 대로라면, 리히텐슈타인의

1963년 작 〈행복한 눈물〉은 2002년 뉴욕 크리스티 경매를 끝으로 세상에서 모습을 감춥니다. 영국 BBC의 지난 2002년 11월 15일자 뉴스를 인용하자면, "팝 아티스트 로이 리히텐슈타인의 〈행복한 눈물(Happy Tears)〉이 11월 13일 뉴욕 크리스티 경매장에서 해당 작가의 낙찰가 기록을 깨며 익명의 구매자에게 710만 달러에 판매되었다"고 합니다. 더 자세한 사실 관계는 미술품 경매 정보를 주로 소개하는 사이트 아트넷(www.artnet.com)에서도 확인할 수 있는데, 아트넷에 의하면 이날 〈행복한 눈물〉을 구매한 사람은 특이하게도 전화 경매를 통해 익명으로 작품을 습득했으며, 낙찰가는 정확히 715만 9500달러였다고 합니다. 리히텐슈타인의 〈입맞춤〉이 크리스티 경매에서 605만 달러에 거래된 이래 작가의 단일 작품으로는 최고 입찰가 기록을 세운 셈이죠.

50분을 할애한 텔레비전 프로는 온갖 억측과 증명되지 않은 소문을 일일이 추적하여 호기심을 자극했지만 ─당신도 알다시피 우리 그룹의 비자금이니 특검이니 탈세니, 하는 단어들과 연결이 돼 있는─ 세상에 알려진 사실은 크리스티 경매 기록이 마지막이었습니다. 그리고 시간을 한참 건너 뛰어 모나드의 비밀 지하 창고에서 모자와 마스크로 얼굴을 가린 한 여자에 의해 그 그림의 존재가 다시 존재를 증명 받게 된 거지요. 그 여자가 아니었다면 저 역시 그 그림에 관심을 가질 아무런 이유가 없었을 테니까요. 비록 수백 억 원을 호가하는 그림일지라도 〈행복한 눈물〉 역시 이곳 19호실에서 보자면 다른 수많은 그림 중의 하나일 뿐입니다. 그렇습니다. 관장님에게도 회장님에게도, 또한 그곳의 관리자인 제게도 그건 하나의 그림, 그 이상도 이하도 아니지 않았습니까?

5

이제 조금 더 핵심에 근접한 이야기를 해야 할 때로군요. 바로 그 여자에 대하여 말입니다. 정확히는 여자에 대한 제 감정에 대하여……. 믿으실지 모르지만 저는 그 여자를 사랑했습니다. 너무 상투적인 문장이라 얼굴이 화끈거리는군요. 그러나 '사랑'이라는 단어를 빼고 제 감정을 더 정확히 밝힐 만한 단어는 떠오르지 않습니다. 단지 한 여자가 2년 남짓 한 기간 동안 한 달에 한 번 제가 맡고 있는 19호실로 찾아왔을 뿐인데, 주고받은 건 눈인사 정도가 고작이었는데, 더구나 얼굴조차 보여주지 않는 그녀를, 그것도 회장님의 여자인 것이 분명한 그녀를 〈사랑〉하게 되었던 겁니다. 감정이 생긴 정확한 시기를 고백하라고 강요하신다면 아마도 그쯤이 되겠군요. 검은 선글라스 밑으로 흘러내리는 눈물을 그녀가 조용히 훔치던 그 순간, 바로 그 순간부터라고 말입니다.

그 감정이 찾아온 뒤, 저는 전보다 적극적으로 여자를 대했던 것 같습니다. 무슨 일인지는 모르지만, 그 무렵쯤에 회장님은 단 한 번도 여자와 동행하지 않았습니다. 그러니까 매번 여자 혼자 19호실로 찾아오곤 했던 것이죠. 저는 여자에게 좀 더 친밀하게 말을 걸기 시작했습니다. "날씨가 춥죠?"라거나 "밖에 비가 오던데, 운전 조심하세요"와 같은 말들 말입니다. 여자는 고개를 약간 끄덕여 주거나, "고맙습니다"라는, 가벼운 문장을 발음한 게 다였습니다. 마치 구사할 수 있는 단어가 한정된 왕관 앵무새처럼. 그러곤 핸드백에서 담비 털이 솜뭉치처럼 매달린 열쇠고리를 꺼내 차 문을 열고 안으로 총총 사라지곤 했지요. 올 때보다 더 우울하고 슬퍼 보이는 어깨와 뒷모습을 남긴 채 말이죠.

그로부터 시간은 6개월쯤 건너뜁니다. 회장님께서 비밀 지시를 내리신 건 금요일 자정 무렵이었습니다. 회장님은 직접 전화를 걸어오셔서 이 시간 이후 어떠한 일이 있어도 여자를 19호실에 들이지 말라고 지시하셨습니다. 내가 뭔가 대꾸를 하기도 전에 회장님은 혼잣말처럼 또 이렇게 덧붙이셨습니다. "입 잘못 놀리면 사람 하나 잡는다……" 저는 벽을 향해 허리를 꾸벅 숙여가며 알았다고 대답했습니다. 전화를 끊고 나서 한참 동안 벽을 쳐다보며 퍼즐 조각을 맞추어 보았지요.

여자의 출입을 금지시키라는 말과 사람을 잡는다는 말 사이에 어떤 연결 고리도 느껴지지 않았기 때문입니다. 그러고 보니 이상한 기운이 여자를 둘러싸고 있다는 것을 어렴풋이 감지하고 있었습니다. 여자와 거리를 좁히게 되면서, 그녀를 마음에 담기 시작하면서 제 마음 속에 불필요한 호기심과 걱정이, 불안이, 집요하고도 이상한 본능과 관음적이기까지 한 탐구심이 싹트기 시작한 겁니다.

하지만 한 가지 명백한 사실은 어떤 식으로든 실수가 있을 경우 여자가 다칠 수 있다는 섬뜩한 경고를 받았다는 것입니다. 회장님도 보호해 줄 수 없는 가해의 주체가 누구인지는 막연하게 짐작할 수 있는 대목이었지요. 아무튼 저는 회장님의 지시를 따르기로 했습니다. 관장님께 그동안 벌어진 일들을 죄다 보고하고 용서를 구하는 방법을 생각해보기도 했지만 이미 때가 늦은 뒤였습니다. 저는 어떤 식으로든 여자가 다치는 걸 원치 않았으니까요. 회장님의 지시만 잘 따른다면, 그러니까 여자의 출입만 봉쇄한다면, 더 정확히는 여자의 출입 사실이 관장님 귀에만 들어가지 않는다면 어떤 일도 벌어지지 않을 것이 분명했기 때문입니다. 19호실의 어둠은 원래 그랬듯 다시금 침묵 속에 놓이게 될 것이고, 나는 19호실의 책임자로서 적어도 정년이 될 때까지 비교적 편안한 삶이 보장되는……

약 열흘쯤 지나서 여자의 차가 VIP 주차장으로 독은 품은 뱀처럼 미끄러져 들어오더군요. 아침 일찍, 출근하자마자 사무실 컴퓨터를 가동시키고 막 원두커피를 갈아서 한 잔 마시기 직전이었습니다. 나는 커피를 내려놓고 할딱거리며 주차장으로 뛰어 내려갔습니다. 여자에게 무슨 말을 해야 할지, 머리가 헝클어져 마땅한 변명거리가 떠오르지 않더군요. 여자가 왔다는 것은 회장님의 경고를 무시했다는 말이 되기도 하니까요. 출입 금지를 명했지만 어떤 일로 그녀는 고집을 부렸고, 그 결과 회장님의 특별 지시가 제게 떨어지지 않았겠습니까? 믿음직스럽게 일을 처리하기 위해서는 수단과 방법을 가리지 말고 여자를, 아니 여자의 흔적을 주차장에서 빼내야 했던 겁니다. 더구나 그날은 웬일로 관장님이 아침부터 출근하여 직원들과 미술관 곳곳을 돌아다니던, 아찔한 날이었지요.

나는 여자가 문을 열고 내리기도 전에 오늘 '그곳'에 문제가 생겨서 수리를 하게 되었노라고 둘러댔습니다. 다행히도 그녀는 순순히 제 말을 믿는 눈치더군요. 고개를 끄덕이며 자동차 안으로 모습을 감추어 버렸으니까요. 그러나 회장님의 무시무시한 경고만으로 쉽게 해결될 일은 아니었습니다. 다음 주에도, 그 다음 주에도 아침마다 여자의 차가 주차장으로 미끄러져 내려오는 장면을 목격함으로써 노이로제에 걸릴 지경이었으니까요. 하지만 그게 다였습니다. 여자는 고집을 부리지도 항의를 하지도 않았습니다. 매번 수리가 끝나지 않았다는 변명을 듣고 얌전하게 자신의 승용차에 올라 주차장을 빠져나가곤 했지요. 그렇게 여자는 거의 두 달 동안 미술관 지하 주차장으로 의미 없는 헛걸음질을 계속했습니다. 아니, 그렇다고 믿었지만……, 그건 순진한 착각에 불과했습니다.

수요일 저녁 퇴근 무렵으로 기억합니다. 19호실의 전등 하나가 깜빡거리는 것을 CCTV로 확인하고 비상계단으로 내려갈 때였습니다. 어둑한 계단 층계참에서 인기척이 느껴지더니 검은 그림자 하나가 문 뒤로 바싹 숨어드는 것을 목격하게 되었던 겁니다. 아주 잠깐 컴퓨터를 켜 놓고 뉴스 사이트 기사 하나를 기웃거리는 동안, 그녀가 비상계단으로 잠입하여 19호실로 가는 출입구를 찾아 헤매고 있었던 거지요. 이 상황을 어떻게 이해해야 할지 두 다리가 후들거려 한동안 아무런 말도 못하고 여자만 바라보았습니다. 온 몸의 피가 머리로 몰리며 금방이라도 쓰러질 듯 눈앞이 캄캄해져 오더군요. 이내 정신을 차린 저는 카메라가 비치지 않는 구석으로 여자를 몰아세웠습니다.

"당신 미쳤어요?"

아마도 그렇게 소리를 질렀던 것 같습니다. 그리곤 여자의 몸을 잡고 흔들며 회장님의 무거운 엄명을 몇 차례나 거론했던 것 같습니다. 목숨이 위험할 수 있다는 그 말을, 그 말이 지닌 함의를 그녀가 충분히 알아들었을 것이라고 생각합니다. 나는 그녀를 충분히 이해한다는 취지뿐만 아니라 그녀를 보호하고 있다는 인상마저 주려고 했던 것 같군요. 사실이 그러기도 했고요. 그녀에게 향하는, 독특한 감정이 주체할 수 없이 커져서 거의 터지기 직전이기도 했는데, 여자는 내 고함이 채 끝나기도 전에 어깨를 들썩이며 울기 시작했습니다. 그 모습을 보지 말아야 했습니다. 그녀의 우는 모습을 보지만 않았어도……. 이 사건은 애초에 아무 일도 없었던 것처럼 그렇게 마무리가 되었을 겁니다.

퇴근 후 여자를 이끌고 단골 바로 갔습니다. 무슨 이유에선지 여자는 순순히 따라오더군요. 마스크와 선글라스로 인해 불편한 시선을 받기도 했지만 그런 것에 신경 쓸 여력이 남아 있지 않았습니다. 그 순간, 그러니까 바의 문을 열고 들어가던 순간, 비로소 여자의 감추어진 비밀들을 알 수 있을지도 모른다는 희열과 회장님의 준엄한 경고가 겹쳐서 저는 거의 제정신이 아니었습니다. 술에 잔뜩 취한 여자로부터 회장님의 세컨드로 살아온 눈물의 세월과 젊은 날 포기했던 화가의 미련 때문에 19호실에 출입을 하게 된 일이며, 그 아내 되는 관장에게 생명의 위협을 받고 있으면서도 회장님을 포기하지 못한 건 회장님을 사랑해서가 아니라 〈행복한 눈물〉을 늘 곁에 두고 보기 위해서였다는, 뻔한 스토리지만 나름대로 수긍이

가는 고백을 들은 뒤, 술에 취한 그녀와 함께 비틀거리며 바를 나와 호텔로 들어가 위로의 정사를 벌이는 상상 속에서 저는 행복하게 술을 퍼마셨습니다. 그러나 상상은 역시나 상상 속에서나 존재하더군요. 여자가 끝까지 마스크를 벗지 않은 채 당돌한 거래를 청해 오지 않았겠습니까? 내가 궁금해 하는 것들에 대해 침묵한 채 말입니다.

6

여자는 거래가 성사되면 내 소원 하나를 들어 주겠다고 했습니다. 그러면서 딱 한 번만, 한 번만이라도 좋으니 자신을 19호실에 들여보내 달라고, 그러면 자신은 절대로 그 비밀을 발설하지 않을 것이라고, 아무런 흔적도 남지 않을 테니 두 사람 이외에는 비밀을 알게 되는 사람도 없고, 따라서 자신에게 내려진 어떤 경고, 그 경고를 실행하는 자들도 그 사실을 알 일이 없고, 따라서 자신에게 가해질 위험도 결코 생기지 않을 것이라고……. 그런 얘기를 한 시간 가까이 반복해서 떠들어 댔습니다. 그리하여 술에 잔뜩 취한 내가 마침내 그 제안을 수락하게 되었을 때, 또한 그에 대한 조건으로 그녀의 몸을 온전히, 실오라기 하나 걸치지 않은 그녀의 알몸을 온전히 볼 수 있게 해 달라고 했을 때, 그녀는 짧은 한숨과 함께 그 제안을 수락했던 겁니다. 그리곤 이렇게 중얼거렸던 것 같습니다.

"그런데 왜 하필 몸을……."

그걸 어떻게 설명할 수 있을까요? 그걸 설명할 수 있는 사람이 있을까요? 만약 욕망에 눈이 멀었던 거라면 그날 밤 섹스를 하자고 제안을 했겠지요. 결단코 그 제안은 저 역시 이해할 수 없는 것이었습니다. 더구나 저는 서로의 비밀을 공유하는 장소로 바로 그곳, 19호실을 지정했으니까요. 저는 여자가 검은 선글라스를 벗고, 마스크를 벗고, 그녀의 까만 눈동자로 온전히 〈행복한 눈물〉과 마주하길 바랐던 건지도 모르겠습니다. 하나의 완전체로서……, 무엇도 걸치지 않은, 그러나 완벽한 순수 속에서 그녀가 진정으로 한 줄기 눈물을 흘려주기를, 그 모습을 지켜볼 수 있기를 바랐는지도 모르겠습니다. 지극히 개인적인 그 소망은, 그러나 19호실의 역사에 있어 아주 중요한 사건이기도 할 테니까요.

"몸이 아니라 난 눈이 보고 싶은 겁니다."

겨우 이렇게 대답을 했던 것도 같습니다.

"눈이라면 안경을 벗으라면 되지……."

여자가 픽 웃더군요.

"아니, 그런 눈이 아니라 당신의 발가벗겨진 눈을."

약속한 이틀 뒤, 야근 핑계를 대고 사무실의 직원들이 퇴근하는 걸 지켜본 뒤, 컴퓨터가 같은 화면을 녹화하도록 설정한 뒤, 비상계단으로 그녀를 이끌고 내려간 뒤 나는 그녀를 19호실로 이끌었습니다. 어둡지도 밝지도 않게 조절한 조명을 받으며, 그녀는 입고 있던 옷을 모두 벗고, 얼굴에 쓴 마스크와 선글라스까지 죄다 벗고 목표물을 향해 조용히 거리를 좁혀갔습니다. 불빛 속에 그녀의 나신이 가물거릴 때 나는 그것이 꿈이 분명하다고 생각했는데, 나는 지금껏 어떤 여자에게서도 그토록 완벽한 나신을 본 적이 없습니다만……, 그것은 한 여인의 살아 있는 나체이기 이전에 한 점의 산 누드이기도 했습니다만……, 잉크와 물감의 교묘한 합작이 아닌 피와 살로 이루어진 생생한 한 점의 작품이……, 아아, 한데 그 순간 여자가 불시에, 내가 미처 말릴 틈도 주지 않고 가장자리로부터 벽에 걸린 미키의 얼굴을 죽 찢어 내렸습니다. 그리고는 얼이 빠져 있는 내 앞으로 천천히 다가와 내 눈을 똑바로 쳐다보며 옷을 하나씩 걸치고는 익숙해진 통로로, 아주 잠깐 미안함과 우울함이 담긴 그런 눈으로 나를 쳐다본 뒤 유유히 지상으로 사라져 버렸습니다.

그 짧은 찰나에 나는 보았던 겁니다. 결코 볼 필요가 없는 그녀의 얼굴을, 마스크로 가린 모호한 추측을 단박에 걷어 내며 내 눈앞으로 바싹 다가들던 썩어가는 냄새를, 염산의 흔적으로 짐작되는, 크레이터처럼 파인, 흉물스럽게 찌그러진 입술과 꺼멓게 드러난 코뼈, 의안인 게 분명한 한쪽 눈동자를,

그 옆에 마른 생강처럼 쭈그러든 다른 눈 하나를, 그 서글픈
눈동자 위에 안간힘을 쓰며 서려 있는, 누구를 향하고 있는지
주체를 짐작키 어려운 비웃음과 안쓰러움을, 어떤 슬픔과 분
노를, 제가 쌓아 놓은 이야기의 결말을, 또는 쓰디쓴 시작을,
모호하지만 분명해진 추측을, 그녀의 정수리쯤 내려온 죽음
의 그림자 하나를, 존재하지만 증명할 수 없는 어떤 기억을,
반복되는 이미지들과 무수한 곰보의 망점들을!, 찌그러진 한
쪽 눈에서 흘러내리던 해독할 수 없이 달콤한 눈물을…….

7

　존경하는 관장님, 사라진 그림 한 점에 대한 구구절절한 이
변명이 48시간째 출근도 하지 않을 뿐더러 전화조차 받지 않
는 한 직원의 해명 자료로는 매우 뻔뻔스러운 것이겠지요. 하
지만 관장님과 저 사이엔 아직 하나의 이야기가 더 남아 있습
니다. ─물론 여기까지 참을성 있게 들어준 당신들에게도─
그녀, 혹은 여자라는 익명성 속에 감추어 두었던 그녀의 이름
은 '미나'입니다. 눈치 빠른 당신들은 이미 그 이름을 한 차례
들은 기억이 있겠지요?

　관장님도 아시다시피 그 여자, 미나가 죽은 건 바로 엊그젭
니다. 오피스텔에 불이 났다더군요. 무슨 연유에선지 가스 밸

브가 열려 있었고, 그녀는 요리 중이었다고. 렌지에 그릇을 올려놓고 깜박 잠든 것 같다고 9시 뉴스의 여자 앵커가 또박또박 읽어 대는 걸 황망히 들었던 기억이 납니다. 당연하게도 피해자는 얼굴을 확인할 수 없을 정도로 숯덩이가 되었고, CCTV엔 택배 배달을 제외하면 별다른 침입자의 흔적이 찍혀 있지 않았다는 것도, 건조한 날씨와 봄철 화재 예방을 강조하는 아나운서의 멘트 뒤에 몇 건의 화제 사건이 더 보도되었고, 그렇게 우리의 미나는 죽었습니다. 한쪽 눈의 미나, 코가 무너져 내린 미나, 〈행복한 눈물〉 앞에서 자주 서성였던 미나, 화가가 꿈이었는지도 모를 미나, 썩은 내 풍기는 몰골을, 세상에서 가장 완벽한 나신을 내게 딱 한번 보여주었던 미나, 존재하지 않는 19호실의 유일한 관람객이었던 그녀.

8

이제 이야기는 막바지에 이르렀군요. 죽음이 이야기의 결말이 될 수 없듯이, 이야기의 결말은 새로운 의문 속으로 나아갑니다. 그래요, 나는 리히텐슈타인의 〈행복한 눈물〉을 훔쳐냈습니다. 정확히는 찢어진 그림 한 점이지요. 더 정확히는 그것이 무엇인지는 알 수 없지만 추측할 수는 있는, 그곳이 어딘지는 알 수 없지만 역시 짐작이 가는, 그곳에 존재하지만 존재하지 않는 직원 하나가 복잡하거나 혹은 아주 단순한 이유로 '상한' 그림 한 점을 밖으로 훔쳐 냈고, 그러한 행동은 한 여자의 죽음과 어쩌면 연결이 되어 있을지도 모르며, 그게 아니라면 판단할 수 없는 상황 속에서 여자가 그토록 발견하고자 했던 것이 무엇이었는지를 생각하며, 찢어진 그림 속에서 여전히 웃고 있는, 그러면서 눈물 흘리는 한 여인과 눈을 맞추고 있는지도 모르겠습니다. 바로 지금 이곳에서.

미나가 그림을 찢고 사라졌지만 아무런 일도 일어나지 않았습니다. 19호실은 원래부터 그런 곳이니까요. 나는 〈행복한 눈물〉이 있던 자리에 프랭크 스텔라의 〈베들레헴 병원〉을 걸었고, 웬일인지 오래도록 그 사실이 들키지 않을 것 같다는 안도 속에서 그날 밤을 보냈습니다. 그런 그림 따위는 본래부터 세상에 존재하지 않았으니까요. 누군가의 기억 속에, 혹은 암호화된 파일로만 존재하는 그런 그림이라면, 그것의 모체가 사라진다 해도 복제되고 암호화된 이미지를 통해 영원히 존재하게 될 테니까요. 이미 2002년 경매를 마지막으로 사람들의 시야에서 사라져 버린 그 그림이 —사실 2002년 경매 당시에도 진품이 공개되지는 않았지만— 여전히 존재하는 것으로 세인들의 입방아에 오르내리고 있듯이, 이미 죽어버린 한 여자의 눈동자가 여전히 나를 비웃고 있듯이. 죽었달 수도 살았달 수도 없는 리히텐슈타인이 바지에 오줌을 지리면서도 냉정한 얼굴로 제 그림을 부정했듯이…….

진실은 무엇일까요? 무엇은 무엇일까요? 혹시 그것들은 애초부터 존재하지 않았던 것은 아닐까요? 실체는 존재하지 않은 채, 그것이 만들어낸 이미지들만이 유령처럼 떠돌았던 것은 아닐까요? 우리를 열광시킨 건 작품이 아니라 그 작품의 공허가 아닐까요, 아니 그 작자의 고독이 아닐까요, 아니 그림 자체가 품은 고통이 아닐까요. 존재하는 모든 사물은 아프니까요. 관장님이 증오했던 그 여자처럼 말입니다. 이제는 그런 여자가 존재했는지조차 가물가물해진 지금도 계속해서 누군가의 기억 속에 형체를 조립해 가고 있겠죠. 그 기억이 지금 내 발밑에 찢겨진, 그림이었던 한 물물의 기억처럼 찢어진 낙장을 만들고, 죽음을 만들고, 증오를 만들고, 애욕을 만들어온 것은 아닐까요? 존재한다는 것은 어떤 약속도 없이 그렇게 허공과 허공을 오가는 말과 말의 유희가 아닐까요.

돋보기로 확대시킨 리히텐슈타인의 다른 그림들처럼, 본래 소녀도 없고, 눈물도 없고, 오로지 이름으로만 존재하는, 거친 붓 터치, 무수한 망점들이 모여 만들어낸 모체와 무관한 이미지의 조각들, 그 싼 질료의 조합에 값이 매겨지고 가치가 상승하고 욕망이 덧칠되는 장면을 리히텐슈타인은 소녀의 눈물을 통해 안타깝게 조롱하고 있었던 것은 아닌지, 그리하여 종이와 물감의 조합인 본래의 그림과 〈행복한 눈물〉이 분리되고,

〈행복한 눈물〉이 비평가들과 쓸쓸한 애호가들의 입방아 속에 거인으로 자라는 동안에 그 나약하고 힘없는 모체는, 본래 물감 몇 그람과 종이 한 장에 불과한 그것은 한없이 가엾게 여러 조각으로 찢겨 이렇게 내 발밑에 이르게 되고 만 것은 아닌지…… 뭔가를 부정하는 일은 늘 그렇듯 고통을 필요로 하죠. 그래도 당신들의 눈물은 굳건하겠지만.

9

존경하는 관장님, -물론 당신을 포함하여…….
이제 이 짧고도 긴 이야기를 마쳐야 할 때가 되었군요.
나는 성냥을 그어 발밑의 종이쪼가리를 태워 나갑니다.
나는 단지 연기 때문에 눈물을 흘립니다. 지금은…….
기억할 필요도 없고 결코 존재한 적이 없는,
그런 순간입니다.

라 빠 빠

"……혹시 라빠빠라는 단어 들어 봤소?"

"아뇨. 사람 이름인가요? 아니면 지명?"

"이름도 지명도 아니지. 그건 어디에도 존재하지 않는 무엇이니까."

1

나는 푸른 어둠에 갇혔다. 그 사내로부터 시작된 일이다.

D국에 온 지 한 달쯤 지나 그를 만났다. 무작정 지구 반대편으로 날아온 뒤, 나는 공항 근처의 작은 여관에서 동면에 든 반달곰처럼 잠만 잤다. 잠 속에서 또 잠을 자고 자면서 깨는 꿈을 꿨다. 나중에는 깨어 있어도 잠을 자는 건지 깨어 있는 건지 헷갈렸다. 일주일 정도 지나자 차츰 정신이 돌아왔다. 나는 여벌의 옷과 속옷이 든 배낭을 짊어지고 여관을 나섰다. 마침 오얀따이땀보로 가는 버스가 왔다. 오얀따이땀보가 어딘지도 모른 채 버스에 올랐다. 그게 시작이었다. 그 후 줄곧 버스에서 기차로, 때론 트럭에 올라 여관과 호텔, 크고 작은 터

미널을 전전하며 정신없이 부대껴 왔다.

돌아다니는 일이 슬슬 지쳐갈 무렵 원주민 마을로 간다는 버스를 만났다. 트럭을 개조해 만든 낡은 버스였다. 버스엔 장을 보고 돌아가는 원주민들뿐만 아니라 오지 투어에 나선 타국 관광객들도 몇몇 섞여 있었다. 그 사내는 외국인들을 대상으로 초피농장 체험 프로그램을 운영하는 현지 관광사의 한국인 가이드였다. 그는 펑크 난 타이어를 수리하느라 버스가 멈춘 틈을 타 내 옆자리로 옮겨 왔다. 원주민 전통 복장에 꽁지머리를 한 터라 나는 그가 같은 나라 사람임을 즉각 알아보지 못했다.

"혹시 우리나라 사람 아니쇼?"

사내가 반가운 얼굴을 하고서 대뜸 물었다. '우리나라'가 주는 어감이 대단히 생소하게 들렸다. 나는 대답을 피한 채 곁눈으로 그를 살폈다. 사내는 원주민들이 즐겨 쓰는 챙이 넓은 모자에 어깨엔 면으로 촘촘히 짠 판초를 두르고 있었다. 키가 작고 약간 통통한 얼굴이었다. 50대 초반이거나 그보다 조금 더 먹어 보였다. 붉은 색과 흰 색이 어우러진 판초는 사내의 불그레한 얼굴과 잘 어울렸다. 필시 알코올 중독자이거나 코카인 흡입자일 것이라고 나는 제멋대로 상상했다. 사내가 히죽 웃으며 말을 이었다.

"먼 곳에서 고국 사람을 만났는데 한 잔 안 하고 잘 수 있나.

9시쯤 어떠쇼? 향이 끝내주는 술이 있는데 코쟁이들하고 마시면 당최 흥이 나질 않아서."

산사태로 길이 험해진 데다가 타이어를 가느라 시간을 소비해서 버스는 예정보다 3시간이나 늦게 농장에 닿았다. 저녁이라 10만 평이나 된다는 초피나무 농장은 어둠 속으로 숨은 뒤였다. 곧바로 숙소가 배정되고 저녁이 차려졌다. 빵에 소시지를 넣은 초리빤(choripan)과 이 지방 전통 음식인 꾸이(cuy)가 메뉴였다. 농장에 모인 관광객들은 대략 스무 명 안팎이었는데, 아홉 시간이나 버스에 시달린 탓인지 식사가 끝나자마자 뿔뿔이 제 방으로 흩어져 들어갔다. 그로부터 10여 분 뒤 사내가 문을 두드렸다.

"병이 비면 가죠. 실례란 건 알지만 술이 기막히게 익어서……."

사내가 누런 앞니를 드러내며 우물쭈물 말했다.

"피곤해서 그러니 다음에 한 잔 하지요."

나는 정중하게 사내의 제안을 거절했다.

"신상을 안 물을 테니 걱정마슈. 당신 같은 치들 한두 번 봤어야지."

사내의 건들거리는 말투가 신경을 긁었다.

"말조심하시지. 당신 같은 치들이라니?"

"허허, 동향 사람을 보고도 말을 섞고 싶지 않다면 이유는 하나뿐이지 않나? 요즘은 좀 뜸하지만 경제 위기 때만 해도 그런 사람들 꽤 많았지. 밤새 쥐새끼처럼 고향을 떠나와 여기저기 떠도는 사람들 말요."

사내는 이빨로 병뚜껑을 따며 넉살 좋게 방바닥에 주저앉았다.

"틀렸습니다. 나는 만사가 다 귀찮은 사람일 뿐이오."

술 냄새를 맡자 불쾌한 마음이 조금 누그러졌다.

"거 튕기지 말고 한잔 합시다. 금방 돌아간대도."

사내의 재촉에 못 이기는 척 자리에 앉았다. 사내는 그럴 줄 알았다는 듯 히죽 웃고 나서 술부터 따랐다. 사내가 가져온 술은 초피나무 진액이 가미된 데킬라의 일종이었다. 도수는 알 수 없지만 첫 잔이 부드럽게 목에 감겼다. 오장육부가 데워지자 목울대로 뜨거운 것이 울컥하고 올라왔다. 비행기를 타기 직전까지의, 지옥과도 같았던 열흘의 시간이 생생하게 곤두섰다. 아직 아귀지옥을 벗어나지도 못했는데, 사내가 내미는 술은 달고 향기로웠다. 구신(口神)이 얹히기라도 한 듯 사내는 혼자 떠들어댔다.

"이 동네는 어딜 가도 초피나무 천지죠. 고것이 특히 독을 제거하는 능력이 탁월한데 원주민들은 초피나무를 끓여 그 물로 목욕을 하면 영혼이 정화된다고 믿기도 합다. 나 같은 주당들은 데킬라 한 병이면 그만이지만. 끄윽."

사내는 15년 전 D국에 정착했으며 아이가 둘이라고 자신을 소개했다. 고향에 아내가 있음에도 기약 없이 여행을 왔다가 원주민 여자를 만나 눌러앉았다는 것이다. 자세한 내막이야 알 길이 없지만 딱히 허풍으로 들리지는 않았다.

"여긴 아주 이상한 동네죠. 같은 지구지만 전혀 다른 세상이란 말입니다."

사내의 중얼거림을 계속 듣고 있자니 하릴없이 아내가 떠올랐다. 눈을 감고 귀를 막아도 어쩔 수 없었다. 아내는 자신의 서른여섯 번째 생일날 모텔 12층에서 뛰어내렸다. 내 앞으로는 '미안하다'는 짧은 메모 한 줄을 남겼을 뿐이었다. 아내에겐 정기적으로 만나던 신원 미상의 남자가 있었다. 아내의 정부는 모텔 CCTV 속에서만 존재할 뿐, 어디에서도 흔적을 찾을 수 없었다. 정부는 아내가 죽기 보름 전을 끝으로 CCTV에서 모습을 감췄다. 사건 당일 아내는 혼자였고, 아내의 죽음은 자살로 결론이 났다.

"그건 그렇고, 하필이면 원주민 여인을 만났나요?"

"거 운명 아니겠소? 원래는 좀 신파적인 사연이 있기는 하지. 어릴 때 나를 팽개치고 떠난 아버지를 찾아 여기로 왔으니까."

"댁의 아버지가 이곳에 정착해서 산다는 얘긴가요?"

술이 비기까진 어떡하든 때워야 할 시간이었다.

"……혹시 라빠빠라는 단어 들어 봤소?"

"아뇨. 사람 이름인가요? 아니면 지명?"

사내는 천장을 응시하며 천천히 눈을 감았다.

"이름도 지명도 아니지. 그건 어디에도 존재하지 않는 무엇이니까."

"존재하지 않는다?"

"적도의 어느 곳처럼 밤만 계속되는 곳이요. 푸른 암흑으로 가득한……."

"푸른 암흑? 그렇다면 특별한 장소겠군요?"

사내가 피식 웃었다.

"수도로 올라가 순환선 전동차를 타쇼. 그러면 라빠빠 입구를 찾을 수 있을 거요."

"라빠빠 입구? 도대체 내가 왜 거길 가야 하죠?"

"거길 가야 라빠빠 축제에 참여할 수 있거든."

취하지도 않았는데 사내는 계속 이상한 소릴 지껄여댔다.

"라빠빠에 가면 주기적으로 작은 축제가 열린다오. 그걸 여기 사람들은 라빠빠빠따리엇꼬라고 불러. 엄밀히 따지자면 '라빠빠'가 축제 이름이고 '빠따리엇꼬'는 '만날 수 없는 사람을 만난다'는 의미를 품은 원주민 낱말이지. 라빠빠는 서양인들로부터 고국을 되찾아준 원주민들의 독립 영웅인데 축제 이름은 거기서 유래되었고."

사내의 말투가 차츰 반말 투로 변해갔다.

"그 축제가 댁의 아버지와 무슨 관계가 있다는 겁니까?"

사내가 열어 놓은 들창으로 시선을 돌렸다.

"표면적으로는 독립 영웅을 기리는 축제처럼 보이지만 이면을 들여다보면 딱히 그렇지도 않아. 축제에 빠지지 않고 등장하는 게 코카인과 초피나무 용액을 섞어 만든 '룸파'라는 약물이거든. 원래는 온 마을 사람들이 거리로 몰려나와 춤추고 노래하던 축제인데, 축제가 절정에 달하면 참가자들은 룸파를 마시고 각성 상태가 되어 죽은 가족을 만나는 의식을 치르게 되지. 영혼을 불러들이는 영매가 축제를 주도하는데 규율이 엄격해서 전쟁 이외의 사유로 죽은 사람은 절대로 만날 수 없고. 하지만 정부가 구성되고 법이 강화되면서 룸파는 철저히 규제를 당했어. 그 결과 라빠빠로 숨어 버린 거지. 죽은 자들을 만나러 각지에서 은밀히 찾아오는 사람들로 축제가 변질되었다는 얘기야."

마지막 술잔을 비우며 내가 물었다.

"죽은 자들과 어우러지는 축제라고요……."

"수도로 올라가 지하철을 타쇼. 순환선을 타고 도시를 몇 바퀴 돌다 보면 라빠빠에 갈 사람은 전동차를 갈아타라는 안내 방송이 들릴 거요. 다만 안내 방송이 예고 없이 나오니까 주의를 기울여야 해. 몇 년째 순환선을 타도 아직 그 소리를 듣지 못한 사람이 허다하거든. 방법은 쉽지만 누구나 갈 수 없는 곳, 마치 우리의 종말 같은 곳, 그게 라빠빠지. 인간이 제 폐허를 확인할 수 있는 장소, 제 뼈의 흰색과 마주할 수 있는 곳."

"그래서 당신은 거길 가 봤나요?"

사내가 낄낄 웃으며 대답했다.

"물론 나는 가보지 못했지. 거길 가려면 그쪽처럼 홑몸일 때가 좋은 법이거든. 명심하게. 거길 가려면 한눈팔지 말고 곧장 앞으로만 가야 해."

술병이 비고 사내의 이야기도 끝이 났다. 사내는 약속대로 자리에서 일어났다. 횡설수설 하는 것 같았지만 눈빛만큼은 진지했다. 사내와 이틀을 더 초피나무 농장에 머물렀지만 그 얘기는 더 들을 수 없었다. 사내와 헤어진 뒤 나는 어기적거리며 수도로 올라왔다. 사내의 말이 나를 도시로 이끌었을까? 글쎄, 꼭 그렇지만은 않은 것 같다. 나는 여전히 아내의 기억으로부터 멀리 도망치는 중이었으니까. 그러나 지하철에 앉아 순환선을 한 바퀴 돌고 난 뒤에는 그 생각이 조금 바뀌었던 것도 같다. 아내를 만나면 꼭 한 가지 물어보고 싶은 게 있었으니까. 그건 내 자신에게도 묻고 싶은 거였다.

2

수도로 올라가자 발길은 자연스럽게 순환선에 가 닿았다. 호텔과 가까운 곳에 순환선 역이 있어 걸어서 산책하기에 적당했다. 느릿느릿, 순환선을 한 바퀴 돌았지만 사내가 말한 안내 방송 같은 것은 들리지 않았다. 셋째 날에도, 그 다음 날에도 나는 습관처럼 지하철 역사를 맴돌았다. 아침에 잠에서 깨어나면 사내가 뱉어 놓은 말들이 무슨 주문처럼 내 의식을 비집고 들어오곤 했기 때문이다. 마치 최면에 걸린 것 같았다.

아흐레째 되던 날이었다. 늦은 저녁이어서 전동차는 듬성듬성 자리가 비어 있었다. 자정이 다 되도록 나는 연이어 두 바퀴나 더 순환선을 돌았다. 그것 말고는 특별히 할 일도 없었다. 이제 슬슬 지쳐갈 무렵이었다. 라빠빠라니? 죽은 자를 만나는 축제라니? 사내의 헛소리 따위는 일찌감치 잊어버렸어야 한다. 그렇게 스스로를 자책하며 멍청한 표정으로 차창에 비친 내 얼굴을 들여다보고 있는데 문득 목소리가 들렸다.

"쯔쯔, 꼴을 보니 형씨도 라빠빠를 찾고 있군."

거구의 남자가 다가온 건 시곗바늘이 자정을 지날 때였다. 호텔로 돌아가기 위해 막 몸을 일으킨 참이었다. 그는 곱슬머리를 땋아 탯줄처럼 늘어뜨린 히스패닉계 노인이었다. 머리엔 검은색 맥고모자를 걸쳤고 파란색 셔츠에 낡은 청바지를 입고 있었다. 탄피처럼 줄줄이 매달린 혁띠의 노란 장식이 인상 깊었다. 갈색 자루 가방을 오른손에 움켜쥐고 왼손은 오악사카(Oaxaca)라 불리는 십자가 모양의 관악기를 들고 있었다.

"혹시 그곳을 아세요?"

나는 반가운 마음에 자리에서 벌떡 일어나기까지 했다.

"하하, 알다마다. 나를 거치지 않고는 결코 라빠빠에 갈 수 없거든. 특히 당신처럼 먼 나라에서 온, 풋내 나는 애송이들은."

"어떻게 하면 라빠빠행 전동차를 탈 수 있습니까?"

사내가 내 옆으로 다가와 보따릴 내려놓고 앉았다.

"아주 간단하지. 내가 주는 알약 한 알을 삼키면 돼. 그런데 조건이 있네. 알약을 얻으려면 자네의 휴대폰을 내게 내줘야 해. 일종의 물물교환이라고 해두지. 나는 정보를 주고 자네는 작물을 내놓고. 아, 물론 효과는 끝내주지. 전동차가 채 한 바퀴를 돌기도 전에 라빠빠행 전동차로 갈아타라는 달콤한 목소릴 듣게 될 게야."

"그거라면 문제없지요."

나는 가방을 열어 전원을 꺼두었던 휴대폰을 꺼냈다.

"자넨 의외로 순순히 협상에 응하는군. 대부분은 고개를 갸웃거리며 날 미친 늙은이 취급 하는데. 좋아, 아주 좋네. 그럼

행운을 비네."

노인이 염소 똥을 닮은 까만 알약을 건넸다. 노인은 휴대폰을 받아 자루에 집어넣고 곧장 다른 전동차로 옮겨 갔다. 나는 밑져야 본전인 심정으로 알약을 삼켰다. 약하게 졸음이 와서 나도 모르게 의자에 몸을 기댔다. 전동차는 다시 덜컹거리며 다음 역으로 움직였다. 순간 잠깐 잠이 들었던가. 라빠빠로 갈 사람은 내려서 맞은편 전동차로 갈아타라는 목소리가 들렸다. 꿈이 아닌가? 정신이 번쩍 들었다. 막차여서 전동차엔 대략 20여 명 정도가 앉아 꾸벅꾸벅 졸고 있었는데, 그중 나처럼 내릴 준비를 하는 사람은 두 명밖에 되지 않았다. 문이 열리자마자 사내의 조언대로 전동차를 내렸다. 스물이 채 안 돼 보이는 앳된 여자와 턱수염이 허연 노인 하나가 그림자처럼 내 뒤를 따랐다.

일행이 된 우리 셋은 누가 먼저랄 것도 없이 맞은편에 정차된 전동차로 뛰었다. 방금 내린 전동차와 같은 종류의 차량이었다. 다른 데가 있다면 전동차가 달랑 한 량뿐이라는 것. 전동차가 움직이기 시작했다. 나는 문 옆 의자에 조심스럽게 앉았다. 여자와 노인도 내 옆에 바짝 붙어 앉았다. 빈자리는 그곳밖에 없었다. 대략 50명 가까운 인원이 빽빽이 앉아 있었다. 어느 곳에서나 볼 수 있는 차림새들이었다. 초등학교 저학년으로 보이는 아이로부터 방금 탑승한 노인에 이르기까지 연령도 다양했다. 흑인과 원주민, 멕시칸, 서양인, 동양인 등 인종전시장처럼 종도 제각각이었다. 단, 휴대폰을 꺼내 통화를 하는 사람은 찾을 수 없었다. 저마다 휴대폰을 저당 잡히고 염소 똥을 삼킨 게 분명했다.

전동차는 5분쯤 지나서 다음 역에 닿았다. 문이 열리자 의족을 찬 남자 두 사람이 기우뚱거리며 전동차로 올라왔다. 쌍둥이였다. 한 사람이 자루를 들고 앞장서자 다른 사람이 기타처럼 생긴 차랑고를 치며 노래를 불렀다. 귀에 익은 가우초 음악이었는데 제목은 생각이 나지 않았다. 노래가 끝나자 자루를 든 쌍둥이가 모자를 벗고 인사를 건넸다. 돈을 내라는 건가? 모두 어리둥절해하며 그들의 눈치를 살폈다. 앞쪽에 있던 사람이 어깃거리며 지갑을 열자 자루를 든 남자가 고개를 저으며 손목을 가리켰다.

"신사숙녀 여러분! 라빠빠에 가려면 저희에게 시간을 맡겨야 합니다. 시간을 표시할 수 있는 모든 물건을 자루에 담아 주세요. 시간을 맡길 수 없는 분들은 다음 역에서 내리셔야 합니다. 대신 시간을 맡겨 주시면 좋은 정보를 드리지요."

잠시 웅성이는가 싶었으나 사람들은 별 저항 없이 쌍둥이의 요구에 응했다. 손목시계는 물론 각종 전자시계와 심지어는 장식용 해시계까지 꺼내 놓는 사람도 있었다. 시계를 가지고 있지 않은 나는 잠자코 돌아가는 상황을 주시했다. 옆 자리의 노인이 마지막으로 시계를 맡기자 이번에는 악기를 든 쌍둥이가 말했다.

"자아, 좋습니다. 한 명의 낙오자도 없이 다음 단계로 나갈 수 있게 됐군요. 그럼 약속대로 정보를 드리지요. 전동차가 다음 역에 정차하거든 역 구내를 자세히 살펴보시죠. 뭔가 발견할 수 있을 겁니다. 단, 절대로 소란을 피우거나 전동차에서 내려서도 안 됩니다. 여러분이 보게 되는 건 실체가 아니라 그림자일 뿐이니까요."

전동차가 다음 역에 닿자 쌍둥이들은 미묘한 웃음을 지으며 내렸다. 거의 동시에 옆자리의 앳된 여자가 비명을 지르며 창문을 두드려대기 시작했다. 옆에 앉았던 노인도 무엇이 보이는지 벌떡 일어나 창문을 열려고 했다. 다른 사람들도 마찬가지였다. 전동차 안은 순식간에 탄식과 울부짖음으로 아수라장이 됐다. 사람들은 하나같이 홀린 얼굴을 하고서 창밖을 가리키며 발을 구르거나 안타깝게 소리를 질러 댔다. 그리고……, 그들 틈에 끼어 마침내 나도 보고 말았다. 출근을 위해 전동차를 기다리는 사람들, 낯익은 러시아워 풍경이 눈앞에 스치는가 싶더니 그들 사이로 한 여인의 뒷모습이 비쳤다. 머리카락을 늘어뜨린 채 반대 방향으로 비실비실 걷고 있는 한 여자의 옆모습이.

전동차가 출발하고 소란도 차츰 잦아들었다. 뛰는 심장을 억누르고 있는데 이번에는 하모니카 소리가 놀란 마음을 비집고 들어왔다. 언제 탔는지 검은 선글라스를 낀 소경이 하모니카를 불며 조용히 통로를 오갔다. 곡조와 내용은 알 수 없지만 슬픈 멜로디였다. 노래가 끝나자 쌍둥이들이 그랬던 것처럼 소경도 일행에게 말을 걸었다. 그가 요구한 것은 지갑이었다. 소경은 신분증과 카드, 현금, 주소가 적힌 수첩 일체까지 자신의 가방에 넣도록 주문했다. 이번에도 응하지 않는 사람은 전동차에서 내려야 했는데 약기운 때문인지 그럴 마음은 전혀 들지 않았다. 눈치를 보던 사람들이 느릿느릿 지갑을 꺼내 가방에 던져 넣었다. 가방이 꽉 차자 소경이 만족한 듯 입을 열었다.

"이제 3분지 일쯤 왔습니다. 라빠빠에 닿으면 내리자마자 메모지를 받게 됩니다. 메모지를 받으면 거기 자신이 묵을 호텔과 객실 번호가 적혀 있지요. 객실에 들어가면 반드시 창문을 열어 두십시오. 라빠빠에서 열리는 모든 행사는 창문을 통해 고지됩니다. 그리고 한 가지 더, 여러분은 반드시 한 사람만 만날 수 있습니다. 방금 지나친 역사에서 두 사람, 혹은 그 이상의 죽은 자를 목격한 사람은 자칫 목숨을 잃을 수도 있습니다. 명심하세요. 오직 한 사람만 간절히 염원해야 한다는 걸……."

전동차가 열 개의 역사를 지나칠 때까지 그런 일은 매번 계속됐다. 잡상인과 앵벌이, 정신이상자, 십자가를 든 교인들, 치매 걸린 노인, 심지어는 소매치기 형상을 한 사람들이 교대로 전동차로 올라와 사람들에게서 무언가 한 가지씩 가져가는 대신 정보를 하나씩 흘려주는 식이었다. 구두와 모자, 점퍼, 바지, 양말, 귀고리, 머리핀, 부적이나 사진에 이르기까지 교환할 수 있는 것은 모두 교환해 갔다. 전동차가 마지막 열한번째 역을 출발했을 때는 대부분 팬티 하나만을 남겨 두게 되었는데, 마지막 속옷을 거두어 간 잡상인풍의 여인은 이런 말로 수치심에 고개 숙인 사람들을 안심시켰다.

"걱정할 것 없어요. 호텔에 도착하면 다른 옷이 지급되니까. 라빠빠에서 여러분이 목적을 달성하려면 세속의 흔적을 다 지워야 해요. 말끔히. 그게 라빠빠를 제대로 즐기고 돌아가는 법예요. 다만 거기에 덧붙여 명심할 게 하나 더 있는데……."

3

365일 내내 극야가 지속되는 라빠빠는 전체적으로 수몰된 마을을 연상시키는 곳이다. 거리엔 희부연 물질들이 영원처럼 떠다니고, 허공엔 정체불명의 푸른빛이 실핏줄처럼 뻗쳐 있다. 전등이나 플래시 없이도 외출이 가능하지만 가시거리는 40여 미터에 불과하다. 그럼에도 사람들은 틈만 나면 호텔을 빠져 나온다. 누가 시키지도 않았는데 '라빠빠'를 주문처럼 외며 돌아다니다가 양말이 축축해진 뒤에야 돌아오는 것이다. 시간의 흐름이나 방향감각, 공간감, 거리감 등이 소거된 정체불명의 공간(!)에서 사람들은 그림자처럼 사방을 기웃거린다. 전동차에서 목격한 각자의 환영을 찾기 위해서다.

하루, 혹은 이틀 전에 우리는 중앙 광장 건너, 안개로 둘러싸인 G호텔에 도착했다. 어쩌면 오늘 아침이었는지도 모르겠다. 노인과 나는 306호를 배정받았고 함께 온 앳된 여자는 맞은편 312호를 썼다. 도착 후 우리는 안내 방송에 따라 한 명씩 지하 분장실로 호출되었다. 가늠할 수 없는 크기의 분장실엔 말 그대로 각양각색의 옷들이 산더미처럼 쌓여 있었다. 옷 이외에도 모자나 장갑, 신발 같은 기본 의류와 지갑, 벨트, 가발, 수염 같은 각종 변장 도구들이 벽에 가득했다. 안쪽에 붙은 두어 평 크기의 방엔 화장을 할 수 있도록 화장품과 거울이 걸려 있었다. 대기 의자에 앉자 스피커가 울렸다.

"이름이 어떻게 되죠?"

시선을 어디다 두어야 할지 몰라 스피커를 보며 대답했다.

"양, 동수? 양동숩입니다."

오랜만에 불러보는 내 이름이 낯설었다.

"좋아요. 짐작하시겠지만 여기선 밖에서 사용하던 것들을 모두 버려야 해요. 이름도 마찬가지죠. 일종의 코스프레 같은 거예요. 안으로 들어가 새 캐릭터를 선택하세요. 이미 알려진 캐릭터도 좋고 자신만이 알고 있는 사람, 혹은 사물을 모방해도 괜찮아요. 중요한 건 다른 익명의 존재가 되는 순간부터 완전히 그것이 돼야 한다는 거예요."

'익명의 존재가 되어야 한다고?'

나는 아하스 페르츠(Ahas pertz)가 되었다. 특별히 아하스 페르츠를 동경해서 내린 결정은 아니었다. 갑자기 머릿속에 그 인물이 떠올랐다. 아내가 죽기 보름 전까지 나는 출판사 편집실에 앉아 아하스 페르츠에 대한 원고의 출간을 서두르고 있었다. 저자는 비교종교학을 전공한 중동 전문가였다. 대학에서 은퇴 뒤 그는 사막을 떠돌며 장장 5년에 걸쳐 아하스 페르츠를 추적하여 역사 속 가상 인물로 알려진 그를 현실로 불러냈다. 역사에 의하면 아하스 페르츠는 예수가 죽는 날까지 곁을 맴돌며 그를 조롱한 악의 화신이다. 그러나 방대한 양의 문헌과 고고학적 자료를 샅샅이 훑은 뒤 저자가 내린 결론은 달랐다. 아하스 페르츠는 고대 수메르문명 이전부터 지혜의 전도사로 인류 문명에 관여해 왔으며, 인류가 스스로 만들어낸 신(神)이라는 강력한 상징에 저항한 인물이었다. 그리고 아하스 페르츠가 보기에, 예수는 인간을 구속하기 위한 신의 상징적 대리자였다. 진정한 자유란 신이 인간의 발목에 채워 놓은 그 괴팍한 사슬을 풀어 버리는 것이라고 그는 생각했다.

아내는 무신론자인 나와 종교 문제로 가끔 다투었다. 나는 아내에게 일상의 대부분을 양보하며 살아왔다. 아내의 입맛에 맞춰 비린내 나는 회나 육회 따위를 맛있게 먹어 주었고, 내 월급으로는 감당하기 힘든 사치스러운 보석도 기꺼이 아내의 몸에 걸쳐 주었다. 그러나 신앙 문제만큼은 양보할 수 없었다. 그건 양보하거나 하지 않을 문제가 아니다. 종교를 강요하거나 종교를 전도하는 행위가 상대를 불쾌하게 하는 폭력에 해당됨에도 아내는 절대적인 사명이라도 띤 것처럼 제 의지를 굽히지 않았다. 손익분기점을 넘기기 힘들 거라는 회사 내의 부정적인 의견을 무시하면서 내가 아하스 페르츠의 일대기 출간에 매달렸던 것에는 이렇듯 아내에 대한 무언의 항의가 작용했다. 나는 누구보다도 아내에게 먼저 아하스 페르츠의 진짜 이야기를 읽히고 싶었다.

아하스 페르츠가 되기까지 나는 채 10분도 걸리지 않았다. 고민할 필요도 없이 양모로 거칠게 짠 천을 찢어 고대인들처럼 어깨로부터 아래로 늘어뜨리고, 낡은 가죽신 한 켤레와 가짜 수염으로 아하스 페르츠를 완성했다. 이런 과정을 거쳐 같은 역에서 함께 전동차를 탔던 노인은 헤밍웨이가, 앳된 여자는 파주댁으로 거듭났다. 노인은 자신의 외모가 헤밍웨이와 닮지 않았냐며 너스레를 떨었다. 노인은 그렇다 치고, 앳된 여자애가 파주댁이라는 아줌마 노릇을 선택한 배경이 궁금했다. 나이에 걸맞지 않게 울긋불긋한 파자마를 입고, 보자기를 수건처럼 뒤집어쓰고 돌아왔기 때문이다. 그녀가 대수롭지 않게 대답했다.

"식당에서 그릇을 닦던 울 엄마 이름이에요."

한 마디 던져 놓고 그녀는 계단을 울리며 로비로 내려갔다. 파주댁이 사라지고 얼마 안 돼 창밖으로 고개를 빼고 있던 헤밍웨이도 안개 속으로 사라져 갔다. 나는 그제야 방안을 천천히 둘러볼 수 있었다. 파란색 시트커버로 장식된 침대 두 개가 양쪽 벽에 나란히 붙은 5평 정도 되는 공간이었다. 바닥은 빨간 카펫으로 장식돼 있었고, 카펫은 낡아 여기저기 담뱃불 자국이 총알 자국처럼 나 있었다. 문 옆에 붙은 화장실은 변기 하나가 전부였다. 변기 색깔은 녹색이었다. 변기는 드럼통 모양을 하고 있었는데 처음 보는 투박한 디자인이었다. 촘촘히 박힌 타일엔 낯설고 기이한 상형문자들이 새겨져 있었다.

축제는 이틀, 혹은 사흘 뒤에 계획돼 있었다. 헤밍웨이는 열 시간, 혹은 그보다 많은 시간이 흐른 뒤 축 늘어져 방으로 돌아왔다. 무엇을 하고 다녔는지 온 몸이 물에 젖어 있었다. 그러나 나는 어디를 다녀왔는지, 누구를 만나고 왔는지 묻지 않았다. 이곳에 온 진정한 목적을 물을 수 없는 것, 그것 역시 까다롭기 이를 데 없는 라빠빠의 규칙이다. 다만 상대가 스스로 제 이야기를 털어놓는 것은 허용되었는데 헤밍웨이도 나도 구태여 자기 사생활 이야기는 꺼내지 않았다. 이곳은 라빠빠다. 축제가 열리면 마음껏 먹고 마시다가 목적(?)을 이룬 뒤, 올 때 그랬던 것처럼 전동차에 몸을 실으면 그만이었다.

"요즘도 낚시를 즐기십니까?"

손을 씻고 나오는 헤밍웨이에게 물어보았다.

"아닐세. 기력이 쇠해 그만둔 지 오래 됐지."

농담처럼 던진 질문인데 진지한 대답이 돌아왔다.

"핑카에서 메리 웰시와 보낸 삶은 어땠나요? 이를테면, 카스트로가 보낸 혁명군이 강제로 엽총을 입에 물려 자살로 위장했다는 소문도 있던데, 웰시 양과 무슨 불화는 없었나요?"

출판계 종사자로서 평소 궁금해하던 질문이었다.

"자네가 정곡을 찔렀군. 아쉽지만 나는 그 질문에 대답할 수가 없네. 안 그래도 웰시를 만나면 꼭 물어보고 싶은 게 있으니까. 내가 죽고 나서 다시 결혼을 했는지 말이야."

장난인지 진짜인지 알 수 없는 아리송한 동문서답이었다.

"그건 그렇고, 이보게 아하스 페르츠군!"

헤밍웨이가 침대에 걸터앉으며 물었다.

"자네야말로 알 수가 없군. 예언대로라면 지옥 가장 깊은 곳에 처박혀 뜨거운 유황불을 온 몸으로 견디며 세 치 혀를 함부로 놀린 대가를 치르고 있어야 할 텐데."

대답을 머뭇거리자 그는 시가를 입에 문 채 심각하게 연기를 뿜어댔다. 나는 담배 연기를 빼내기 위해 창문을 끝까지 열었다. 그 순간 유령처럼 한 여자의 그림자가 현관으로 다가왔다. 파주댁이었다. 파주댁이 로비로 빨려들자 뒤이어 배트맨이 망토를 거추장스럽게 늘어뜨린 채 어둠 속에서 불쑥 나타났다. 뒤이어 우스꽝스러운 복장을 한 -이를테면 펭귄이나 감자칩 모양의, 심지어는 책상이나 의자 모양을 한- 사람들 대여섯이 우르르 돌아왔다. 같은 전동차를 타고와 G호텔에 함께 묵게 된 사람들이었다.

아내, 혹은 그녀로 짐작되는 여자를 목격한 건 그로부터 십 분, 혹은 삼십 분쯤 흐른 뒤였다. 가시거리가 한정된 G호텔 밖으로 가끔 정체를 알 수 없는 사람들이 지나다녔는데 아내, 혹은 그녀로 짐작되는 여자는 그들 가운데 섞여 있었다. 그들은 이곳에서 일하는 원주민들이거나 혹은 라빠빠를 벗어나지 못하고 장기 체류하는 관광객들일 것이었다. 아내, 혹은 그녀로 짐작되는 여자는 포도주 병이 든 바구니를 들고 수증기처럼 희미하게 G호텔 왼쪽 모서리를 지나 멀어져 갔다. 그녀의 모습이 물에 번지듯 어둠으로 흡수되어 갈 때, 나는 스스로도 제어할 수 없는 힘에 의해 호텔 밖으로 튕겨져 나갔다. 그로부터 아주 오랜 시간을 골목골목 누비며 그녀의 형상을 찾아보았지만 헛수고였다.

호텔로 돌아오자 파주댁이 포도주 병을 든 채 문을 두드렸다. 나는 의아한 얼굴로 파주댁을 주시했다. 거리 어디에서도 기호품을 파는 상점을 보지 못했기 때문이다. 먹을거리라고는 호텔 지하 식당에서 하루 두 끼 제공되는 식사가 전부였다. 포도주 바구니를 들고 지나치던 아내, 혹은 여인이 눈에 스쳐 갔다. 외출에서 돌아온 헤밍웨이도 시가를 입에 물고 있지 않았던가. 그렇다면 포도주 바구니를 든 아내는 허상이 아닌 실체였을까? 파주댁이 자고 있던 헤밍웨이를 깨웠다. 우리는 침대에 걸터앉아 술병의 마개를 땄다. 약간 신맛이 도는 포도주를 한 모금 들이켜고 나서 곧장 파주댁에게 물었다.

"혹시 이거 방금 전 밖에서 얻지 않았니? 키가 자그맣고 어깨에 닿을 듯 자른 머리카락 끝을 웨이브로 살짝 말아 올린 여자 말이야. 머리카락은 엷은 빨간색으로 염색이 돼 있었겠지. 살구색이 도는 트렌치코트를 입었고 입술에 들깨 같은 점이 있는."

파주댁이 대수롭지 않게 대답했다.

"맞아요. 같은 동양계였어요. 혹시 그녀를 만난 적이 있나요?"

나는 얼버무렸다.

"꼭 그런 건 아니고 아까 창문으로 보았을 뿐이야."

헤밍웨이가 끼어들었다.

"흠, 거리의 사람들과 너무 가까이 하지 않는 게 좋아. 반대편 호텔에 머무는 어떤 늙은이 만나서 들은 건데 저들은 밖으로 나가는 표를 얻지 못한 사람들이라더군."

"그럼, 저들도 애초에 우리와 같은 신분이었단 말인가요?"

내 물음에 헤밍웨이는 알 듯 모를 듯한 미소를 지었다.

"전부 다는 아니겠지만 더러는 해당이 되겠지."

머릿속이 더욱 복잡해졌다. 라빠빠는 죽은 사람과 산 사람이 만나는 장소다. 그러나 죽은 사람들이 어떤 형태로 라빠빠에 소환되는지는 알려지지 않았다. 아마도 그것은 그림자이거나 영혼의 형태일 것이라고 은연 중에 짐작했을 뿐이다. 그러나 파주댁은 너무도 분명하게 아내의 존재를 증언해 주었다. 그렇다면 아내도 나처럼 누군가를 만나기 위해 라빠빠에 왔단 말인가? 몇 가지 가정이 성립됐다. 태어난 지 3개월 만에 죽은 아들 용현이, 아내는 용현이를 잃고 2년 가까이 우울증에 시달렸다. 하나가 더 있다. 모녀가 아니라 친구처럼 살갑게 지내던 장모의 죽음도 아내를 괴롭게 했던 이별 가운데 하나였다.

"그런데 너는 왜 하필 자기 엄마야? 기왕이면 예쁜 복장도 많잖아. 밖에서 보니 네 또래들은 연예인이나 만화영화 캐릭터로도 많이 변장했던데."

헤밍웨이가 시가에 불을 붙이며 파주댁에게 물었다.

"엄마는 저 때문에 죽었어요. 남자친구랑 식당에 밥을 먹으러 갔다가 우연히 순대국집 주방에서 일하는 엄마를 봤어요. 엄마가 아는 척을 하길래 식당을 뛰쳐나왔어요. 그날 저녁 엄마는 집으로 돌아오다가 트럭에 받혔고요."

"철이 없었군. 하지만 엄마가 죽은 건 너 때문이 아니잖아?"

"아뇨. 제가 엄마를 죽였어요!"

파주댁이 발성 연습하는 소프라노처럼 소리를 빽 질렀다.

"그래서 엄마를 만나 사과를 하시겠다?"

헤밍웨이가 이웃집 할아버지처럼 잔소리를 늘어놓았다.

"단순하군. 하지만 이쯤에서 고통을 벗는 것도 나쁘지 않아. 사람의 인과 관계란 생각보다 훨씬 복잡 다양하게 얽혀 생을 만들어 가는 법이니까. 촘촘히 뜬 털옷과 같기도 하지. 옷이 완성되기 전까지는 결코 자기 삶의 결을 온전히 들여다볼 수 없어."

파주댁이 거의 울상이 되었기에 나는 화제를 바꾸었다.

"축제를 어디서 연다는 거죠? 실내 체육관이 있는 것도 아니고."

헤밍웨이가 의자에 몸을 파묻으며 지껄여 댔다.

"어떡하든 열리겠지. 축제라기보단 의식이라고 보는 게 타당할 거야. 참, 그땐 공식적으로 불을 피우는 게 허용이 된다는 군. 어둠 속에 웅크린 라빠빠 전체가 환하게 불로 밝혀지겠지. 수십 개의 호텔에서 사람들이 몰려나올 테니 그것도 볼만하겠고."

파주댁이 조용조용 헤밍웨이의 말을 받았다.

"축제가 열리면 산 자들과 죽은 자들, 시간에 갇힌 자들과 원주민들이 함께 어울리게 된대요. 자기가 찾는 사람의 숨결을 아주 가까이서 느낄 수 있게 되는 거죠. 하지만 절대 명심해야 될 게 있어요. 축제의 날이 밝으면 각자에게 마스크가 하나씩 지급되는데, 어떤 일이 있어도 상대의 마스크를 벗겨서는 안 된다는 거예요. 설령 자신이 찾고 싶은 사람을 만난다고 해도 그것의 실체를 확인할 방법은 없는 셈예요."

"만약 규칙을 어기면 어떻게 되지?"

내 질문에 헤밍웨이가 대답했다.

"그걸 몰라서 묻나? 영영 라빠빠의 떠돌이로 남는 거지."

4

축제는 어느 시간 어느 때, 팡파르와 함께 시작되었다.

아침을 먹고 올라오자 축제를 알리는 안내 방송이 들려왔다. 풀옷을 입은 원주민 남녀가 마차를 탄 채 확성기를 들고 지나갔다. 동시에 가로등이 일제히 점등됐다. 라빠빠에 가로등이 존재한다는 사실을 여행객들은 그 순간 처음 알았다. 가로등은 다른 도시의 수은등처럼 밝았다. 가시거리가 100여 미터로 늘어났다. 제법 먼 곳의 불빛도 볼 수 있었다. 가로등 뼈대는 보이지 않아 공중에 붉은 열매들이 매달린 것 같았다. 우리는 분장을 점검하고 서둘러 각자의 방을 나섰다. 로비로 내려가자 대기하던 지배인과 벨맨들이 투명한 살색 마스크를 하나씩 나누어 주었다. 눈은 물론 이마까지 가려지는 얼굴 마스크였는데, 홈쇼핑이나 화장품 가게에서 흔히 볼 수 있는 스킨 마스크팩과 비슷했다.

"자, 침착하게 대기해 주세요. 축제의 시작은 거리 행진입니다. 멀리서 행진의 선발대가 다가오면 자연스럽게 행렬 맨 뒤로 따라 붙으세요. 중간에 끼어들어서도 안 되며, 행진이 끝날 때까지 대열을 이탈해도 안 됩니다."

원주민들이 확성기에 대고 외쳤다.

"뭐가 이렇게 까다롭지?"

어제 보았던 배트맨이 옆에서 투덜거렸다.

"왜 하필 배트맨이죠? 분장하기도 쉽지 않았을 텐데."

나는 긴장을 풀기 위해 장난스럽게 물었다.

"악당들은 어디에든 있는 법이잖소. 라빠빠라고 별 수 있나?"

그는 어깨를 으쓱하며 북소리가 들리는 어둠 저편을 가만히 응시했다. 약간의 시차를 두고 파주댁과 헤밍웨이가 마스크로 얼굴을 가린 채 다가왔다. 느긋해 보이는 헤밍웨이와 달리 파주댁은 몸을 떨고 있었다. 헤밍웨이가 파주댁을 안심시키는 사이 나는 또다시 아내, 혹은 그녀로 보이는 그림자를 목격했다. 그녀는 길 건너 반대편에서 행진에 참가하는 사람들을 구경하고 있었다. 비록 마스크로 얼굴을 가렸지만 느낌만으로 그녀를 알아보았다. 20여 미터도 안 되는 거리였으므로 나는 사람들을 밀치며 길을 가로지르려 했다. 그때 근육질의 원주민 청년이 다가와 험악하게 내 앞을 막았다. 들어가라는 듯 청년이 턱으로 앞을 가리켰다. 북 소리와 함께 행진 대열이 다가오고 있었다.

"난 뭐 대단한 축제가 열리나 했더니 별 거 없군."

헤밍웨이가 팔짱을 낀 채 이죽거렸다.

"성급하긴. 이제 시작이잖소?"

배트맨이 보안관처럼 굵고 엄숙하게 말했다.

북을 멘 두 명의 건장한 청년이 행진의 선두에 서 있었다. 그 뒤를 창과 방패 따위를 든 원주민들이 어설픈 춤을 추며 지나갔다. 그들은 대략 50여 명 정도 돼 보였다. 원주민 행렬이 끝나자 수레 대열이 등장했다. 수레에는 18세기 귀족 분장을 한 서양인들이 타고 있었다. 그들은 수레에 실린 대포로 쏘는 흉내를 내거나 길이가 긴 화승총으로 사람들을 겨누며 낄낄거렸다. 귀족 행렬이 지나가자 이번에는 농기구를 든 농민들이 뒤를 이었다. 농민 대열이 지나가자 비로소 일반 관광객들이 약간 어리둥절한 얼굴로 뒤를 따라왔다. 축제의 서막이라고 하기에는 어딘지 부족해 보이는 엉성한 가장 행렬이었다.

"이건 마치 좀비들의 행진 같잖아."

헤밍웨이가 작가 흉내를 내며 말했다. 내가 앞장을 서고 헤밍웨이와 파주댁, 배트맨이 뒤를 따랐다. 행렬은 G호텔을 벗어나 계속 앞으로 나아갔다. 길을 지나칠 때마다 다른 호텔에서 관광객들이 서넛씩 짝을 이뤄 밖으로 나왔다. 그들은 우물거리며 행렬에 섞였다. 시간이 꽤 흘렀는데도 행렬의 선두가 어디로 향하고 있는지, 행렬에 얼마나 많은 사람들이 동참하고 있는지는 수수께끼였다. 행렬은 도시를 벗어나 길과 어둑어둑한 극야 지대로만 이루어진 황무지를 지나갔다. 길 양쪽 옆으로 언뜻언뜻 무덤처럼 보이는 봉분들이 스쳐지나갔으나 가까이 다가가 그것의 정체를 확인할 용기는 나지 않았다.

세 시간쯤, 혹은 그보다 더 많은 시간이 흐른 뒤에 행렬은 드넓은 광장에 닿았다. 축구장 서너 개 이상을 합쳐 놓은 크기였다. 우리를 더욱 놀라게 한 것은 광장 주변의 풍경이었다. 파주댁이 아무래도 이상하다며 자꾸 내 팔을 잡아끌었다. 가로등 불빛 뒤로 G호텔 간판이 보였다. 호텔 로비를 살피니 지배인과 벨맨들이 유령처럼 서서 우리를 구경하고 있었다. 그러니까 자그마치 세 시간, 혹은 그보다 많은 시간을 행진하여 도착한 곳이 다름 아닌 호텔 옆 광장인 셈이었다. 더구나 처음 보는 장소였다. 시간의 흐름을 느낄 수 없듯 공간도 제멋대로 뒤섞이거나 뒤틀려 돌아가는 게 분명했다.

라빠빠. 라빠빠. 어디선가 단조로운 멜로디가 홀리듯 귀로 밀려왔다. 음악에 맞춰 사람들은 비실비실 춤을 추며 제자리를 돌았다. 곧 크고 작은 원들이 만들어졌다. 헤밍웨이와 나, 파주댁은 서로의 손을 놓지 않으려고 팔에 힘을 주었다. 어느 순간부터 축제의 즐거운 기분과는 거리가 먼, 공포를 동반한 감정이 스멀거렸다. 사람들은 마치 파도가 몰아치는 것처럼 몇 차례 이리저리 휩쓸렸다. 놀랍게도 그런 움직임이 지나갈 때마다 크고 작은 원들이 계속해서 생겨나거나 소멸했다. 그렇게 우리 셋이 휩쓸려간 곳은 모닥불이 타고 있는 중간 크기의 원이었다. 모닥불 곁에는 중세의 마술사처럼 생긴 늙은이와 불을 내뿜는 젊은 청년이 서 있었다. 원이 거의 완성되려는 순간 갑자기 파주댁이 내 손을 놓고 다른 원 속으로 톱니처럼 맞물려 들어갔다. 나는 급하게 소리쳤다.

"꽉 잡아. 아 이런, 조금만 기다려. 내가 그리로 가지."

파주댁이 손을 저으며 대답했다.

"괜찮아요. 이건 내 의지예요. 왠지 모닥불은 내 스타일이 아니에요. 잘은 모르지만 여긴 자기랑 취향이 비슷한 사람들끼리 모여야 하나 봐요. 이따가 호텔에서 봬요."

그 소리를 끝으로 파주댁은 시야에서 사라졌다.

"아, 이건 마치 행성과 행성을 건너뛰는 기분이야."

헤밍웨이가 알 수 없는 소리를 지껄여대며 내 옆에 털퍼덕 앉았다. 그 순간부터 다른 원들, 이를테면 주변의 다른 무리들이 죄다 시야에서 소거되고 오로지 우리가 속한 원 하나만 광장 위에 밝게 두드러졌다. 대략 서른 명쯤 되는 인원이었다. 인원을 정확히 밝힐 수 없는 이유는 셀 때마다 매번 달랐기 때문이다. 이번에도 온갖 종류의 사람들이 하나의 원에 이끌려 무리를 이루고 앉아 있었다. 나는 그들과 나를 잇고 있는 끈이 무엇일지 생각했다. 이미 우리 궁금증을 알고 있다는 태도로 원 중심에서 우리를 기다리던, 뚱뚱하고 참새손인 데다가 수염이 제멋대로인 집시풍의 늙은이가 입을 헤벌렸다.

"안녕하십니까. 나는 멜키아데스요. 연금술사죠."

옆에 앉은 헤밍웨이가 흥분해서 소리쳤다.

"뭐, 내 후배 마르케스가 만든 그 노인네? 자넨 자석이나 망원경 따위를 가지고 돌아다니며 늪지대 원주민들을 홀리고 다니던 미친 늙은이가 아닌가?"

멜키아데스가 대답했다.

"허허, 나를 알아보시는군. 맞습니다. 소설에 나오는 그 노인네가 맞지요. 정확히는 마르케스 영감이 이 늙은일 모델로 해서 소설을 썼습죠."

멜키아데스가 원을 향해 눈을 돌리며 자리에서 일어났다.

"자, 주목해 주세요. 우선 낙오의 위험에서 벗어나 축제의 2부에 무사히 참여하신 여러분께 축하의 인사를 드리는 바입니다. 이미 눈치채신 분들도 계시겠지만 호텔을 출발할 때부터 지금까지 많은 분들이 대열을 이탈해서 떠돌이가 되고 말았습니다. 그들은 누군가를 쫓아가거나 길가의 무덤을 확인했던 사람들입니다."

"여기는 뭐 하는 곳이고 우리는 뭘 해야 합니까?"

성질 급한 사람 하나가 더 듣지 못하고 물었다.

"축제의 2부는 각자의 취향에 따라 먹고 마시며 춤추는 시간입니다. 활활 타오르는 모닥불이 여러분의 구심점이고요. 불의 축제장. 그것이 이곳의 이름입죠."

말이 끝나자 늙은이 옆에 섰던 사내가 반질거리는 근육을 자랑하며 시장판 약장수처럼 갖가지 불쇼를 펼쳤다. 원주민들이 나타나 술과 음식을 내오자 분위기는 차츰 달아올랐다. 음악을 연주하는 작은 악단도 있었다. 악단은 첫 음을 길게, 뒤에 두 음을 빠르게 끊으며 라빠빠, 라빠빠, 라빠빠를 단조롭게 반복 연주했다. 마치 최면으로 유도하듯 기분을 가라앉게 하는 묘한 음색이었다. 멜키아데스와 근육질 청년은 계속해서 적절한 말과 쇼로 분위기를 이끌어 나갔다. 사람들은 두세 사람씩 짝을 이뤄 춤을 추거나 노래를 부르다가도 멜키아데스의 지휘에 따라 전체가 어깨동무를 하고 빙빙 돌거나 함께 술잔을 부딪쳤다. 불안했던 마음이 가라앉으며 나도 차츰 축제 속으로 녹아들어 갔다. 또다시 아내, 혹은 그녀로 짐작되는 어떤 옆모습을 발견하기 전까지는, 그랬다.

"자, 다 같이 우리의 독립 영웅을 추모합시다. 라빠빠."

늙은이의 구령에 따라 사람들이 라빠빠를 반복할 때였다.

놀랍게도 아내, 혹은 그녀로 짐작되는 여자가 나와 같은 원속에 끼어 있는 게 보였다. 기이하게도 라빠빠, 라빠빠를 간절히 발음하거나 멈춤에 따라 아내의 모습도 선명해지거나 흐려졌다. 마스크를 썼지만 죽기 직전 집을 나갈 때의 옷차림과 꾸밈새 그대로였다. 아내가 처음부터 같은 원 속에 섞여 있었는지, 아니면 중간에 슬며시 끼어들었는지는 알 수 없었다. 아내의 존재를 확인하자 나는 거리를 둔 채 조금씩 그녀에게 접근해 들어갔다. 그녀는 아예 내게 무관심해 보였다. 아니, 나를 전혀 알아보지 못하는 것 같았다. 특별한 목적을 가지고 라빠빠에 온 여타의 관광객들처럼 아내는 주변 사람과 얘기를 나누기도 하고, 마술사 늙은이의 리드에 맞춰 춤을 추거나 웃고 떠들었다.

아내의 흐트러진 모습을 보자 참지 못하고 몸을 일으켰다. 그녀에게 다가가려는 순간 펑 펑 펑, 세 발의 폭죽이 허공을 터뜨렸다. 자리에서 일어난 멜키아데스가 축제의 3부가 시작되었음을 알렸다. 3부는 '그리운 사람을 만나는 시간'이었다. 그러나 딱히 규정을 지킬 필요는 없다고 멜키아데스는 강조했다. 무리 가운데 누구든 좋은 사람이 있으면 그 사람과 남은 시간을 보내도 좋다는 것이었다. 나는 그 말이 품은 은유를 헤아리느라 혼자 끙끙거렸다. 그렇다고 아내에게서 눈을 떼지는 않았다. 행여나 다른 남자가 그녀에게 접근하지나 않을지 조바심이 났지만 인내심을 발휘하며 기다렸다.

"자, 때가 됐습니다. 그러나 꼭 명심하셔야 합지요."

멜키아데스가 주정뱅이처럼 떠들었다. 원주민들이 붉은 액체가 담긴 유리잔을 가지고 나타났다. 사람들은 너나 할 것 없이 유리잔에 든 액체를 받아 마셨다. 멜키아데스는 그것이 무엇인지 설명하지 않았다. 굳이 묻는 사람도 없었다.

"누구를 만나든 둘이 시간을 보내는 건 자유지만, 절대로 상대의 마스크를 벗기면 안 됩니다. 진실을 의심하는 순간 돌아갈 출구가 영영 막히게 되니까요."

멜키아데스가 기분 나쁘게 웃었다.

"이봐, 아하스 페르츠. 뭐하고 있어? 즐기라는 말 안 들려?"

옆자리 젊은 여자에게 허세를 늘어놓던 헤밍웨이가 내 등을 쳤다.

"혹시, 찾았습니까? 그 분, 말입니다. 여기 온 목적……."

나는 귓속말로 헤밍웨이에게 물었다.

"흠, 자넨 찾은 모양이군. 그래, 저쪽 어딘가에 앉아 있는 여인이 자네가 찾는 사람이라면 당장 달려가게. 언제 축제가 끝날지 모르니까 망설일 시간이 없어."

그 순간에도 악단은 '라바빠'를 지치지도 않고 반복했다.

"그럼 노인장도 옆에 앉은 저 여인이 웰시?"

헤밍웨이가 갑자기 박장대소했다.

"웰시? 웰시라고? 하하하. 아닐세. 방금 전 나는 생각이 바뀌었네. 여기까지 와서 옛날 마누라를 만날 이유가 없어졌지. 내가 죽은 뒤 마누라가 재혼을 해서 화가 좀 났지만 이제는 아냐. 그런 일은 더 이상 나를 괴롭히는 애고가 될 수 없다는 걸 깨달았어."

헤밍웨이는 찡긋 윙크를 날리고는 새 여자에게 돌아갔다.

"모든 게 엉망진창이군."

나는 아내로 짐작되는 여자를 향해 걸으며 과장되게 머리를 흔들었다. 아내 혹은 그녀로 짐작되는 여자는 아직 혼자였다. 그녀는 날 피하지 않았다. 표정을 알 수는 없었지만, 다정한 태도로 내게 옆자리를 내주었다. 그녀의 몸에서 나는 익숙한 아프리모 향을 맡자 확신은 더욱 굳어졌다. 나는 마스크를 당장이라도 벗겨내고 싶은 충동을 억누르며 원주민 사내에게서 와인 한 병을 건네받았다. 아내는 내가 내미는 술을 거부하지 않았다. 아내가 잔을 비우는 동안 나는 확실히 그녀를 증명할, 또 다른 흔적을 발견하기 위해 부지런히 눈알을 굴렸다. 먼저 말을 꺼낸 것은 다행스럽게도 아내였다.

"복장이 특이하네요. 신석기인 모드인가요?"

"난 아하스 페르츠요. 당신은?"

평범한 차림의 아내에게선 별다른 콘셉트가 느껴지지 않았다.

"난 그냥 '가출한 여자'예요. 집 나온 여자 캐릭터!"

"왜 집을 나왔을까. 혹시 다른 남자를 만나러?"

"다른 남자를 만나러 나온 게 아니라 집을 나와 다른 남자를 만났죠."

"그럼 라빠빠엔 어쩐 일로?"

나는 형사처럼 그녀를 취조해 나갔다.

"꼭 만나고 싶은 사람이 있었어요. 당신들과 마찬가지로."

짐작한 대로 죽은 자들도 이곳에 올 수 있는 게 분명했다.

"당신 남편을 만나러 온 게로군? 아직 변명할 게 남아서."

"남편이요? 아니에요."

아내의 목소리에서 냉기가 흘렀다.

"뭐? 아, 나라고?"

나는 당황해서 말을 더듬었다.

"물론 처음 이곳에 올 때는 그랬죠. 그러나 지금은 아니에요. 당신 말대로 남편을 만나서 한바탕 따지고 싶었어요. 나를 호텔 창문 밖으로 내던져 자살로 본 이유를 말예요. 비상구로 몰래 호텔을 빠져나가 경찰의 의심을 피했지만 비열한 짓이었어요. 그래서 화가 났던 건데 ⋯⋯그러나 지금은 생각이 바뀌었어요. 이유를 확인하는 건 무의미하잖아요?"

나는 침착함을 유지하기 위해 숨을 고르게 몰아쉬었다.

"그, 그런 일이 있었군. 유감이오. 부인!"

아내가 깊이를 가늠할 수 없는 어조로 물었다.

"당신은 어쩌다가 아하스 페르츠가 되었나요?"

"완벽한 인간이기 이전에 나는 감정을 가진 아하스 페르츠가 되기를 원했소. 당신을 만나면 꼭 전하고 싶었소. 난 인간이기에 당신을 아직도 용서할 수 없다고."

아내가 노골적으로 이죽거렸다.

"당신, 당신이라고?"

그녀가 나를 찬찬히 뜯어보았다.

"참으로 안 됐군요. 당신은 여기에 온 목적을 아직도……. 참, 그건 내가 관여할 바가 아니지. 어차피 축제를 몇 바퀴 경험하고 나면 자연적으로……. 그건 그렇고 당신은 지금 그 잘난 입으로 살인자를 변호하고 있는 겁니까?"

나는 더 참지 못하고 소리를 버럭 질렀다.

"당신이 먼저 밖으로 나돌았잖아?"

아내가 차갑게 대꾸했다.

"그게 한 사람의 목숨을 앗아갈 이유는 될 수 없어요!"

자리에서 일어서려던 아내가 고개를 갸웃하며 물었다.

"가만, 그런데 당신이 어떻게 내 사생활을 알고 있지요?"

아내의 뻔뻔한 태도에 진절머리가 났다.

"이봐. 당신 무슨 헛소리야? 내가 누군지 정말 몰라?"

"당신이라뇨? 아하스 페르츠 씨, 그쪽이야말로 왜 그래요?"

나는 뒷걸음질 치는 아내를 덮쳐 몸으로 내리눌렀다.

"이런 쌍! 여기까지 와서 나를 기만하다니. 이봐, 네 정체가 뭐야?"

한손으로 아내의 목을 누르며 다른 손을 아내의 얼굴로 가져갔다.

"앗, 마스크는 안 돼요. 당신은 후회하게 될 거야."

아내가 숨을 컥컥대며 악다구니를 뱉었다.

"그래, 잘도 씨불이는군. 뒈지던 날도 그랬지. 후회하게 될 거라고. 그러나 난 후회 따위는 하지 않았어. 당신을 창밖으로 내던진 뒤에도 이렇게 살아 있으니까. 나는 죄를 단죄했을 뿐이야. 15년 부부의 믿음을 한순간에 내팽개친 건 당신이잖아?"

아내가 헬륨을 마신 것처럼 변성된 목소리로 대답했다.

"당, 당신은 후회하게 될 거야."

나도 지지 않고 맞받았다.

"네 정체가 뭔데? 더러운 가면을 벗어 보시지!"

이번에는 굵은 남자의 목소리가 툭툭 고막을 치고 들어왔다.

"진실을 캐지마. 의심할수록 진실은 소멸하는 습성이 있어."

"미친 개소리!"

나는 마침내 아내의 얼굴에서 마스크를 벗겨 냈다.

악, 그녀의 얼굴을 확인하자마자 나는 비명을 지르며 주저앉았다.

5

그날 이후 모든 게 틀어져 버렸다. 라빠빠를 벗어나는 방법을 찾을 수 없게 된 것이다. 축제가 끝나자 사람들은 무슨 일이 있었냐는 듯이 하나 둘씩 짐을 챙겨 라빠빠를 떠났다. 파주댁은 다시 앳된 소녀가 되어 해바라기처럼 환한 얼굴로 호텔을 나갔다. 죽은 엄마를 만나 화해를 한 게 분명했다. 헤밍웨이도 싱글벙글하기는 마찬가지였다. 그는 떠난 아내를 미워하는 대신 새 인연을 만났다며 카사노바처럼 웃었다.

"미안하게 됐군. 하지만 어쩌겠나. 운명이라면 받아들여야지."

가는 절차는 올 때와 비슷했다. 사람들은 하나밖에 없는 역으로 나가 하루 두 차례 운행한다는 전동차에 올랐다. 그러나내 눈에는 역으로 가는 길이 보이지 않았다. 떠나가는 사람들뒤를 조심스레 쫓아가 보기도 했지만 그들은 도저히 따라갈수 없는 속도로 내게서 멀어졌다. 헤아릴 수 없는 시간이 지나갔다. 나는 절망한 채 유령처럼 라빠빠를 구석구석 떠돌아다녔다. 실핏줄처럼 뻗은 푸른빛들은 축제가 열리고 질 때마다더욱 푸른빛을 발하며 라빠빠를 환상으로 물들였다. 방문객은 쉼 없이 오고 갔고 축제도 계속됐다. 나는 방문객들에게 담배나 포도주를 나눠 주며 밖의 소식을 들었다.

'도대체 길은 어디로 숨어 버린 걸까……'

어느 날, 지치고 절망한 나는 한적한 길가 묘지 곁에 누워 잠을 청했다. 이제 더는 걸을 힘이 남아 있지 않았다. 거미줄이 감긴 것처럼 발밑이 끈적끈적 달라붙었다. 나는 누구일까. 내가 나일까? 내가 나라는 확신이 서지 않았다. 나는 둘도 되고 셋도 될 수 있었다. 나는 사방에 있었고, 또한 나는 묘지 옆에 누워 있었다. 나는 어떤 것도 믿을 수 없게 되었다. 오직 변하지 않은 한 가지 사실이 있다면, 내가 365일 극야가 계속되는 라빠빠에 갇혀 있다는 현실뿐이다. 지구의 자전축이 통째로 바뀌지 않는 한 영영 빠져나가지 못할 거라는 불안감이 떠나는 자들의 발짝에 섞여 내 목을 조이고 들어왔다.

"어허, 이게 누군가. 자넨 아하스 페르츠가 아닌가?"

가까운 곳에서 그림자 하나가 지팡이를 짚고 다가왔다.

"멜, 멜키아데스?"

낯익은 목소리의 주인공은 뜻밖에도 멜키아데스였다.

"노인장이시군요. 역으로 가는 길을 찾고 있습니다."

반가운 마음에 멜키아데스의 손을 덥석 잡고 무릎까지 꿇었다.

"어리석은 사람. 마스크를 벗겨선 안 된다고 그렇게 경고했거늘."

그는 혀를 굴리며 한심한 눈으로 나를 쳐다봤다.

"제가 왜 이렇게 된 거죠?"

멜키아데스가 지팡이로 내 어깨를 후려쳤다.

"그걸 몰라서 묻나? 여긴 망아의 세계야."

"망아……?"

"이곳에 왔으면 이곳의 법을 따라야 하는데 기회가 주어졌음에도 자네는 좁쌀보다 못한 인간의 감정에만 집착했지."

"그럼 저는 어떻게 되는 건가요?"

"몰랐던가? 여긴 죽은 자들과 산 자들이 섞여 사는 곳이라는 걸."

머릿속으로 죽은 뱀들이 꾸물거리며 지나갔다.

"그렇다면 내, 내가 죽었나요?"

멜키아데스는 씩 웃고 나서 어둠 속으로 사라졌다.

"생각하기 나름이야. 망상과 실재는 종이의 앞뒷면과 같으니까."

나는 멀어지는 노인의 뒤통수에 대고 안간힘을 썼다.

"부탁입니다. 여길 나가려면 어떻게 하죠? 이봐요. 멜키……."

노인의 취한 목소리가 푸른 막을 뚫고 굴절돼 건너왔다.

"하나를 버려야지. 자넨 무얼 버릴 텐가?"

6

　D국의 수도 순환선에서 국적 불명의 사내가 전동차에 치인 건 6월 7일, 라빠빠 축제를 한 달 앞둔 월요일 오후다. 사내는 알몸 상태로 전동차를 들이 받았다. 사내는 구급대원이 도착할 때까지 숨이 붙어 있었는데, 구급대원을 보자 온 힘을 다해 같은 말을 되풀이했다. 사내가 죽기 직전에 뱉은 말은 "르 뼤 르떼 암 이플레시코(여길 나가려면 어떻게 해야 하나요)?"라는 옛 원주민 언어였다. 경찰은 사내의 몸에서 신원을 확인할 어떤 단서도 찾지 못했다. 사내의 시신은 법에 따라 당분간 시립병원 지하 냉동실에 보관될 예정이다. 연고자가 나타나지 않으면 약 30일 뒤, 라빠빠 축제 기간에 화장된다.

아르헨티노를 위하여

혹시 아르헨티노사우르스라고 들어 봤어?

　익숙한 이름은 아닐 거야. 백악기 공룡의 이름을 줄줄 외고
다니는 인간들은 많지 않으니까. 내가 녀석들에게 관심을 갖
게 된 건 순전히 크기 때문이야. 난 뭐든 큰 것들이 좋아. 거대
한 항공모함, 거대한 산, 빅 사이즈 포커 칩, 거대한 젖? 아, 미
안! 마지막은 농담이야. 그냥 독백일 뿐이니 심각해지지 말자
구. 사실 당신들이 내 이야길 듣고 안 듣고는 중요하지 않아.
난 그냥 스탠드 업 코미디언처럼 지껄이고 싶을 뿐이니까. 나
는 지금 그 무지막지한 공룡들, 아니 그 중 한 녀석 때문에 기
분이 상해 있거든.

　아르헨티노사우르스는 초식 공룡이야. 백악기 후기에 번성

했으며, 아르헨티나 도마뱀으로도 불려. 녀석들은 진짜 거대해. 새벽에 승용차로 국도를 달리다가 만나게 되는 작은(?) 산이나 부두에 접안 중인 바지선 같은 걸 생각해 봐. 아마 더 클지도 몰라. 무게만도 거의 100톤, 지구상에 존재했던 공룡 가운데 가장 큰 종들이거든. 큰 건 길이가 40여 미터나 되었다지? 오래전 BBC 다큐에서 녀석의 몸을 가상 해체한 적이 있어. 그때 약 12톤의 뼈와 5톤의 피, 50여 톤의 살코기, 6톤의 내장으로 분리되었다고 해. 그 정도면 주변 생태계를 수일 동안 혼자 먹여 살릴 수 있는 양이었다나 뭐라나.

아르헨티노사우르스의 천적은 기가노토사우루스와 마푸사우루스야. 특히 날카로운 이빨을 지닌 마푸사우루스는 수백만 년 동안 아르헨티노사우르스의 골칫거리였어. 녀석들은 아르헨티노사우르스의 꼬리부터 천천히 먹어치우는데, 그 상황에서도 아르헨티노사우르스는 생명을 유지하기 위해 양치식물을 찾아다녔을 거야. 마침내 꼬리가 사라지면 방향을 잃고 그 자리에 주저앉고 마는데, 이때 끈질기게 기다리던 마푸사우르스들이 아르헨티노의 뒷다리 두 개를 먹어치우는 거지. 싱싱함이 유지돼야 했으므로 며칠에 걸쳐서 야금야금 뜯어 먹었겠지. 뒷다리 두 개를 잃고 나면 아르헨티노는 삶을 포기하고 풀밭 위에 제 몸을 길게 누이는데, 이때 태양을 가리며 프테라노돈 한 마리가 날아와 두 눈을 쪼아 먹는 것으로 아르헨티노의 짧거나 길었던 백악기의 시야도 닫히게 돼.

어디까지나 추정일 뿐이야. 발견된 뼈 몇 조각으로 우리가 공룡에 대해 얼마나 알 수 있겠어? 그래서 난 과학을 믿지 않아. 과학을 믿느니 차라리 신을 믿지. 신은 담백하잖아. 내가 세상을 창조했으니 잔말 말고 복종해. 복종하지 않으면 불지옥에 처박아 버리겠다! 물론 이런 엄포를 믿는 멍청이들이 한둘이 아니지만 그래도 과학보다는 나아. 과학은 진행형이잖아. 그 무엇도 완전하게 밝혀진 게 없고, 다만 상상만 화려하지. 얼마 전에 그런 영화들이 유행했잖아? 웜 홀을 통과해 다른 우주로 나아가거나 시간의 차원을 통해 자신의 과거와 조우하는 거. 난 생각할수록 웃기던데? 당장 자기 와이프가 이웃집 남자랑 뭘 하는지도 모르면서 감히 우주를 넘보겠다고?

시작은 전화였어. 우연히 아르헨티노사우르스 한 마리를 발견하고 공원에 숨겨둔 채 구청에 전화를 넣었던 거야. 사무적인 목소리로 어떤 늙은 여자가 전화를 받더라고. 왜 그런 여자들 있잖아. 늙고 히스테리 가득한, 약간의 권위가 담긴 사무적인 목소리 말이야. 난 단도직입적으로 물었어. 아파트에서 아르헨티노사우르스를 한 마리 기르려고 하는데 허가를 얻고 싶다고. 허가를 얻고 싶은 이유는 아래윗집의 불필요한 간섭과 민원을 방지하기 위해서라고. 세금은 얼마든지 낼 의향이 있다고. 뭐, 대략 그런 내용이었어. 그러자 여자는 내 말을 다

듣지도 않고 잠깐만요, 담당 부서 바꿔 드릴게요, 하더니 전화를 돌리는 거야. 그래서 이번에는 어떤 젊은 여자랑 통화를 하게 됐는데, 물론 난 그녀의 부서가 어딘지 몰랐지. 중요한 건 내가 같은 얘기를 또 한 차례 반복해야 했다는 것.

"그게 무슨 강아지 이름인가요?"

대충 듣던 여자가 그렇게 묻는 거야. 그 순간 파투날 조짐이 느껴졌어. 내가 분명히 '아르헨티노사우르스'라고 발음했는데 대체 그 여자는 무슨 생각으로 강아지냐고 되묻는 거지? 그 상황이 정말 고통스러웠지만 나는 다시 한 번 차근차근 설명해야 했어. 아르헨티노사우르스 한 마리를 보호하고 있다, 녀석을 내 집에서 기르고 싶다, 하니 구청에서 허가를 해 달라, 난 사람들과 부대끼는 일을 끔찍이 싫어하는 편이다, 옆집 아랫집 윗집 상갓집 누구에게도 피해 주지 않을 테니 다만 내가 무엇을 기를 권리를 갖게 해 달라, 구청에는 애완동물을 등록하는 제도가 있지 않느냐, 어느 부서로 어떤 서류를 갖고 내방해야 하는지 알고 싶은 게 목적이다, 등등. 그러자 여자가 대답했어.

"무슨 말씀을 하시는 건지 정확히 모르겠네요. 기다리세요. 담당자 바꾸어 드릴게요."

담당자고 또 있다고? 난 나도 모르게 씨발, 하고 욕을 하고 말았지. 다행인지 상대는 듣지 못한 것 같아. 생각을 해 봐. 한

참 힘들게 설명을 했는데 담당자가 아니라니. 어쨌거나 전화
는 계속됐어. 아니 계속되어야 했어. 왜, 이런 일은 그날로 끝
을 보아야 개운한 법이잖아? 친환경 에너지가 어쩌고 하는,
구청 홍보 멘트가 한참 이어지더니 이번에는 어느 늙수그레
한 남자가 전화를 받더라고. 아마도 과장이나 국장, 혹은 그쯤
된 인간이겠지?

"개를 아파트에서 기르시겠다고요?"

남자가 밑도 끝도 없이 묻더라고. 이건 무슨 개 같은 소리
지? 난 너무 어이가 없어서 웃고 말았어. 원래는 웃지 말았어
야 하는데 그게 상대를 자극한 것 같아.

"왜 웃으세요?"

남자가 피곤하다는 듯 사무적으로 물었어.

"개가 아니라 아르헨티노사우르스라니까요."

내 빈정거림은 아랑곳 않고 그가 묻더군.

"그건 무슨 갭니까?"

"아니 개가 아니라 아르헨티노사우르스라니까."

"아, 고양인가? 혹시 외국에서 들여온 거예요? 일단 민원과
로 가지고 나와서 접수해 보세요. 오실 때 동물 병원에서 건강
진단서 한 통 떼어 오시고."

남자가 전화를 끊을 기세길래 급히 덧붙여야 했어.

"그게 아니고 아르헨티노사우르스라니까. 초식 공룡 모르세

요?"

남자가 조금 진지해지더군.

"아, 교육용 풍뎅이 같은 거군요. 그런 건 굳이 등록하지 않으셔도 돼요. 지금 민원인이 기다려서 그런데 한번 나오시든가 나중에 다시 전화 주세요."

그리곤 전화를 딸깍, 끊어 버리는 거야.

풍뎅이라고? 난 사람들이 왜 살의를 느끼는지 알겠더라고.

공무원들의 업무 태도 같은 걸 시비 걸 생각은 아니야. 거기도 사람 사는 곳이니까 열심히 하는 사람도 있고 다소 사무적인 사람도 있겠지. 문제는 그게 아니고 사람 말을 끝까지 들으려고 하지 않는 태도, 나는 그 시건방짐에 짜증이 났던 거야. 금방이라도 구청으로 달려가고 싶었지만 대신 베란다로 나가 담배 두 개비를 축내는 것으로 화를 달랬어. 이런 생각이 들더라고. 공룡을 아파트에서 키우는 건 허가가 쉽지 않겠지. 아쉬운 건 나야. 어떡하든 허가를 얻으려면 참는 게 좋겠어. 일단 허가장을 받은 뒤에 구청 홈피에다가 냅다 욕을 해주는 거지. "망할 놈들, 그러니까 공룡이 도시를 싫어하는 거야. 입만 열면 환경, 환경 외치지 말고 공룡이 살 수 있는 진짜 환경을 만들어 달라고."

그날 저녁 J를 집으로 불렀어. 서른셋의 J는 그냥 섹스 파트

너야. 내가 좋아하는 타입의 여자는 아니고. 물론 그녀도 마찬가지겠지. 정을 깊이 줄 필요 없이 적당히 귀찮지 않은 선에서 상생하는 관계. 우린 맥주 몇 캔을 앞에 놓고 공무원들의 형식성에 대해서 한동안 떠들었어. J는 백화점 점원이었는데 내가 공룡 얘기를 하자 깔깔거리며 좋아했어. 그러면서 자기도 언젠가 공룡을 키워 보고 싶다는 거야. 공룡을 뒤뜰에 풀어놓고 흔들의자에 앉아서 느긋하게 바라보고 싶다고 했던가. 그녀는 커피 중독자이기도 한데 하루 열 잔은 기본이야. 그녀를 만나면 중세 유럽의 커피 문화가 독일에서 시작되었다든지, 베토벤의 아침 식사가 커피 원두 수십 알과 신선한 공기였다는, 허세 가득한 얘기들을 끝도 없이 들어주어야 하지. 그녀는 백화점에서 향수를 팔아. 또한 젖이 크지.

"공룡의 생식기는 얼마나 클까?"

오르가즘이 가실 때쯤 그녀가 뜬금없이 묻더라고.

"아주 거대했을 거야, 거의 한 5미터쯤?"

나는 자신 있게 대답했어.

J는 새벽에 택시를 불러서 타고 갔어. 그녀가 왔다가자 기분이 나아져서 다음 날 10시까지 늦잠을 잤어. 늦잠을 자면 가벼운 편두통이 생기곤 했는데 그날은 머리가 맑더라고. 나는 느릿느릿 샤워를 하고 잘 입지 않던 양복까지 꺼내 입었어. 옷은 중요하잖아? 머저리들에게 뭔가 있어 보이게 하는 덴 그

게 최고지. 추리닝에 삼선 슬리퍼를 질질 끌고 가서 민원을 제기하기보다는 말쑥한 차림으로 익명의 전화 상대들을 만나고 싶었어. 그리하여 확신을 심어 주고 싶었던 거지. 아, 이 사람은 허튼 소리 할 사람이 아니구나. 적어도 아침마다 한 두 개 이상의 신문을 읽고, 자식들에게 교양 있는 언어로 얘기할 줄 알고, 길을 걷다가 어려움에 봉착한 사람을 보면 뛰어들어 도와주는 행동파, 월급을 받으면 지역 어린이 도서관 같은 곳에다가 만 원씩 꾸준히 기부도 하는, 뭐 그런…….

난 사실 씻는 걸 좋아하지 않아. 정확히는 누군가를 만나기 위해 머리에 뭐 이것저것 바르고 거울 앞에서 왔다 갔다 하고 그러고 싶지 않다고. 산다는 건 너무 복잡해. 어릴 땐 비누 같은 걸로 대충 머리며 목덜미며 문지르고 헹구면 다녔거든. 근데 요즘엔 샴푸로도 모자라 린스를 바르래. 그게 단 줄 알았더니 무슨 영양분까지 보충해 주더라고. J가 백화점에서 재고 처리를 한다며 선물로 가지고 온 게 바로 그런 거였어. 밸런스 트리트먼트? 아무튼 그런 거였는데 린스를 바른 다음에 그걸 쳐 바르고는 샤워기 밑에 서서 노래 한 곡을 부르라는 거야. 그 정도의 시간이 흐를 동안 머리에 바르고 있다가 물로 헹궈 내야 영양과 보습이 머리카락에 올올이 스미고 머리가 부드러워진다나. 여자들은 매일 그러는지 모르겠지만 솔직히 샤워할 때마다 그게 쉬운 일이야? 처음 얼마간은 제법 진지하게 벽을 쳐다보고 나서 '선구자'나 '개구리소년' 같은 걸 불러보곤 했는데, 웃기는 일이지.

아무튼 난 구청으로 향했어. 새로 지어서 그런지 웅장하더라고. 구청이 아니라 수도의 시청이라 해도 손색이 없어 보였어. 주변 아파트는 지은 지 30년도 넘어서 시멘트 가루가 풀풀 날리는데 구청은 장난 아니었지. 나는 우리나라가 제법 괜찮은 곳이라고 생각해. 서민 지원엔 돈이 없어도 관공서는 폼나게 짓잖아? 나는 구두의 이물질이 구청 바닥에 묻을까 봐 신경 쓰면서 민원실로 엘리베이터를 타고 올라갔어. 거긴 현관 경비까지 괜히 멋져 보이더라고. 7층 환경 위생과란 곳으로 찾아가는데 복도에 서자 통유리 너머로 저만치 시에서 공원으로 지정한 그린벨트 지대가 내려다보이는 거야. 혹시나 해서 살펴보니 아르헨티노사우르스가 얌전히 앉아 나를 기다리고 있더라고. 공원 가장 깊은 안쪽 계곡 사이, 은행나무와 참나무 같은 것들이 마구 우거진 곳이었지. 초식 동물은 순해서 다행이란 생각을 했어. 만약 마푸사우루스 같은 종류였다면 공원 내방객을 다 잡아 먹고도 남았을 텐데.

문을 열고 들어가자 옷을 잘 갖춰 입은 남자와 여자들이 대충 모니터에 얼굴을 박고 있더라고. 전체적으로 딱 보면 뭔가 엄청 바쁜 느낌이 났는데, 하나하나 뜯어보면 그들이 각자 얼마나 여유를 갖고 있는지 알 수 있었어. 뭐 전국이 다 그런 건 아니지만 내가 들른 곳은 그랬어. 그들 중 가까운 곳에 있는 여자에게 다가갔는데, 그 여자는 온라인과 달리 굉장히 친절하더라고. 깍듯이 인사를 하면서 애완동물 등록은 저쪽으로 가세요, 그러는 거야. 그래서 저쪽을 확 봤어. 여자가 가르쳐 준 저쪽에는 웬 상근예비역 같은 놈이 하나 떡하니 앉아 있더라고. 미안해. 원래 욕을 자주하는 성격은 아닌데 솔직히 그놈은 욕을 좀 먹어도 싸. 왜냐하면 내가 다가갈 때까지 휴대폰을 뽁뽁거리며 게임을 하고 있었거든.

"애완동물 등록 건 때문에 왔는데요?"

나는 어깨를 꼿꼿이 편 채 예의 바르게 말했어.

"이거 하나 써 주세요."

녀석이 던지듯이 에이포 한 장을 내밀더라고. 종이를 받아 들고 작성대로 갔더니 거기 샘플이 있는 거야. 나는 샘플에 따라 적당히 내용을 적었어. 품명을 쓰는 곳에 아르헨티노사우르스라고 솔직히 적고, 몸무게는 대략 100톤가량, 뭐 그런 허접한 내용들. 제일 웃겼던 건 무슨무슨 예방 접종 항목을 쓰는 거였어. 생전 들도 보도 못한 예방 접종 항목들이 죽 나열돼 있었는데 까까가무시, 엔프러스 바이러스, 이끼짚 까아무시, 뭐 이런 종류들이었지. 원래 그런 일은 대충 해도 되는 거잖아? 난 일괄적으로 동그라미에 체크 표시를 한 뒤 씩 웃으며 그 방위 녀석에게 종이를 돌려주었어. 녀석도 대충 훑어보더라고. 전화 상담과 달리 일이 잘 처리되나 보다 그랬지. 한데 이러는 거야.

"접종 확인서랑 실물을 가져오셔야 되는데."

나는 좀 봐 달란 어투로 사정했어.

"에이, 그게 어디 쉽나. 공룡이 동물 예방 주사를 맞는다고 병에 안 걸리는 것도 아니고. 그걸 맞춰 줄 동물 병원도 없고."

녀석이 나를 아래위로 천천히 뜯어보더라고.

"공룡이요?"

"그럼요. 뭐가 잘못되기라도?"

녀석이 휴대폰을 집어넣고 일어서더니 퉁명스럽게 뱉었어.

"따라오세요."

녀석이 나를 데리고 들어간 곳은 안쪽에 별도 파티션 처리된 어떤 방이었어. 거기 테가 굵은 안경을 낀 중늙은이가 구부정히 앉아 있더라고. 책임자 정도 되려나?

"여기 우리 과장님하고 얘기해 보시죠."

녀석이 한쪽으로 뒤축이 쏠린 구두를 질질 끌며 사라지고 난 뒤 나는 의자에 앉았어. 과장은 전화를 하고 있었는데 나를 힐끗 쳐다보고도 계속 통화를 하더라고. 서두르는 기색도 없이 아주 느릿느릿, 대충 이런 얘기였어. 그러니까, 뭐, 원래 고래 회충이⋯⋯. 제트하고 이십, 천 과장이 지난번에, 백두장, 영란이가, 거긴 별로라서. 아아아. 치과는 원래 계속 망해요. 자주 바뀌고. ……차라리 필러를 해요. 요즘엔 얼마 안 하는데. 아 손님이 와서, 그래요 그럼, 나야 뭐 그저 그렇죠. 지난번에 아들놈이, 하하하. 네, 네. 그는 전화를 끊고 잠시 책상 위에 서류를 정리하더라고. 그러곤 지나가듯 물었어.

"어떻게 오셨죠?"

못 믿겠지만 나는 다시 차근차근 설명을 해야 했어.

"아, 공룡이라. 아르헨티나 뭐요?"

"아르헨티노사우르스."

"아, 그걸 키우고 싶으시다……. 어디서요?"

"저 앞 신도시 아파트, 7단지 1538호에 삽니다."

과장이 나를 천천히 살피더라고.

"공룡이라…… 키우세요. 헛헛, 뭐 어려울 게 있겠습니까? 근데 그게 몸집이 장난 아닐 텐데, 맞죠? 그래도 규정은 규정이니까 예방 접종이랑 꼭 해야 돼요."

오호라, 이제 좀 말이 통하는 상대를 만난 건가?

"그럼 예방 접종을 하고 증명서를 가지고 오면 되겠군요?"

"그렇죠."

아르헨티노사우르스가 도마뱀을 닮았다고 얘기했던가? 전체적으로 목이 길고 꼬리도 길어. 꼬리가 땅에 닿으면 머리 쪽은 아주 길게 쭉 뻗어서 대략 아파트 3-4층 높이에서 나를 내려다보는 크기잖아. 그런데 어디다가 예방 주사를 놓지?

"그건 좀 곤란한데."

"압니다. 원래 등록제가 개나 고양이 키우다가 아무 데나 버리는 인간들 때문에 생긴 제도 아닙니까? 공룡이야 뭐 상관없지 않겠어요? 어디 내다 버려도 금방 표가 날 테니. 근데 사납진 않나요? 물거나 그러면 곤란한데. 목줄이 맞는 게 있으려나."

"순해요, 초식이라니까요."

"아, 그러시구나. 근데 그걸 어디서 구했어요?"

과장은 시간이 한가한지 제 코털을 잡아당겨 가며 물었어.

나는 잠깐 고민해야 했어. 사실대로 털어 놓았다가 혹여 불이익이라도 받을까 봐 걱정이 됐던 거야. 공무원들은 원칙주의자들이 많잖아. 동정을 하고 말을 들어주는 척하다가도 규정 위반을 들이대면서 딱지를 끊거나 벌금을 먹이는…….

"그게 그러니까, 그건 제가 선택한 겁니다. 영화를 보다가, 그러니까 영화관엘 갔거든요. 통신사에서 VIP 고객에게 무료로 나눠 주는 조조할인 쿠폰이 있었어요. 공짜 표를 얻은 게 미안해서 먹지도 않는 팝콘을 대(大)사이즈로 하나 사서 들고 입장했죠."

난 구질구질하지만 과장을 믿고 설명을 시작했어.

"그래서요?"

과장이 내가 입은 옷을 꼼꼼히 살피고 있다는 걸 인지하면서 난 힘을 얻어 말을 이어 나갔어. 아까 빼먹은 얘기지만 내가 입은 옷은 아는 사람은 알 만한 비싼 브랜드의 옷이야. 과장과 나는 그런 부분에서 서로 통하는 데가 있었던 거지. 아, 이 사람 허언을 할 사람이 아니구나, 혹은 돈이 제법 있는 것 같으니 얘기나 들어 보자, 따위.

"영화를 보고 나와 영화관 주차장을 지나가는데, 과장님도 아시겠지만 〈쥬라기 월드〉라고, 왜 공룡들이 탈출하는 영화 있잖아요? 영화의 클라이맥스에서 각자 섬을 탈출한 공룡 몇 마리가 있었는데 무심코 야외 주차장을 통과해 가다가 아르헨티노사우르스 한 마리가 겁에 질린 표정으로 나를 쳐다보고 있는 걸 발견한 겁니다. 갑자기 불쌍하다는 생각이 들었죠. 그래서 녀석을 집에 데려다가 기르기로 결심을 한 거고."

나는 잠시 말을 끊고 과장의 눈치를 살펴야 했어. 내 말을 진지하게 듣고 있는 건지, 아니면 엉뚱한 생각을 하고 있는 건지 종잡을 수가 없었거든.

"그래서요?"

그가 여전히 흥미롭다는 듯 물었어.

"아니, 얘가 왜 여기 있지? 나는 혼잣말을 하며 다가갔어요. 안 그래도 섬을 탈출한 공룡들은 어떻게 되었을까, 영화의 2탄이 궁금하던 차였는데 그 중 한 마리를 밖에서 발견할 줄은 몰랐거든요. 어떤 운명처럼 녀석과 조우를 한 거죠."

"……."

"안심하라는 제스처를 취하며 녀석에게 다가갔어요. 그러다가 손에 들고 있던 팝콘을 무심코 녀석의 발아래 내려놓았죠. 냄새가 좋았던지 녀석이 고개를 숙여 팝콘 가까이 주둥이를 가져다 대더라고요. 그래서 친절하게 팝콘이 든 컵을 거꾸로 들어 녀석의 입안에 부어 주었죠. 물론 간에 기별도 안 갔겠지만."

"그래요?"

"그 직후부터 이 녀석이 호감을 보이는 겁니다. 머리를 내 다리에 비벼대기도 하고, 킁킁 콧바람을 내며 괜히 친한 척을 하더군요. 녀석의 몸짓은 애완견의 그것과 다를 게 없었어요. 그래서 결심을 했던 겁니다. 이 녀석을 데려다 길러 보자!"

"길러 보자?"

"네, 일단 사람들의 눈을 피해 아르헨티노를 주차장 밖으로 데리고 나올 수 있었어요. 그런 다음 어찌어찌 공원에까지 간 뒤 나무숲 속에 숨겨 두었던 거죠. 어쨌거나 녀석은 영화관을 탈출했고 관계자들이 찾으러 다닐 수 있는 위험성이 있었으니까."

거기까지 듣고 나자 과장이 말을 끊었어.

"혹시 기면증 같은 거 있으세요? 영화 보시다가 졸았다던지."

"아뇨. 웬 기면증?"

"이럴 게 아니라 나가서 얘기할래요? 곧 점심시간인데."

나는 그게 좋겠다는 투로 고개를 끄덕였어. 나가서 밥 한 끼 얻어먹으려는 속셈 같았거든. 세상에 공짜 밥은 없는 법이잖아? 까다로운 예방 주사 등록증 같은 거 다 무시해 버리고 간단하게 일이 처리될지도 모른다는 생각에 기분이 조금 나아졌어.

"까다로운 민원인들 때문에 골치 아프시죠?"

엘리베이터에 오르며 이런 낯간지러운 대사까지 읊었던가.

"늘 그렇죠 뭐, 좋은 사람도 있고, 안 그런 사람도 있고."

그가 밥이나 먹자고 데려간 곳은 구청 주변 일식집이었어. 예상과 달리 과장은 자기가 사겠다며 알탕 정식을 시키더군. 그는 그냥 말할 사람이 필요했던 것 같아.

"공룡도 알을 낳던가요?"

"그럼요, 파충류에서 변이를 한 거잖아요. 정말 신기하죠? 덩치도 큰 놈들이 자동차만 한 알을 낳고, 또 거기서 새끼들이 부화를 하고."

이런 시시껄렁한 얘기 뒤에 과장이 공무원답게 말하더군.

"그러니까 다시 정리를 해 보죠. 영화관에서 공룡이 나오는 영화를 보고 나왔는데, 그 중 화면을 탈출한 한 마리가 주차장에 어슬렁거리고 있었다. 그래서 선생님께서는 그 아르헨티노사우르스인지 뭔지 하는 걸 집으로 데려가려 한다. 하지만 애완동물 등록이 안 된 상태라 철저한 준법정신 하에 구청에 방문해서 관련 서류 등록 여부를 문의하고 있다. 뭐 이런 거 아닙니까?"

과장의 명쾌함에 난 고마움을 느꼈어. 역시 배운 사람들이란!

"바로 그겁니다. 물론 일방적으로 제 요구만 할 생각은 없습니다. 요즘 층간 소음 문제도 그렇고, 노약자나 어린이들이 보면 무서워할 수도 있으니까요. 아무튼 최대한 조심을 하겠다는 얘깁니다. 목줄도 튼튼한 것으로 해서 산책할 때 데리고 다니고요. 등록비 내고 떳떳하게 키우고 싶은 게 제 솔직한 마음입니다."

과장이 반주로 시킨 술을 한잔 쭉 들이켜더니 말하더군.

"그래요. 그러셔야죠. 그거 뭐 어려운 일도 아닐 텐데요. 선생의 마음은 충분히 이해가 갑니다. 여기 있다 보면요 별의별 일을 다 겪어요. 공룡은 아무 것도 아니죠."

그 말에 내 쪽에서도 흥미가 돋더라고.

"그럼 저처럼 특별한 동물을 키우려는 사람이 많습니까?"

"아아, 많지는 않지요. 하지만 아주 없는 건 아닙니다."

"이를테면요?"

과장이 시뻘건 국물을 후루룩 떠넘기며 중간중간 말했어.

"몇 달에 한두 번씩 그런 일들이 생깁니다. 사자를 키우고 싶다거나, 욕조에 고래를 넣고 기른다거나, 심지어는 자기 집에 외계인이 살고 있다는 사람도 있죠."

"외계인요? 그게 사실인가요?"

"글쎄요. 사실인지 아닌지는 알 턱이 없지 않습니까?"

"그럼에도 국가에서 허락을 하는 건가요?

"물론이죠. 다만, 거기 준하는 세금을 내야 합니다. 또, 이웃들에게 그 사실을 절대로 들키지 않아야 한다는 비밀 서약이 따르기도 하고요."

"그건 왜 그렇죠?"

"이웃에게 공포와 혼란을 줄 수 있기 때문입니다. 생각해 보세요. 벽 하나 너머에 사자가 이빨을 으르렁거리며 살고 있다는 상상, 쉽게 할 수 있습니까?"

"그렇군요. 근데 비밀이 지켜지나요?"

"하기 나름이죠. 지켜지기도 하고, 안 그런 경우도 있고. 한 가지 더 아셔야 하는데 만약 비밀이 깨지면 즉시 우리 조치에 따라야 한다는 겁니다. 만약 이웃에게 발각이 되어 민원이 들어오면 즉시 119 요원들이 출동하여 대상을 회수합니다. 그 뒤처리도 국가가 알아서 하게 되는 거고요. 아무리 비싼 것도 폐기하는 거죠."

대충 그런 얘기를 하며 밥을 먹었던 것 같아.

밥을 다 먹어갈 때쯤 나는 급히 식당을 나와 편의점으로 달려갔어. 지금 생각해 보면 누가 시켰다기보다는 몸이 그냥 조건 반사적으로 그렇게 한 거 같아. 일종의 문화 관습? 뭐 그런 거겠지. 서로 좋고 좋은 게 좋잖아. 20만 원의 현금을 뽑아 흰 봉투에 담은 뒤, 거칠어진 숨소리를 누르며 식당으로 돌아왔어. 과장은 남은 소주를 목구멍으로 넘기고 있었어. 그는 내게 어딜 갔다 왔는지 묻지도 않은 채 덧붙이더군.

"잘 생각해 보십쇼. 민원만 들어오지 않는다면 우리 입장에선 군이 선생의 취미 생활을 막을 이유가 없지 않습니까?"

식당을 나와 헤어지게 되었을 때 나는 과장의 뒷주머니에 봉투를 얼른 찔러 넣어 주었어. 눈치를 챈 건지, 아님 모른 척한 건지는 모르지만, 과장은 그대로 걸어가더라고. 앞을 보고 가면서 이런 말을 했던 것도 같은데 정확한 건 아냐.

"아무튼 그 아르헨티노…… 뭐라고요?"

"아르헨티노사우르스!"

"꼭 멕시코 이름 같네요?"

"멕시코요?"

"네, 혹시 프리다 칼로를 알아요?"

"아뇨, 프라다 가방과 관련이 있나요?"

"그건 아니죠. 아무튼 그런 이름들이 있지요. 뭐, 이름이 중요한 건 아니니까. 이미지가 중요한 거죠. 선생이 키우고 싶어

하는 대상도 그런 종류의 것이 아닐지……."

"네? 무슨 말씀이신지?"

헤어질 때 그가 담배 연기를 풀풀 날리며 덧붙이더라고.

"그래요, 사우르스, 뭐 아무럼 어떻습니까? 귀찮으시겠지만 동물 병원에 들렀다가 내일 다시 한 번만 나오세요. 항목은 개나 고양이로 쓰고 이름을 아르헨티노로 하면 좋겠군요. 어차피 서류일 뿐인데, 딱히 공룡일 필요는 없지 않습니까?"

이 말을 어떻게 생각해? 난 그냥 한번 봐 주겠다는 소리로 들었어. 뇌물이 효과를 발휘한 거지. 구청 입장에선 증거를 남겨야 하니까 적당히 개나 고양이로 우회하여 등록을 하란 소리잖아. 실물을 가져오지 못하는 나를 위해 최대한 배려를 한 거지. 이 정도는 사람 사는 세상에서 있을 수 있는 인정 아니겠어? 난 과장의 행동이 충분히 이해가 갔어. 아직까지 아파트에서 공룡을 막 기를 순 없는 거니까 법을 어기지 않으면서도 시민의 편의를 들어 주겠다는 개방적인 발상, 아주 꽉 막힌 사람은 아니었던 거지.

그렇게 된 거였어. 공룡 등록증이 나온 건 아니지만, 사실 그런 게 공식 문서로 나올 리는 없잖아? 난 구두로나마 구청의 허락을 얻은 거였어. 이제 공룡만 무사히 집으려 데려오면 되는 거였지. 그런 다음 조용조용히 기르는 거야. 우리 집에서 반상회 같은 것만 열리지 않는다면 이웃에 들킬 염려도 없잖아? 물론 녀석에 대해 모르는 게 너무 많아 걱정은 됐어. 울음소리가 얼마나 클지, 무엇을 얼마나 먹을지, 결정적으로 발정이 나면 어떻게 대처할지 정해진 건 아무것도 없었지. 그래도 기분은 좋았어. 왜냐, 아르헨티노사우르스, 세상에서 가장 우람한 종족을 내가 애완으로 돌볼 수 있게 되었으니까.

나는 자신이 있었어. 녀석은 정말 순했거든. 금방이라도 눈물을 뚝뚝 흘릴 것만 같은 큰 눈망울, 그걸 보고 있을 때의 기분은 물을 긷기 위해 시골 우물에 고개를 처박을 때의 느낌이랄까. 내가 관심을 보이자 뒤에 착 달라붙어서 따라오는 그 애완성, 여차저차 난관을 뚫고 공원에 도착하자 재빨리 풀숲으로 숨어들 줄 아는 센스, 내 마음을 완전히 이해하고 있는 게 아닌가 하는 의문이 들 정도로 머리가 잘 돌아가는 녀석이었지. 모르긴 해도 우리만의 대화를 통해서 충분히 녀석과 소통할 자신이 생겼던 거야. 왜 그런 개들 있잖아? 주인이 앉으라고 하면 앉고, 가만히 있으라고 하면 가만 있고, 짖으라면 짖고, 빨라면 빠는.

참 내가 왜 공룡을 기르려는지 말했던가? 커다란 것들이 좋아서이기도 하지만 백 퍼센트 진실은 아냐. 어떤 소설이었던가, 스스끼인지 뭐 그런 이름을 가진 주인공이 나오는 소설이야. 거기 보면 커다란 항공모함 사진을 벽에 붙여 놓고 마스터

베이션을 하는 얘기가 나오지. 동급생들에게 늘 처 맞는 약한 소년이. 그런 류의 엉뚱한 추측을 하지 말아 달란 얘기야. 좀 마르긴 했지만 나는 약한 남자가 아니거든. 못 믿겠지만 예전 시골에 살 때 사람도 한번 죽여 봤어. 이웃에 사는 가짜 중놈 이었는데, 이 녀석이 사촌 동생의 사타구니에 손을 집어넣곤 했어. 홍수로 하천 물이 불어났던 날 하필이면 놈을 다리에서 만났는데, 주저 없이 놈을 난간 너머로 밀었어. 본 사람이 없 어 뒤끝도 완벽했지.

난 공룡이 참 좋아. 눈이 마주치는 순간 나랑 같이 살 놈이 구나, 생각했지. 좀 웃기지만 다들 그런 게 있잖아? 과장의 말 처럼 누군가는 돌고래가 좋고, 또 누군가는 외계인이 좋은 거 야. 어떤 인간은 피규어를 모으는 데 전 재산을 투자하고, 또 어떤 인간은 방구석에 앉아 레고 조립으로 인생을 흘려보내 지. 어떤 인간은 빨간 마후라를 목에 두르고 손을 하늘로 치 켜든 우스꽝스러운 포즈로 오토바이를 부릉거리며 돌아다니 기도 하고. 그래도 이건 약과잖아. 하루에 서너 시간씩 sns에 접속하며 온갖 정의로운 단체들을 자기 페이지에 링크해 놓 고 친구들 반응을 살피며 시간을 보내는 허접한 인간들도 있 으니까. 누가 관심을 가져 주기를 바라는 거지. 하지만 아무도 외롭다고 고백하진 않아. 길을 가다 보면 조금만 특이한 상황 이 발생해도 휴대폰으로 그걸 찍어 올리는 거야. 야, 큰일 났다. 여기 불났어! 누가 시키지도 않았는데 시답잖은 맛집과 개한 마리가 물에 빠져 죽은 이야기까지 시시콜콜 찍어 올리며고상하게 이 나라 정치와 세계의 평화를 위해 고민하지. 중간중간 고독해 보이거나 얼짱 각도로 찍은 셀프사진 하나씩 끼워 올리는 건 기본 센스고.

얘기가 엉뚱하게 흘러서 미안한데 공룡도 마찬가지라는 거야. 내가 아파트에서 무얼 기르든 그걸 당신들이 상관할 이유는 없다는 거. 신경 꺼 달라고! 누구에게도 피해 안 줄 테니까 묻지 말라고. 성대 수술은 너무 잔인하지 않느냐? 발정 할 때 어쩔 건데? 그 많은 먹이를 댈 자신이 있어? 그러다가 잡아먹히기라도 하면? 솔직히 말해 봐. 다른 목적으로 쓰기도 하려는 거 아냐? 자기 엄마 생일도 기억 못하면서 개는 무슨, 등등. 내가 알아서 할 테니까 걱정 말라고. 난 지금껏 투표도 빠짐없이 해 온 사람이야. 물론 누구도 뽑지는 않았어. 투표용지에 도라에몽이나 세라를 그려 놓고 나오곤 했지. 말이 나와서 말인데, 난 아무도 뽑지 않아. 당연히 정치에 대해 비판도 않지. 그래서 공룡에 관심이 간 거야. 공룡은 단순하잖아. 덩치만 컸다 뿐이지, 나에게 투표를 강요하지도 않거든.

지루해지지? 이제 이야기를 마무리해 보자고.

결론적으로 말하자면 공룡을 집으로 데려오지 못했어. 인기척이 뜸해지길 기다렸다가 슬슬 공원으로 갈 때까지만 해도 내 기분은 삼삼했어. 이제 지독한 외로움에서 벗어날 수 있게 되었군. 내가 아닌, 살아서 움직이는 다른 것을 집안에 들인다는 건 어쨌거나 흥미로운 일이잖아. 더구나 사자처럼 사람을 물어뜯지도 않고, 개들처럼 시끄럽게 짖지도 않지. 악어처럼 욕조를 점령하지도 않을 거잖아. 초식 공룡이니까. 먹이가 문제가 되긴 하겠지만 인터넷을 몇 번만 두드리면 공룡 정도는 먹이고도 남을 사료가 넘치지. 배송은 또 어떻고. 아침에 결제를 하고 저녁에 초인종 소리를 듣는 세상인 데다가, 내가 사는 아파트는 쓰레기 분리수거조차 기가 막히지. 주방에서 버튼만 누르면 웬만한 찌꺼기들은 진공 시스템으로 아파트 지하 하치장까지 자동 투척되는 곳이거든.

난 아내가 사고로 죽으며 물려준 24평 아파트에서 혼자 살며 만화를, 아니 정확히는 애니메이션의 연속 삽화를 그리는 걸 외주로 맡아 해. 비슷비슷한 장면을 어떤 날은 하루에 수백 장씩 그릴 때가 있어. 그림을 연속 동작으로 연결해 영화 같은 느낌이 나게 하려면 초당 24장의 비슷한 그림을 같은 듯 다르게 그려야 해. 이런 걸 초당 프레임이라고 하는데, 예를 들자면 10초 자리 한 장면을 위해서 240장의 그림이 필요한 거지. 이 작업은 정말 고도의 집중력이 필요해. 아주 조금씩 변화하는 동작을 보고 있노라면 움직이는 것과 고정된 것들, 현실과 비현실 사이에 갇혀 있는 느낌을 받아. 우리는 그 벽 사이에 갇혀 사는 자들이야. 현란하게 움직이는 주인공들의 동선을 따라 우주로 날아도 보고, 산악자전거로 공중회전을 해 보기도 하지만 잠깐 정신을 차리면 그 장면들이 증발해 버리거든.

시간이 어떻게 흘러가는지도 모르고 지낼 때가 많아. 연속되는 복제물 사이에서 뜨거운 피와 살을 지닌 나 혼자 고군분투하며 색색의 물감들, 그들이 질러 대는 갖가지 동작, 갖가지 비명들과 싸우는 거야. 그래서 무언가 살아 움직이는 게 필요했던 건지도 모르겠어. 연속적인 프레임이 아니라, 내 어깨 너머로 내 작업을 지켜보며 귀엽게 애교를 떨어줄 그 무엇 말이야. 한 장씩 배열하지 않아도 현실과 비현실의 경계를 깨고 튀어 나와 밥을 먹고, 같이 침대에 들고, 밤마다 비밀스런 산책을 하며, 기계적으로 움직이는 나와 그렇지 않은 나 사이의 경계를 확인하게 해 주는 그런 대상이. 그게 녀석이었지. 과장의 말대로 그깟 이름이 뭐 대수겠어? 그것이 현실에 존재하고, 내가 그걸 느끼면 그만인 거지.

공원 입구에서 20분쯤 더 안쪽으로 걸어 들어가자 웅크린 녀석이 보이기 시작했어. 녀석의 등이 작은 능선 같아서 사람들 눈에는 쉽게 띄지 않았을 거야. 공원이라고 해서 대충 정자랑 미끄럼틀이랑 벤치 몇 개 있는 그런 공간을 생각하면 안돼. 앞에서 밝혔듯 거긴 작은 산도 있고 호수도 있어. 대략 10

만 평쯤 될 걸. 구청에서 남쪽으로 바라보면 전방에 보이는 바로 그 산 주변이야. 산은 표고가 2백 미터쯤 되는데 그 안에 계곡도 있고, 사찰도 하나 있어. 아르헨티노는 사찰 바로 앞 계곡에 숨겨 놓았어. 등산로에서 한참 벗어난 곳이어서 사람들 눈에 띌 일은 거의 없었지. 가 본 사람은 알겠지만 거긴 고사리나 쑥 같은 풀도 많아서 공룡이 배를 쫄쫄 굶을 만큼 척박한 환경도 아냐. 녀석을 보자 기분이 울컥 하더라고. 저렇게 얌전히 주인을 기다리고 있다니. 와락 안아주고 싶은 충동을 느끼며 발등을 마구 어루만졌어. 녀석이 큰 머리통을 기울여 내 볼에 제 머리통을 비비더군. 덩치만 컸지 영락없는 강아지였어.

"가자! 아르헨티노!"

나는 주인의 권위를 담아 외쳤어.

대로를 벗어난 뒤 작은 골목을 따라 살금살금 아파트로 데리고 올 생각이었어. 그 시간쯤 되면 경비들도 대부분 잠에 빠지기 직전이잖아? 오가는 사람도 뜸할 시간이니 재빨리 경비의 눈을 벗어난 뒤 계단을 따라 오르다가 내 집으로 들어가면 그만이었던 거지. CCTV가 살짝 걸리긴 했지만 아침에 그걸 다시 되돌려 볼 인간이 어디 있겠어? 누가 뛰어 내리거나, 강도가 들거나, 화재가 발생하지 않는다면 말이지. 사람들 눈에만 안 띄면 그것으로 끝인 거야. 구청 과장의 조언대로 되는 거였지. 같은 층을 함께 쓰는 앞집이 이사를 갔으니 조건은 더 좋았어. 현관을 열고 녀석을 재빨리 거실로 들인 뒤 비어 있는 방 하나를 내줄 생각이었어. 집에 도착하기 전까지 그런 생각으로 들떠 있었지.

그날 밤의 일을 생각하면 지금도 마음이 울적해. 나는 진심으로 정성을 다했거든. 대도시에서 사람들의 눈을 피한다는 건 정말 힘든 일이었어. 다행히 그날은 안개가 사방에 가득해서 거의 10미터 앞도 분간할 수 없었어. 내가 10미터쯤 앞서서 걷다가 인기척이 들리면 공룡, 아니 곧 나의 애완친구가 될 아르헨티노는 걸음을 멈추고 큰 빌딩 옆에 우뚝 멈춰 서야 했어. 마치 빌딩 앞에 형식적으로 설치한 어느 조형물처럼 말이야. 이런 전략이 대략 통했던 건지, 아니면 지나가는 사람들이 무심했던 건지 우리는 거의 2시간에 걸쳐 아파트 현관 앞까지 접근할 수 있었어. 아르헨티노가 고개를 쭉 뻗어서 제가 살 집을 올려다보더라고. '여기가 내 집인가?' 하고 쳐다보는 것 같았지. 그런데 그게 마지막이었어. 이제 모든 수고로움이 끝났구나, 하는 생각에 잠시 방심을 했던 게 화근이었지.

긴장이 풀려서인지 오줌이 너무 마려웠어. 아르헨티노를 현관 앞에 잠깐 세워둔 채 아파트 1층 주차장, 다른 입주민이 주차해 놓은 봉고차 뒤로 가서 오줌을 누었어. 오줌 줄기가 봉고차 바퀴를 적시는 동안 녀석을 힐끔 쳐다보니 고개를 숙여 아파트 현관으로 목을 들여 놓으려고 애쓰는 게 보였어. 머리통이 현관에 꽉 차서 그런지 고개를 이리저리 돌려가며 혼자서 용을 쓰더라고. 비번을 눌러 자동문이 열린 뒤에 천천히 몸을 집어넣어도 되는데 너무 성급했던 거지. 나는 서둘러 바지 지퍼를 올렸고, 나의 애완용에게 다가가 까끌까끌한 꼬리 끝단을 손으로 툭 치며 말했어.

"기다려, 아르헨티노. 현관문을 열어 줄게. 너는 도마뱀처럼 몸을 낮추어야 할 거야. 남들 눈에 안 띄게 비상계단으로 천천히 올라가 보자."

나는 녀석에게 등을 보인 채 현관 비밀 번호를 눌렀고, 어서 들어오라는 포즈로 몸을 돌려 장난스럽게 허리를 굽혔어.

"환영한다, 나의 아르헨티노!"

그런데 말이야, 이해할 수 없는 일이 벌어졌어. 방금 전까지 내 눈앞에 있던 아르헨티노가 흔적도 없이 사라져 버린 거야. 펑, 하고 연기만 남긴 채 흔적을 지운 마술사처럼, 마치 눈앞에서 증발한 것 같았지. 그 흔한 각질 하나 떨어져 있지 않더라고. 녀석은 내가 알 수 없는 어떤 이유로 실망한 나머지 현관을 벗어나 급히 아파트 울타리를 넘어 간 것 같아. 안개가 가득해서 나는 녀석의 뒷모습을 보지 못했던 거고. 아마도 나름대로 진지하게 이유가 있지 않았을까? 고난 끝에 당도한 집이 마음에 들지 않았거나, 비상계단을 이용해 올라가야 하는 수고로움에 두려움을 느꼈거나, 갑자기 선택하게 된 애완의 삶을 후회하게 됐거나, 뭐 그런 상투적인…….

허탈한 나머지 거의 10분을 멍하니 서 있었어. 그러다가 정신이 들었고 스마트폰의 라이트 어플을 실행한 채 녀석을 찾아 안개 속을 헤매기 시작했어. 뜨거운 해가 골목마다 영역을 넓혀 오고, 출근을 위해 구두를 반짝반짝 닦은 사람들이 보도블록을 행진해 가는 순간까지도 나는 넋이 나간 채 아르헨티노를 찾아 헤매야 했지. 비련의 주인공처럼. 별의별 생각이 다 들더라고. 어느 성실한 시민의 신고로 119가 출동해서 공룡을 데려가 버렸다든지, 그런 정도까지는 상상하기도 싫지만 누군가 녀석을 보신용으로 데려가 조각낸 뒤 푹 삶고 있거나. 그게 아니라면 녀석이 사람들을 피해 아주 먼 곳으로, 이를테면 서해 바다 개펄 지대 같은 곳이나 백두대간 혹은 DMZ 깊숙한 곳으로 도망쳐 버렸거나.

그러다가 생각이 미쳤던 거지. 그러니까 아르헨티노사우르스이거나 아르헨티노이거나 혹은 그 비슷한 무엇이 다시 극장 안으로 돌아간 것은 아닐까? 왜 그런 경우가 종종 있잖아. 과거에 대한 향수 같은 거. 백악기를 건너온 그 녀석에게 실망을 한 게 사실이야. 사람이건, 짐승이건 온정 같은 게 있어야 하잖아? 내가 자신을 데려다가 숨겨 주고, 또 집으로 데려올 의사를 보여 주었는데, 아무런 인사도 없이 자취를 감춰 버리는 건 도리가 아니지. 확실하게 어떤 확신 같은 것을 심어주진 못했지만 난 녀석이 견뎌줄 것으로 믿었거든. 구청으로 달려가 기울였던 고단한 품과 녀석에 대한 모든 설렘이 다 날아가 버린 거지. 나는 다시 혼자가 되었고, 이제 그 무엇도 믿지 못하게 되었으며, 다시 작업대로 돌아와 지리멸렬한 고독과의 투쟁을, 조금씩 달라지는 허상의 장면을 수천 장씩 재현해 내면서, 구청 근처 공원을 그리워하며, 혹은 극장의 조조영화를 기다리며 살게 되겠지.

그래서 이곳으로 달려온 거야. 현란한 빛의 프레임이 사라진 자리, 텅 빈 관람석이 내려다보이는 이 자리에 서서 중얼거리거나 혹은 기다리는 거지. 다시 조조영화가 상영되기를, 그 속으로 되돌아간 아르헨티노사우르스, 혹은 어느 남미 미남 청년의 이름일 것 같은 아르헨티노, 어쩌면 그림을 그리는 화가이거나, epl의 신인선수이거나, 혹은 무명의 가우초 시인일지도 모르는 그가 다시 화면 밖으로 뛰쳐나와 그 깊은 우물 같은 눈망울을 하고서 지나가는 내게, 혹은 우리들에게 말을 거는 그런 순간을. 화면 밖에서는 한없이 겁에 질리는 녀석을 다시 일으켜 세워 공원으로 몰래몰래 데려가 잠시 숨겨 두었다가, 권태에 찌든 구청 과장을 어루고 얼러 허가를 받아내고, 아파트 경비들의 눈을 따돌리고, 무사히 내 집으로 데려와 나의 내부에 우뚝 세우게 되는 그런 순간을, 혹은 그런 상상을.

어둠은 어떻게 증식하는가?

"……정말이지 그렇게 예쁜 다리는 처음이었어요."

여자가 말을 멈추고 생수병을 입으로 가져갔다.

"그래요. 다리. 그날 어둠 속에서 내가 목격한 건 비상구 불빛을 굴절시키며 푸르스름하게 빛나는 두 다리였어요. 그 두 다리가 압착된 공기를 흩트리며 스각, 걷기 시작했던 거예요. 삼백예순날, 혹은 그보다 더 많은 날 미동도 없이, 혹은 무표정하거나 심각한 얼굴로 한쪽 벽에 덩그마니 놓여 있던……. 내게는 오로지 두 다리만 보였는데. 차가운 빙산 속에 갇혔다가 3만 년쯤 지나 무심코 발아된 패랭이꽃 씨앗처럼, 그 두 다리가 무거운 침묵을 견디며 중력을 밀어내기 시작한 거예요. 내가 하나의 존재로서 이 공간의 진짜 주인이라는 듯이, 혹은 무겁고 단단한 침묵을 더는 견딜 수 없다는 듯이."

여자가 말을 멈추고 생수병을 입으로 가져갔다.

"불규칙하게 빚어진 배흘림 모양이었어요. 그러나 좌우가 완벽하게 들어맞는, 어떤 인간의 다리도 그것을 모방할 순 없겠죠. 사람의 발길이 끊긴 침묵의 공간으로 그것이 걸어갈 때, 대리석 바닥에 끌리는 뒤꿈치 소리와 그 소리에 하나 둘씩 깨어나던 세밀한 빛의 파장들, 그 비밀스러운 움직임. 아, 아무래도 내 머리통을 부숴야겠어요. 산갈치……, 그래요, 그 미끈한 생명체가 꿈틀꿈틀 머릿속을 떠다니네요. 오래 전, 서른 언저리였을 거예요. 면접을 보고 나오다가…… 면접, 뭐 대단한 회사는 아니었고. 그렇고 그런 날들이었죠. 내세울 것 없는 이력에 하루에도 몇 번씩 한숨을 쉬어가며 어깨를 움츠린 채 위축되어 걷곤 하던 어느 쌀쌀맞은 가을날이었어요. 그날 회전문을 나선 뒤에."

여자가 말을 멈추고 생수병을 입으로 가져갔다.

"계단을 내려오다가 하이힐 굽이 부러지는 바람에 발을 삐 끗했어요. 몸의 균형이 무너지며 엉덩방아를 찧었는데 건물 전면 유리에 반사된 햇빛이 눈부셔서 아프다고 비명을 지를 수도 없었죠. 아픈 몸을 추스를 틈도 없이 태연한 척 계단을 내려왔고 지하철역까지 다리를 절며 걸음을 옮겼던 거예요. 발목을 접지를 때 투피스 옆 자락이 찢어져 속옷이 내비쳤지 만 미처 그걸 알아차릴 틈도 없이……. 부러진 굽이 여전히 내가 걸어온 길의 뒤편에 찝찝하게 남아 있었는데, 그것이 누 군가의 웃음거리가 되며 계속 타인들의 시선을 받고 있었는 데, 그날따라 해는 왜 그렇게 눈이 부시던지……."

여자는 말을 멈추고 생수병을 입으로 가져갔다.

"사거리는 늘 그렇듯 사람들로 붐볐어요. 지하철이 정차할 때마다 한 가득씩 쏟아져 나오던 까만 머리통들, 그들 속에 섞 여 주변을 두리번거렸어요. 구두 수선점을 찾기 위해서였죠. 어딜 가도 그런 가건물이 하나쯤은 있게 마련이고…… 바로 그때, 고막을 두드리는 날카로운 소리, 쇠와 아스팔트가 맞닿 아 내지르는 그 끔찍한 비명이 귀를 찌르고 들어왔던 거예요. 거의 동시에 산 물고기를 가득 실은 활어 운반차 한 대가 무 서운 속도로 달려왔어요. 아마도 브레이크가 파열된 모양이

었죠. 활어 운반차는 앞에 정차돼 있던 승용차들의 옆구리를
차례로 들이받고는 벌러덩 뒤집혔어요. 그 순간!"

여자가 말을 멈추고 생수병을 입으로 가져갔다.

"수조가 깨지며 수천 마리의 산갈치들이 와르르 도로로 쏟
아져 내렸던 거예요. 수조 가득 찰랑이던 바닷물과 함께. 운
전사 양반에겐 미안한 말이지만 정말이지 평생 가도 못 볼 장
면 이었죠……. 영감님도 한번 생각해 보세요. 일 미터도 넘
는 산갈치들이 한 마리도 아니고 수 천 마리나 꿈틀대며 차바
퀴에 내장이 터져 나가는 모습을. 그것은 잘 벼려진 칼날들 같
았어요. 자신을 내동댕이친 운명과 단단히 맞서겠다는 듯이,
그러나 움직임이 치명적인 죽음을 불러오는 줄도 모른 채 배
와 등을 아무렇게나 비벼대며 죽을힘을 다해 앞으로 나아갔
어요. 어떤 희망도 없이 죽음 속으로 달려야 하는 누우 떼들처
럼. 그러나 베어지는 것은 없었어요. 그들의 주둥이는 맥없이
허공을 찔렀고 가냘픈 몸뚱이는 지나가는 차량들이 뿜어내는
쏴, 쏴, 하는 바람 소리에 묻혀 갔어요."

여자가 다시 생수병을 입으로 가져갔다.

"북, 그래요. 북이 생각나네요. 두드려도 반응하지 않는 저 무심한 허공으로 둥둥, 산갈치들은 끊임없이 날아올랐고 마침내 기력이 다해 아스팔트로 떨어져 내렸어요. 그 눈부신 해의 움직임, 누구도 원망할 수 없는 그 노란 볕 속에서 나는 죽음의 얼굴들을 무던히 내려다보고 있었던 것인데, 엉뚱하게도 수천 마리의 생명이 꺼져가는 그 순간에도 나는 그것들의 숫자를 세고 있었어요. 하나, 둘 셋, 열여덟, 아흔아홉, 삼백예순다섯……. 갑자기 도로를 점령한 저 비린내 나는 죽음의 아가리가 어서 닫히길 바라며."

거기까지 말하고 여자는 다시 한 모금의 물을 들이켰다. 빈 생수병이 여자의 손아귀에서 힘없이 떨어졌다. 여자는 물통을 줍지 않았다. 사내가 냉장고를 열어 생수 한 병을 더 꺼내 주었다. 여자는 병을 받자마자 마개부터 땄다. 사내는 안경 너머로 그런 여자를 무심히 건너다보았다. 여자의 머리카락에서 푸석푸석 모래 알갱이가 떨어져 내렸다. 조갈증에 걸린 여자 같았다. 사구를 다 태워버릴 듯 쏟아지는 태양을 견디며 365일 꼬박 모래 위를 헤매던 여자일까. 어느 날 푹 꺼져버린 모래웅덩이에 갇혀 허우적대다가, 사막의 지하에 있다는 신비의 통로를 따라 불쑥 이곳에 이르게 된 게 아닐까.

여자가 발밑에 내려놓은 가방 속엔 일곱 켤레의 하이힐들이 뒤죽박죽 뒤엉켜 있었다. 그것은 죽은 산갈치들처럼 탁한 빛을 띠고 있었는데, 아마도 미친 여자겠지……. 집을 나와 거리를 헤매다가 날씨가 쌀쌀해지면 지하상가로 내려오는 사람들, 여자도 그런 사람들 가운데 하나일 확률이 높았다. 콩나물을 사러 나왔다가, 우체국에 가기 위해 집을 나섰다가, 이웃집에 들러 수다를 떨고 돌아오다가 문득 제 집의 기억을 잃어버린 사람들, 제 가족을 잊고 자기 자신조차 잊어버린 사람들, 존재를 기억해야 할 이유조차 잊어버린 사람들, 공간과 공간 속에서 자신의 생을 빛나게 했던 단 하나의 순간만을 꽉 움켜쥔 채 유령처럼 떠도는 사람들, 존재하지만 결코 존재한다고 볼 수도 없는…….

여자는 문 닫힌 지하상가로 유령처럼 스며들어 신발을 훔쳤다. 사내는 경찰을 부르는 대신 여자를 경비실로 데려왔다. 여자가 무심코 중얼거린 한 마디 때문이었다. 플래시 불빛이 얼굴을 훑자 여자가 눈을 찡그리며 말했다. 아저씨, 목이 말라요. 여자는 마네킹처럼 우두커니 서 있었다. 사내는 여자의 손에서 가방부터 빼앗았다. 여자는 저항하지 않았다. 지하상가 내의 신발 가게는 세 곳이었다. 마음만 먹는다면 여자가 신발을 훔친 곳을 찾기란 어렵지 않을 것이었다. 어느 가겐가 팔다 남은 신발을 출입문 근처에 포장으로 그냥 덮어놓았겠지. 상가가 문을 열기 전에 신발을 도로 가져다 놓으면 그만이었다.

300미터쯤 되는 지하상가는 바깥의 지하철 선로를 기준 삼아 남쪽과 북쪽으로 나뉘어 있다. 상권도 다르고 행정구역도 달라 별개의 회사에서 관리를 한다. 경비실도 남쪽과 북쪽에 각각 두 개가 따로 운용된다. 사내는 북쪽 상가 경비실의 교대 근무자다. 사내는 비슷한 연배의 중늙은이 박씨와 7년 전부터 맞교대로, 상가가 문을 닫는 오후 10시부터 이튿날 오전 10시까지 경비를 담당한다. 휴일에는 낮에도 상가를 지킨다. 두 명이서 24시간씩 번갈아 근무해야 하는데 이번 연휴에는 이틀 반씩 일하기로 둘이서 합의를 보았다. 그래야 고향에라도 다녀올 짬이 나기 때문이다. 티브이에선 장장 5일 동안 계속되는 황금연휴라고 쉴 새 없이 떠들어 댔다. 오늘은 근무 사흘째 되는 날이다.

"영감님은 혹시 밤에 무슨 소리 못 들었나요? 주기적으로 상가를 순찰해야 하잖아요. 새벽 2시를 전후해서. 어쩌면 3시인지도 몰라요. 전등 불빛이 앞을 비출 때, 노랗게 쏟아지는 그 불빛 속에서 뭔가 움직이는 걸 본 적이 있느냔 말예요."

사내는 대답 대신 서랍에서 티브이 리모컨을 꺼냈다.

"텔레비전은 왜, 내 얘기가 재미없나요? 내가 어디까지 얘기를 했더라. 그래요. 두 개의 다리⋯⋯. 영감님이 무슨 생각을 하고 있는지 알아요. 나를 미친 여자 취급하고 있겠죠. 좋아요. 마음껏 비웃어요. 그런다고 해서 내가 본 것들이 바뀌진 않을 테니. ⋯⋯내가 구두를 훔쳤다고 해서 위기를 모면해볼까 이렇게 구구절절 변명을 늘어놓는 게 아녜요. 정말 뭐라 표현하기 힘든 매끄러운 다리였어요. 밝은 조명 속에 놓여 있을 때와는 확실히 달랐죠. 불빛이라고는 먼 곳의 비상구 안내판이 전부인 어둠, 왼쪽도 오른쪽도 없고 높은 곳과 낮은 곳도 가름할 수 없는, 어떤 부피도 허용하지 않겠다는 듯 앞을 가로막는 압착된 공기, 그 어둠을 실뱀장어 한 마리처럼 꾸물거리며 뚫고 들어오던 가느다란 불빛, 그건 불빛이랄 수도 없는 것이었죠. 지하상가 전체의 불이 꺼질 때 미처 어둠 속으로 섞이지 못한 작은 불씨들이 어느 구석에선가 웅크리고 있다가 침묵을 헤집으며 다가오는 정체불명의 발소리에 놀라 화들짝 몸을 털고 일어나는 그런 찰나였어요."

여자가 떠들거나 말거나 사내는 리모컨만 만지작거렸다.

"본래 하나인 듯 공간에 스미듯이 지나가는 움직임, 다리 위로 언뜻 비치는 알몸⋯⋯. 마네킹. 그래요. 그건 마네킹이었어요. 주인이 부주의하게 문을 열어놓고 퇴근한, 어느 옷가게 유리 부스를 막 빠져 나온 듯한……. 인간처럼 어둠을 밟아가고 있었지만 결코 살아 있는 건 아니었죠. 주물 공장에서 같은 모형으로 찍어낸 것이 분명한 정형화된 몸체, 인위적으로 만들어진, 완벽에 가까운 비율 속 빛나던 두 다리. 그건 분명히 살아 있었어요. 인격을 가진 생명체처럼 환하게. 어둠은 스스로 빛을 내는 것들을 더 깊은 어떤 곳으로 거두어 버리곤 하잖아요. 어둠은 결코 자기 얼굴을 본 적이 없기에, 빛도 자신의 일부라고 믿기에……. 그 어둠 속에서 불쑥 튀어나온 두 다리가 스각 내 눈앞을 스치는 순간, 나는 그 컴컴한 속에서 발이 얼어붙고 말았어요. 얼마나 눈이 부시던지……."

사내는 리모컨을 내려놓고 여자의 다리로 눈길을 주었다. 벌써 한 시간째 여자는 같은 얘기를 반복하고 있다. 여자의 다리, 그녀는 왜 자꾸 다리에 집착하는가. 평범한 다리다. 평범한 다리만큼이나 평범한 여자다. 갈색이 도는 파마머리에 목을 바싹 조이는 형태의 잿빛 니트를 껴입고 그 위에 걸친 밤색 카디건, 지하상가 어느 쪽으로도 30초만 걸으면 만날 수 있는 싸구려 물건들, 저 물건들이 여자의 배후를 설명할 수 있을까. 주름이 잡힌 누런 면바지에 인조 가죽 가방, 인위적으로 관리한 듯한 눈썹과 처진 눈꼬리, 평생 날씬해 본 적이 없는 것 같은 통통한 몸매, 두 다리 밑에 뭉툭하게 붙어 있는 작은 발, 양쪽 발에 신겨 있는 굽 낮은 단화, 식당 주방에서 그릇을 닦거나 일당 파출부로 아들의 등록금을 마련하느라 손발이 부르트는 것도 모르고, 잠자리에 들 때마다 코를 골아 대는 여자들. 사는 것이 아니라 살아지기 위해 사는 사람들, 인간의 의지와 무관하게 삶이 삶을 결정하고 목표를 결정하고, 한 인간의 에너지를 소모시켜 배추처럼 시들어버린 몸.

"하이힐…….처음부터 그걸 훔칠 생각이 있었던 건 아니에요. 난 그저 마네킹의 두 발에 하이힐을 신겨 주고 싶었던 것뿐인데……내 정신 좀 봐, 그 얘기를 먼저 했어야 하는데. 여기 상가에 갇혀 버리게 된 거요. 우연한 실수였어요. 며칠 전낮에 술을 좀 마셨거든요. 취한 상태로 화장실에 들러 볼일을보다가 나도 모르게 그만 잠이 들었던 거예요. 몇 시간을 넋놓고 잤던 건지 눈을 뜨니 물건들이 죄 사라져 있었어요. 눈앞에 펼쳐진 건 새카만 어둠, 휴대폰도, 지갑도, 누군가 돈이 될만한 물건들을 싹 가져간 참이었죠. 돈, 그래요. 많은 돈을 잃어버린 건 아녜요. 고작 3만 원…….화장실 문을 열고 나왔지만 여기가 어디인지, 내가 왜 여길 헤매고 있는지 기억이 잘나질 않았어요. 솔직히 말하자면 지금도 기억이 아렴풋하긴해요……."

사내는 하품을 하며 리모컨 전원 버튼을 눌렀다. 여자의 앉은키를 흐릿하게 반사시키던 티브이 화면이 홈쇼핑 채널을 비추었다. 홈쇼핑에선 금발의 외국계 모델들이 팬티와 브라만 걸친 채 당당하게 워킹을 하고 있었다. 수유를 하느라 처진 가슴과 벌어진 골반을 보정해주는 속옷이었다. 마감 5분 전을 강조하는 쇼 호스트의 목소리가 절박하게 스튜디오를 울렸다. 마지막 세일, 단 한 번의 기회, 사내는 채널을 돌렸다. 바뀐 채널에선 크루즈를 타고 떠나는 북극 여행 상품을 팔고 있었다. 호스트의 목소리가 금방이라도 여행을 떠나고 싶도록 달콤하게 속삭일 때, 화면이 북극의 얼음 밑에 산다는 일각수 고래를 비추었다. 평생 살면서 남들 다 하는 세계일주 한번 못하고 죽는 건 얼마나 슬픈 일입니까? 안경을 낀 호스트가 딱하다는 표정으로 화면 밖의 사내를 쳐다보았다. 사내는 입을 떡 벌렸다. 5미터나 되는 뿔을 앞세우고 일각 고래가 찌를 듯 달려들었기 때문이다.

"어머, 저게 뿔인가? 창 같기도 하고. 뭐 저런 게 다 있어."

잠시 말을 끊었던 여자가 구시렁거리듯 덧붙였다.

"난 말예요. 저 추운 바닷물 속을 몇 톤도 넘는 것들이 살아서 돌아다닌다는 게 아무리 생각해도 비현실적으로 느껴져요. 저 큰 덩치로 새끼를 낳고 젖을 멕인다니, 또 사랑도 하고. 참 기가 막히지…… 안 그래요?"

사내가 채널을 24시간 뉴스로 바꾸었다.

"참, 어디까지 얘기를 했죠? ……맞다, 화장실!"

사내가 티브이를 끄고 자리에서 일어났다.

"어딜 가요? 아직 얘기가 끝나지 않았는데……."

사내는 경비실 밖으로 나가 앞에 보이는 통로로 전등을 비추었다. 어둠 속으로 쭉 뻗어나간 불빛은 돌아오지 않았다. 사내는 경비실로 돌아와 선반에 놓인 CCTV 화면을 건성으로 훑었다. 사내는 모자를 벗었다가 썼으며 의자로 돌아와 시계를 보았다. 오후 일곱 시였다. 밖에는 해가 지고 있으려나. 아마 그럴 것이었다. 사내는 밖으로 나가 볼까 하다가 그만 두었다. 밖으로 나가려면 보안기능을 해제하고 셔터를 올려야 하는데, 사내에게는 셔터를 올리고 내리는 일이 여간 귀찮은 게 아니었다. 원래는 셔터를 열어두었으나 지난여름, 상가가 쉬는 날마다 도난 사건이 발생하면서 아예 셔터에 열쇠를 걸도록 규정이 바뀌었다. 그 뒤부터 경비들은 컵라면 등속과 햇반을 선반에 쌓아 두는 버릇이 생겼다. 식당에서 저녁을 시킬 때 남은 김치를 모아 냉장고에 쟁여 두고, 멸치조림 같은 밑반찬 한두 개를 더 준비해서 출출할 때마다 끼니를 때웠다. 이번 연휴도 마찬가지였다.

"화장실을 나설 때만 해도 제정신이 아니었어요. 사방 어딜
봐도 시커먼 어둠뿐이었어요. 무서웠어요. 인생 전체가 송두
리째 어떤 골짜기로 처박힌 것 같았죠. 발을 디딜 때마다 가슴
에 통증이 느껴져 숨을 골라야 했어요. 저 까만 뱃속을 뚫고
나가기가 두려웠던 거예요. 그런데…… 아아, 내가 어디로 가
고 있었는지 기억이. 대체 어딜 가려던 건지……. 도저히 맨
정신으로는 갈 수가 없어서 술을 마셨던 건데. 공원 벤치에 앉
아 혼자 맥주를 들이켰죠. 그러다가 지하철을 탔던 것도 같은
데……. 참 이상하죠? 벤치에서, 뜨거운 가을 햇볕이었어요.
지나가는 사람들의 머리카락 위로 출렁이던 햇볕, 치마 밑으
로 드러난 여자들의 활기찬 두 다리, 저마다의 목적지를 향해
너무도 당당히 걸어가는 그녀들의 들뜬 발짝…… 영감님, 그
런데 나는 왜 가던 길을 망설여야 했던 걸까요?"

여자의 목소리가 횡설수설 갈라졌다.

"어떤 남자가…… 이제 조금 생각이 나요. 어떤 남자를……
만나러 가던 길이었어요. 확신할 수는 없어요. 기억이 뒤죽박
죽되어 버렸으니까요. 아주 어렸을 때부터 그랬어요. 기억하

고 싶지 않은 것들은 바로바로 잊어버리려고 노력했어요. 그게 효과가 있었던 건지는 모르지만, 덕택에 기억력이 형편없어졌어요. 살다 보면 좋은 일보다 나쁜 일이 더 많은 법이잖아요? 이를테면 어릴 때 변소에 발이 빠졌던 기억 같은 것들, 그얘긴 더 하고 싶지 않은데. 그건 어두운 기억이니까요. 어릴 때는 빛이 안 드는 곳에 웅크려 있길 좋아했어요. 그 까만 어둠이 날 지켜줄까. 낡은 종가 뒷마루가 생각나요. 돌아오지 않는 엄마 욕을 하며 마루에 앉았던 열 살 터울의 큰오빠, 그런 오빠를 피해 마루 밑으로 숨어들던 기억, 곰팡이 낀 흙내를 맡아가며 뒤뜰로 쏟아지던 햇볕을 노려보던 어느 아이가.

추락하는 노란 감을 보았던 것 같아요. 오빠가 나를 찾지 못하도록 꽁꽁 숨어야 했는데, 나무옹이가 만들어 놓은 마루 틈으로 뒤뜰의 감나무가 보였어요. 정확히는 가을 햇볕에 익어가는 노란 감 하나가 마치 옹이구멍을 메우기라도 하듯 나와 시선을 맞췄던 거예요. 오직 자신만 바라보아 달라는 듯이. 그 순간 오빠가 신을 신고 마루를 나섰어요. 나는 눈으로 감을 꽉 붙들고 부들부들 떨었어요. 그 노랗고 말간 것이 멀리서나마 옹이구멍을 메워 주기를 고대하면서. 오빠는 욕지기를 내뱉으며 안방이며 헛간, 장독대와 변소를 뒤지고 다녔어요. 나는 계속 감을 쳐다보고 있었는데 신기하게도 감이 점점 커지는 것 같았어요. 곧 터질 것 같은 붉은 해를 가리고 처마를 가리고 담장을 가리며 풍선처럼 부풀더니 오빠가 대문을 열고 나가는 순간 똑, 아래로 떨어졌어요……."

사내가 버튼을 누르자 티브이 화면이 바둑 채널로 바뀌었다.

"그가 죽었다는 연락을 받았어요. 틀림없이 그래서 길을 나섰을 거예요. 고등학교를 마친 뒤 한 번도 본 적이 없는 그 남자가…… 손발이 떨려서 아무 것도 하지 못했어요. 평생 그 남자가 죽기만을 바라며 살아왔으니까요. 그런데 막상 죽었다는 소식을 듣자, 마지막까지 붙들고 있던 어떤 것이 무너져 버리는 것 같았어요. 그 복잡한 마음의 정체가 무엇인지 지금은 분명히 정의를 내릴 수가 없네요. 장례식장으로 가던 길이었을 거예요. 자그마치 20여 년 만에 그 남자를 만나기 위해…… 그런데 그만 두 다리가, 두 다리가 후들거려서, 거기에 오줌은 왜 그렇게 마려운지, 지하상가로 내려왔던 거예요. 그러다가 문득 깨어나 어둠, 그 속에서 길을 잃고 헤매다가 무심코 마네킹을…….

기억이 어둠 속에 뒤섞인 빛과 같다는 걸 알았어요. 이를테면 복도 한쪽에 으레 그렇듯 빛을 발하고 있는 비상구등 같은, 그것도 어둠의 일부예요. 누가 그것을 빛이라 부를 수 있겠어

요? 그것은 쉽게 밖으로 꺼내질 수 없는 거예요. 그것이 누군
가에게는 견딜 수 없이 아프거나 빛나지 않는 순간일지도 모
르잖아요. 방문을 열어젖히고 밖으로 나를 찾아 나섰던 오빠
보다, 옹이구멍으로 보았던 노란 감을 더 환하게 기억하는 이
유이기도 하고요. 하지만 그 작은 불빛이 우리의 눈을 멀게 하
기도 하죠. 그것들은 희망도 절망도 아닌, 빛도 어둠도 아닌,
다만 스스로 타올라 소멸해야 할 것들예요. 그때 비로소 덧난
것들이 완전해지는 거예요. 어제 저녁, 혹은 그제 저녁, 내가
어둠 속에서 보았던 건 그런 종류의 불꽃이었어요. 마네킹의
두 다리에 부딪혀 빛이 소멸하던 어떤 순간."

티브이 화면 속 바둑판에 검은 돌, 흰 돌이 나란히 놓여 있
었다.

"어릴 때 다리를 다쳤던 기억이 나요. 다리…… 열여섯 살
때였나, 아니 열일곱이었나. 그즈음이었을 거예요. 그날도 아
이는 툇마루로 도망쳐 나와야 했어요. 장에서 돌아온 큰오빠
가 술 냄새를 풍기며 방으로 들어왔기 때문이에요. 그날은 마
루 밑에 숨을 수가 없었어요. 아이가 그곳에 숨는다는 걸 이미
들켜 버렸기 때문이에요. 그 아인 어떡하든 집을 벗어나야 했
는데 대문은 멀고……. 아이는 여름에 홍수로 무너진 흙담으

로 기어올랐어요. 오빠의 손길이 구렁이처럼 아이의 가는 다리를 잡아당기던 순간, 신발이 벗겨지며 담장 밖으로 넘어갔던 거예요. 나뭇가지에 긁힌 건지 무릎에서 피가, 새빨간 피가 흐르는데 멈추질 않았어요. 다행히도 오빠는 담을 넘어오지 않았어요. 담장 안쪽에서 생선 좌판의 썩어가는 복어 같은 눈을 하고서 그 아이의 종아리를, 종아리의 피를…….

　피. 그렇게…… 많은 피는 처음이었어요. 아이는 쪼그려 앉아 피를 문질렀어요. 온 몸의 피가 다 빠져나가 죽는 상상을 하면서. 편안한 마음으로 흙담에 기대 졸기까지 한 걸요. 그런데 피가, 종아리를 타고 흘러내린 피가, 복숭아뼈를 지나 발바닥을 지나 맨드라미꽃보다 더 진하게, 땅바닥에 제가 흘린 울음을 새겨 넣고 있었어요. 아이는 그 붉은 꽃을 보면서 점점 희미해지고 있었는데. 시간이 얼마나 지난 건지, 발목을 타고 올라오는 따듯한 느낌에 화들짝 눈을 떴을 때, 남자의 빨간 혀가 발바닥과 종아리를 핥으며 올라와 상처를 꽉 누르는 거였어요. 온 몸에 돋아나던 뾰족한 송곳들, 상처를 바라보던 순간의 눈빛. 그래요, 그 눈빛을 보지 말았어야 하는데…… 남자는 피가 멈출 때까지 종아리에서 입술을 떼지 않았죠. 핏기를 잃고 파래진 입술을. 아이는 그 입술이 온 몸에 생채기를 내주기를 바라면서 눈을 감고 있었는데, 노란 감들이 우두둑 두 사람의 등짝으로 떨어져 내릴 것 같은 오후에, 시간이 감나무 가지처럼 툭 부러진 것 같은 오후에……."

사내는 전등을 들고 경비실을 나섰다. 2시간마다 반복되는
정기 순찰시간이었다. 군용으로 생산된 ㄱ자형 전등은 사제
제품보다 성능이 좋았다. 젊은 날 군인이었던 사내는 쉰다섯
되던 해에 원사로 정년퇴임했다. 퇴임하기엔 이른 나이였다.
그게 10년 전의 일이다. 사내는 퇴직금으로 프랜차이즈 식당
을 열었다가 2년 만에 사업을 접었다. 직후 아내는 시골 생활
이 하고 싶다며 혼자 고향으로 내려갔다. 해외로 나간 첫째 아
들은 2년째 연락이 끊겼고 호텔 조리부에서 일하는 둘째 딸은
결혼식도 올리지 않은 채 동료 직원과 동거 중이다. 석 달 전
딸이 임신했다는 소식을 들었다. 사내는 바둑을 좋아한다. 그
는 거의 매일 밤 재방송 바둑 채널에 눈을 고정하거나 온라인
으로 익명의 상대와 바둑을 두었다. 월급은 보잘것없이 작지
만 사내는 그럭저럭 지하상가가 마음에 들었다.

사내는 좌우로 전등을 비춰가며 천천히 걸었다. 통로의 일
부가 된 것처럼 사내는 완벽하게 이 공간에 섞여 들어갔다.
순찰 거리는 200여 미터다. 중간 중간 화장실과 지하철 출입
로, 백화점 출입로 등으로 상가 통로가 가지를 친다. 옷가게가
대부분이지만 틈틈이 휴대폰 가게와 귀금속 가게, 신발과 액
세서리 가게, 가방 가게도 두어 개 숨어 있다. 사내는 화장실

에 들러 순찰함에 사인을 하고 버릇처럼 손을 씻고 모자를 고쳐 썼다. 수천 번도 더 반복한 장면이었다. 이제는 눈을 감고도 순찰을 돌 수 있었다. 반환지점에 서서 사내는 남쪽상가 깊숙이 전등을 찔러 봤다. 남쪽 상가 근무자들은 보이지 않았다. 그들과 순찰 중에 마주친 적은 한 번도 없었다. 북쪽 상가에서는 짝수 시간대에, 남쪽 상가에서는 홀수 시간대에 순찰을 돌기 때문이다. 순찰 시간은 길어야 20분 남짓이었다.

백화점 연결 통로 앞에서 사내는 걸음을 멈췄다. 연결 통로 회전문은 굳게 닫혀 있었다. 사내는 손으로 회전문을 밀쳐봤다. 백화점 측에서 컴퓨터로 제어하는 회전문은 가끔 고장을 일으켰다. 셔터 앞엔 두 대의 현금지급기가 놓여 있었다. 사내는 현금지급기 주변을 유심히 살폈다. 지난 봄 근처의 노숙자 다섯 명이 떼로 몰려 내려와 현금지급기를 몰래 들고 가려다 들킨 적이 있었다. 경찰이 출동하고 그들은 10분 만에 제압되었다. 이외에도 크고 작은 사건이 끊이지 않는 곳이다. 전기난로를 켜놓고 퇴근했다가 새벽에 셔터 밖에서 문을 두드리던 가게 주인도 있었다. 상가가 문을 닫을 때를 기다렸다가 남녀 고등학생 둘이서 지하상가를 활보하기도 했고 뱀이 나타나 한바탕 소란을 피운 적도 있었지…… 가방 가게 창고에서 발견된 뱀은 동료 박씨의 소주 안주가 되었던가.

"……떨리는 걸음으로 마네킹의 뒤를 밟기 시작했어요. 그 눈부시게 환한 몸뚱이를, 두 다리를, 두 다리의 푸른 움직임을, 신기하게도 불빛 한 줄기 비치지 않았는데, 동공이 어둠에 적응을 했기 때문인지 마네킹이 또렷이 보였어요. 마치 빛을 흡수한 것처럼. 그녀는 무언가를 찾아 두리번거리고 있었는데 ―그녀라고 해서 미안해요. 이해하지 못하겠지만 내겐 그게 하나의 인격체로 보였으니까요― 그녀가 멈춘 곳은 백화점과 연결되는 회전문 앞이었어요. 그녀는 회전문 앞에 서서 문을 열기 위해 무던히 애를 쓰더군요. 하지만 문이 닫혀 있다는 걸 눈치 챘는지 몸을 돌려 걷기 시작했어요. 애초에 떠나왔던 곳으로. 한 걸음, 두 걸음, 알에서 깨어난 새끼 뱀이 이슬을 이마로 툭툭 건드리듯이 조심스럽게……. 그녀가 되돌아간 곳은 '판도라'라는 이름의 옷가게였어요."

사내는 티브이를 껐다. 사내는 그 옷가게를 알고 있었다. 전면 통유리 안에 우두커니 서 있는 마네킹이 떠올랐다. 가게 주인이 조선족 여자라고 했던 것 같은데……. 아들이 몇 달 전에 심장병 수술을 받았고 남편은 도박 중독자랬지. 아침마다 남편에게 얻어맞은 눈두덩에 날계란을 마사지 해가며 남들보다 20분쯤 일찍 문을 여는 여자, 여자가 바지런한 덕에 가게 입구에 세워 놓은 실물 크기의 마네킹은 하루에도 몇 번씩 옷을 갈아입었다. 신기하게도 손님들은 여자가 마네킹에 세팅해 놓은 옷을 아래위 통째로 사가곤 했다. 비슷비슷한 가게들 중에서 숙녀복을 가장 잘 파는 걸로 소문이 났지만, 버는 죽죽 남편의 호주머니를 메워야 하는 여자, 그런데 마네킹이라고? 그 여자가 아니고!

사내는 언젠가 그 여자가 혼자 어둠 속으로 사라지는 걸 본 적이 있었다. 상가가 문을 닫고 두 시간도 더 지나서였다. 순찰을 돌다가 가게 문이 그냥 열려 있는 판도라를 발견했다. 전등을 비춰 보니 그 여자가 퇴근도 않고 마네킹 옆에 쪼그리고 앉아 있었다. 그녀는 울고 있었다. 이유를 물었으나 대답하지 않았다. 여자는 전등을 꺼 달라고 말한 뒤, 조용히 일어나 가게 문을 닫고 어둑어둑한 통로 저쪽으로 사라져갔다. 사내는 조용히 여자의 뒤를 밟아갔다. 상가 출입문 셔터를 올려주기 위해서였다. 하지만 어둠 속으로 푹 꺼진 여자는 어디에도 보이지 않았다. 사내는 자신이 헛것을 본 거라고 생각했다. 지금 물통을 만지작거리는 저 여자도 그런 종류겠지. 어둠은 종종 없는 것도 만들어내곤 하니까. 어둠은 사물의 형체를 감추지만 그것이 지닌 깊이까지 감추는 건 아니다. 밤이 되어서야 비로소 골목마다 진을 친 채 창문을 들고 선 어둠의 실체를 느낄 수 있는 것처럼.

"마네킹은, 아니 그녀는 아무 일도 없었다는 듯이 판도라로 들어가더군요. 출입구 옆 통유리 안, 받침대 위에 딱 멈추더니 더는 움직이지 않았어요. 그게 그날 밤 내가 본 것의 전부예요. 한데…… 다음 날에도 그 다음 날에도…… 그녀는 매일 밤 옷가게를 빠져나와 빈 통로를 서성였어요. 그녀의 목적지는 언제나 백화점 회전문 앞이었죠. 백화점 회전문은 늘 닫혀 있기만 했는데…… 영감님은 정말로, 정말로 그녀를 본 적이 없나요? 매일 새벽 2시, 어쩌면 3시였는지도 몰라요. 밀가루 같은 알몸을 드러낸 채 어둠 속에서 불쑥 스며 나와 다시 어둠 속으로 섞이곤 하던 그 푸른 생채기를."

먼 곳에서 덜컹, 문 열리는 소리가 났다. 사내는 CCTV로 시선을 옮겨갔다. 보이는 건 어둠뿐이다. 사내는 전등으로 손을 가져가다가 그만 두었다. 이곳은 가장 믿을 수 있는 보안구역 가운데 하나다. 북쪽 지하상가엔 총 서른아홉 대의 CCTV가 설치되어 있다. 그 중 열두 대엔 적외선 기능이 내장돼 있다. 적외선 CCTV는 어두울수록 더 선명하게 사물을 포착한다. 어느 가게 앞인가 부주의하게 쌓아 놓은 박스가 떨어져 내리는 소리겠지. 전에도 그런 적이 있다. 갑자기 계량기의 퓨즈가 나갔을 때도 비슷한 소리가 들렸다. 휴대폰 가게의 강화유리가 통째로 와장창 깨진 적도 있고…….

"어제 저녁까지 나는 거의 매일 이곳을 찾았어요. 저녁 아홉
시쯤 폐장하는 상가로 스몄다가 문을 닫을 때쯤 재빨리 화장
실 청소용구 보관함으로 숨어들곤 했어요. 그리곤 숨을 숙여
가며 어둠과 하나가 되기를 기다렸어요. 더 정확히는 그녀가,
그녀의 흰 알몸이, 그녀의 눈부신 두 다리가 묵은 어둠을 밀어
내며 스각, 스각, 마치 어둠의 일부를 베어내듯 이 공간을 활
보하는 시간을요. 그러다…… 그러다 나도 모르게 그만
하이힐에 손이 갔던 거예요. 변명 같지만 나는 하이힐을 훔친
게 아녜요. 그 가련한 아이에게 신발을 신겨 주고 싶었을 뿐예
요. 그 차가운 맨발이 나를 견딜 수 없게 만들었기 때문이에
요. 그래요. 어쩌면 변명일 수도 있겠죠. 그녀의 두 다리에 힐
을 신기고, 푸르게 살아 있는 그 두 다리에 입술이 파래지도록
오래오래 입을 맞추고 싶었는지도…….″

먼 곳에서 철컹, 문 열리는 소리가 났다.
"한데, 못 믿겠지만 그녀가 죽어버린 거예요."
CCTV 화면은 계속해서 정지된 영상을 보여주고 있었다.

"어제도 변함없이 그녀를 좇았어요. 그 직전에, 지하상가가

문을 닫기 직전 신발 가게를 지나가다가 우연히 가게 주인이 열쇠를 간판 틈새에 끼워놓고 가는 걸 보았어요. 그래서 상가 전체에 불이 꺼지자마자 고양이처럼 기어가 신발을 훔쳐냈던 거예요. 나의 그녀가 매일 밤 질리지 않고 갈아 신을 수 있도록 되도록 많은 하이힐을 손에 움켜쥔 채……. 2시가 되자 어김없이 그녀가 어둠 속에서 모습을 드러내더군요. 훔쳐낸 신발을 가방에 넣고 조용조용 그녀의 뒤를 밟아갔어요. 말을 걸 기회를 찾아가면서 말이에요. 벌써 많은 시간이 지났으므로 그녀도 내 존재를 눈치챘으리라 생각했죠. 하지만 그녀는 제 뒤를 밟는 인간 따위는 안중에도 없는 것 같았어요…….

그녀는 어제도 어김없이 회전문 앞에 서 있었어요. 늘 반복하던 동작 그대로 문을 밀쳤는데 놀랍게도 회전문이 돌아갔어요. 그녀가, 못 믿겠지만 그녀가 방싯 웃더군요. 내 눈엔 그렇게 보였어요. 그녀는 힘차게 회전문을 열어젖혔고 비상계단을 통해 백화점 옥상으로 오르기 시작했어요. 나는 스무 계단쯤 템을 두고 그녀를 좇고 있었는데, 어제는 백화점 전체가 도어락에 이상이라도 생겼는지 옥상으로 올라갈 때까지 그 흔한 비상벨 한번 울리지 않았어요. 심지어는 옥상 출입문까지도 아무런 저항 없이 열리고 말았죠. 말하자면 그녀는, 그러니까 그녀가 근 일 주일 가까이, 어쩌면 그보다 더 많은 시간 동안 회전문을 통과하여 그토록 오르고 싶어 했던 곳은 백화점 옥상이었던 거예요."

사내가 여자 앞으로 돌아와 앉았다.

"그녀는 별 망설임 없이 난간으로 몸을 날렸어요. 새벽 3시쯤, 어쩌면 4시였는지도 모르죠. 택시들은 무슨 일이 있기나 하냐는 듯 쏴아 바람을 가르며 지나가고, 쓰레기 냄새를 가득 품은 바람들이 골목을 배회하던 순간, 마네킹이 난간 위로 올라서던 그 순간, 나는 그녀의 다리를 붙잡기 위해 바투바투 달려갔던 것인데, 그녀의 두 다리는 황홀하고도 서늘한, 창백한 감촉만 남긴 채 새벽 공기 속으로 쑥 미끄러졌어요. 어떤 이유도 없이, 설명도 없이, 그 순간 똑똑히 보았던 거예요. 빛의 알갱이들이 찬란하게 흩어지는 장면을, 아직 깨어나지 않은 아침 속으로 빛들이 파문을 일으키며 스미는 모습을. 그녀의 두 다리에 웅크려 있었을 무수한 빛의 파장들을. 그 까무룩한 빛의 기억들을."

여자가 말을 멈추고 생수병을 입으로 가져갔다.

"기억이 불안전한 이유는 그것이 어둠과 친하기 때문이에요. 그 속에 웅크려 자신을 감춘 채 때론 증식하고 때론 자신의 모양을 바꾸어 버리죠. 그리하여 나중에는 기억을 위한 기억인지, 기억에 의한 기억인지, 꿈이었는지 모호하게 기억을 흐리는 습성이 있어요. 하지만 그건 덧난 걸 덮기 위한 제스처일 뿐예요. 어느 순간이고 그것들은 제 존재를 터뜨릴 기회만을 엿보죠. 제 숙주를 처참히 갉아 먹어가며 인내하고 인내하죠. 자신의 눈을 숨긴 채, 펄펄 끓는 심장을 숨긴 채 기억의 시작과 맞닥뜨릴 그날을 위해, 비로소 완전해질 어떤 날을 위해. 완전히 침묵해도 좋을 그런 순간을 위해. 그런데 말이죠. 그런데 영감님, 그거 아세요? 우리 몸속에도 까맣고 텅 빈 어떤 곳들이 있다는 것을요."

사내는 꾸벅꾸벅 졸기 시작했다.
"이봐요……. 이봐요, 내 얘길 더 들어 봐요."
사내의 손에서 전등이 툭 부러졌다.

"혹시 영감님은 허공을 나는 산갈치들을 본 적이 있나요? 나는 그걸 본 적이 있어요. 그날 도로로 쏟아졌던 산갈치들의 일부가, 그래요. 분명 전부는 아니었어요. 하지만 적어도 몇 마리는, 일곱 마리쯤이라고 해 두죠. 내 눈엔 그렇게 보였으니까요. 어쩌면 열 마리였는지도. 수천 마리 중에서 일 퍼센트도 되지 않는 숫자였지만 활어차 운전사가 피를 흘리며 죽어가는 도로 위에서 퍼덕이며 살겠다고 온 몸으로 허공을 베어 대던 수천 마리의 산갈치들 가운데 일부가 허공으로 '날아'오르기 시작했어요. 최초에 단 한 마리가 멀리 뛰기를 하듯 허공을 딛고 재차 허공으로 몸을 날렸던 것인데, 뒤를 이어 또 한 마리가, 또 한 마리가, 죽음이 날개를 꺾고 내려앉아 산 것들을 먹어치우던 그 순간에도 놀랍게도 그 희망 없는 공간을 박차고 날기 시작했던 거예요. 태양을 찌를 듯이 주둥이를 치켜세운 채 빌딩과 빌딩의 경계를 넘어, 보이지 않는 바다로, 떠나왔던 어떤 곳으로.

공중을 날다가 갑자기 날개를 꺾는 새들을 본 적이 있나요? 허공에도 디딜 곳이 있다는 걸 그날 알았어요. 인간만이 그 사실을 모르는 거예요. 마네킹은, 아니 그녀는, 아니 눈부시던 그 두 다리는, 그날 옹이를 메우던 노란 감은, 그 길을 알고 디뎌간 거예요. 주물공장을 빠져 나온 직후 삼백예순아홉 날 같은 표정, 같은 자세로 견뎌야 하는 자신의 운명에 넌덜머리가 났던 거죠. 그 무료함과 견딜 수 없는 권태…… 영감님은 끝내 단 한 마디도 하지 않으시네요……. 영감님은 혹시 자신이 그림자라고 생각해본 적 없나요? 이 공간의 빛나지 않는 존재, 빛날 필요도 없는 존재, 어둠이 공간을 만들어내고, 인간들을 움직여 스스로 증식해가는 이 거대한 암흑 속에서 당신은……."

멀리서 드르륵 셔터 올리는 소리가 났다.

"이봐요, 영감님. 그런데 정말 궁금한 게 있어요."
사내는 코를 골며 잠에 빠져 있었다.
"오늘이, 대체 오늘이 며칠이나 된 거죠?"
멀리서 구두를 뚜벅이며 느리게 발소리가 다가왔다.
"내 기억이 맞다면……."

박이 경비실로 들어섰을 때, 사내는 코를 골며 자고 있었다. 박은 맞은편 의자에 앉아 리모컨으로 티브이부터 켰다 전원이 들어오자마자 '299,000원'이라는 글자가 깜빡거렸다. 낙엽이 떨어지기 시작하면 어디든 떠나고 싶어서 가슴이 설레실 텐데요. 그래서 준비했습니다. 단돈 이십구만 구천 원, 이십구만 구천 원에 4인용 방수 텐트는 물론 침낭과 매트리스 배낭까지, 야영장비 일체를 가정으로 배달해 드립니다……. 박은 무심히 그것을 쳐다보았다. 사내는 여전히 깨어나지 않았다. 박은 사내를 놓아둔 채 손전등을 챙겨 일어섰다. CCTV에 움직이는 물체가 스친 것도 같았다. 백화점 회전문 쪽이었다. 한 여인이, 아니 확신할 수 없었다. 누군가 흘리고 간 보자기 같은 것이, 어떤 자그마한 뒷모습이, 아니 확신할 수 없었

다. 급히 회전문을 빠져 나가는 하이힐 두 다리를 본 것 같았
는데…….

박은 출입문 손잡이에 힘을 주었다.

마트의 왕

그가 눈을 뜬 곳은 크기를 가늠할 수 없는, 어떤 암흑 속이다. 그는 바닥을 기는 것으로 자신이 살아 있음을 확인했다. 아나콘다 목구멍에 틀어박힌 것처럼 숨이 막혔다. 문을 찾고 싶었으나 사방은 의뭉스런 어둠뿐이다. 그는 귀를 틀어막으며 저항했다. 어둠이 달팽이관 깊은 곳까지 쳐들어와 낄낄거렸다. 그는 어두운 곳을 병적으로 싫어한다. 그는 네 살 때 할아버지 댁에 놀러 갔다가 재래식 변소에 빠진 적이 있었다. 허리까지 똥물에 잠겼다가 밖으로 기어 나왔는데, 어른이 된 지금도 발을 헛디딘 게 아니라 보이지 않는 손 같은 것이 자신을 쑥 잡아당겼다고 믿고 있다.

　그는 바닥을 손으로 더듬으며 엉거주춤 일어났다. 이마에 과자 봉지 같은 게 툭 와 닿았다. 매끈한 대리석 바닥과 과자 봉지, 그는 기호처럼 주어진 두 사물을 통해 자신이 불특정한 실내에 놓여 있음을 알게 되었다. 불행 중 다행이라며 그는 안도했다. 실내에 있다는 건 밖에서 겪을 수 있는 위험 요소, 즉 취객을 만나거나, 행인을 함부로 치고 달아나는 자동차와 같은 것들로부터 안전하다는 것을 의미하니까. 또한 더위와 추위를 피하는 측면에서도 안은 밖보다 유리하다. 튼튼한 콘크리트 벽으로 보호받는 한, 얼어 죽거나 열사병에 걸리거나 태풍에 날아갈 따위의 걱정은 안 해도 되는 셈이다.

　안도의 마음도 잠시, 이번에는 폐쇄된 공간에 홀로 갇혀 있는지도 모른다는 두려움이 뻐근하게 뒤통수를 때렸다. 정신을 놓은 사이에 누군가에게 납치를 당했던가? 설마 아니겠지. 혹시 길을 걷다가 인부들이 부주의하게 열어 놓은 맨홀 구멍으로 떨어졌나? 아니면 건물이 붕괴되어 바닥에 깔리고 만 건가? 그게 아니라면 누군가의 지독한 장난에 걸려들어 한바탕 웃음거리가 되고 있거나, 어느 사이코의 실험동물 신세인지도 모른다. 〈큐브〉의 주인공들처럼 끝없이 문을 열고 닫아야 하거나, 흔한 할리우드 영화에서처럼 말도 안 되는 문제를 풀어 가며 우스꽝스럽게 탈출을 구걸할 수도 있겠다.

지독하게 어둡군. 불이라도 있으면 좋을 텐데.

그는 휘청거리며 몸의 중심을 잡았다. 그때 마치 누가 듣고 있기라도 하듯 팟! 하며 형광등이 점등됐다. 동시에, 그는 눈을 동그랗게 뜨고 딱딱하게 굳은 마네킹처럼 멈칫했다. 믿을 수 없는 상황이 눈앞에 펼쳐졌기 때문이다. 그가 발을 딛고 선 곳은 대형 마트의 생필품 코너였다. 더 기가 찰 일은 그 넓은 공간에 사람이라곤 하나도 보이지 않는다는 것이다. 마치 수천수만 개의 공산품들로부터 기습을 받아 막다른 곳에 몰린 인간처럼 혼자 생뚱맞게 생필품 코너에 찌그러져 있었다. 스테인리스 기둥에 비친 우스꽝스러운 자신을 멍하니 쳐다보다가 그는 풋내기 형사처럼 겨우 단서 하나를 찾아냈다.

이거 혹시 몰래카메라 아냐?

언제인지 기억나지 않는 한때, 그는 포털 사이트를 기웃거리며 외국에서 찍은 몰래카메라 형식의 동영상을 본 적이 있었다. 잠자는 남자 옆에 모형 악어를 눕혀 놓았다가 아침에 일어난 남자가 기겁하는 장면을 보고 낄낄거린다든지, 가짜 은행 강도를 출동시켜 사람들의 다양한 반응을 살핀다든지 하는, 누군가를 바보로 만들어 놓고 그것을 보고 웃고 즐기는 식의 저질 코미디 말이다. 그는 그런 배역이 되는 걸 단호히 거부하는 입장이기에 본때를 보여 주고자 카메라를 찾아 진열대를 살펴 나갔다. 그러나 천장의 CCTV만이 멀뚱하니 그를 내려다보고 있을 뿐 숨겨진 카메라는 발견되지 않았다.

카메라는 없다. 그렇다면 내가 왜 여기 놓여 있지?

그는 의혹을 억누르며 기억을 더듬었다. 마트 밖으로 나가면 단박에 해결될 문제였다. 인간이 죄다 멸망하지 않은 한, 마트 안에서 벌어지고 있는 이상한 일들에 대한 단서쯤은 얼마든지 찾을 수 있을 것이다. 그러나 그는 망설였다. 생각과 다르게 더 중요한 문제가 본능을 충동질했기 때문이다. 그는 지금 참기 힘들 만큼 배가 고팠다. 관습화된 기억대로라면 식품 코너는 마트의 모서리나 구석에 처박혀 있기 마련이라, 그는 몸이 이끄는 대로 자연스럽게 식품 코너로 걸어갔다. 그러면서 다시금 혀를 내둘렀다.

뭐야, 영업을 하다 말고 다들 어디 간 거지?

식품 코너에는 평소와 다름없이 다양한 요리들이 진열대와 조리대에서 손님을 기다리고 있었다. 그는 오뎅 하나를 꺼내 입김을 불어 가며 우묵우묵 베어 먹었다. 조리대 앞에 놓인, 갓 삶아 놓은 국수도 식욕을 돋웠다. 국수에 오뎅 국물을 부어 후루룩 들이켰다. 급한 허기는 면했지만 여전히 배가 고팠다. 그는 닭꼬치 두 개와 랩으로 포장된 송편과 순대 등을 더 챙겼다. 내친 김에 커피 매점으로 가 갓 볶은 커피콩으로 블랙 커피 한 잔도 진하게 뽑았다. 그는 식품 코너 건너편에 자리한 침대 매장까지 이동한 뒤, 푹신한 더블 침대 하나를 골라 비스

듬히 몸을 누이고 챙겨 온 음식들을 게걸스럽게 먹어 치웠다.

끄윽, 트림까지 하고 나자 비로소 살 것 같았다. 어느 건전지 광고처럼 팔굽혀 펴기를 수만 번쯤 거뜬히 할 것 같은 기분으로 새삼 주변을 둘러보았다. 사람들로 북적이던 대형 마트가 텅 비어 있다니? 그는 공허와 적막이 주는 이 낯선 평화가 나쁘지 않았다. 그는 평소에도 느긋한 성격이었고, 주변을 별로 의식하지 않았다. 사람 하나 없는 대형 마트 한가운데서 문득 정신을 차렸다는 게 이상했지만, 그 문제는 어쩌하든 자연스럽게 알게 될 것이라고 믿었다. 음식을 함부로 집어 먹었다고 해서 절도가 될 수 있을까? 주머니에는 음식 값을 지불할 돈이 있고, 서비스를 베푸는 종업원이 없는 상태였으므로 배가 너무 고파서 참을 수 없었다는 그의 주장은 충분히 받아들여질 것이다.

그는 침대 뒤편의, 마치 그를 위해 대령해 놓은 듯한 이태리제 가죽 소파에 앉아 식은 커피를 폼 나게 홀짝거렸다. 의자 등받이엔 '3,800,000원'이라는 가격표가 붙어 있었다. 의자는 제 값에 어울리게 푹신하고 안락했다. 가죽 특유의 냄새도 나지 않았다. 두 발을 뻗고 있자니 두어 시간 더 눈을 붙이고 싶은 마음이 간절했다. 아마도 그가 입 밖으로 소리 내어 자신의 생각을 중얼거리지만 않았다면 상황은 다르게 흘러갔을지도 모른다. 그러나 그는 안락함을 누리는 데 그치지 않고 의문을 품었고, 스르르 감겨드는 눈까풀 너머로 층층이 쌓여 있는 물건들을 바라보며 혼잣말로 뱉고 말았다.

"그나저나 여긴 어디야?"

사실 그는 자신이 왜 여기 와 있는지, 왜 마트가 영업시간에 텅 비어 있는지는 잠을 자고 일어나서 천천히 생각해볼 참이었다. 늘 잠을 뒤척이게 하는, 한 평이 겨우 넘을까 말까 한 고시원에 비하면 이곳은 분명 천국이었으니까. 맞아, 그렇군! 그 순간 그는 잠의 끄트머리에서 겨우 기억 하나를 되살려 냈다. 그의 집은 월세 30만 원짜리 고시원이었다. 세가 두 달이나 밀렸다며 주인이 밥을 못 먹게 해서 이틀이나 굶은 참이기도 했다. 바로 그때, 기억과 꿈이 뒤섞여 달콤하게 잠으로 빠져드는 찰나 안내 방송이 앵앵거리며 흘러나왔다.

"안녕하세요, 고객님. 이곳은 고객님의 소중한 쇼핑을 도와드리는 ○○○ 마트입니다. 쇼핑 중에 궁금한 상황이 있으시면 언제든 저희 직원에게 문의하세요."

앗, 사람이 있었구나! 그는 반가운 마음에 몸을 일으켰다. 그러나 그것이 방송이라는 걸 알아차리고는 이내 실망했다. 그는 혼란에 빠졌다. 혼잣말에 답을 보냈다는 건 누군가 CCTV로 나를 관찰하고 있다는 얘기였다. 그러나 그것이 그를 위한 멘트였다고 단정할 근거가 있을까? 어쩌면 컴퓨터가 주기적으로 뱉어내는 녹음 멘트일 수도 있지 않은가? 반신반

의하던 그는 가구 매장 천장에 매달린 CCTV의 카메라 앞으로 가 시험 삼아 물었다.

"보세요. 여긴 어디죠? 왜 내가 여기 와 있나요?"

기계식 음성인지 사람 음성인지 모를 대답이 울렸다.

"안녕하세요, 고객님. 이곳은 고객님의 소중한 쇼핑을 도와드리는 ○○○ 마트입니다. 고객님은 즐거운 쇼핑을 위해 오늘도 이곳을 방문하셨습니다."

웃기는 대답이었지만 틀린 말도 아니었다.

"지금 나를 보고 있나요?"

"고객님의 안전을 위해 저희는 최선을 다하고 있습니다."

"당신은 여기 직원입니까? 아니면 컴퓨터입니까?"

말도 안 되는 질문이었지만 이것저것 따질 때가 아니었다.

"이곳은 고객님의 소중한 쇼핑을 도와드리는 ○○○ 마트입니다."

상대가 동문서답으로 나오자 슬며시 장난기가 발동했다.

"그러니까 여기 있는 물건을 죄다 가져도 된다는 말씀이군요?"

"쇼핑 중에 불편한 사항이 있으시면 언제든 고객 센터를 찾아주십시오."

"결재는 어디서 하나요?"

"이곳은 고객님의 소중한 쇼핑을 도와드리는 ○○○ 마트입니다."

"뭐야, 한번 해보자는 건가!"

그는 대화가 무의미하다고 느끼며 의자로 돌아왔다. 당장이라도 문을 박차고 나가면 그만이었다. 하지만 그는 지금의 상태가 그리 나쁘지 않았다. 특별히 이상하달 것도 없었다. 이건 기억의 문제였다. 그는 의자에 앉아 차분히 기억을 더듬었다. 고시원으로부터 기억이 확장됐다. 고시원은 합정동 지하철역 근처에 있었다. 그는 전문대학을 다니다가 일 년 만에 중퇴하고 줄곧 고시원에서 생활해 왔다. 한 4-5년쯤 된 것 같았다. 대학 다닐 때만 해도 보증금 2천에 월 20만원을 줘야 했지만 어쨌거나 집이 있었다. 열쇠 수리공으로 가족을 부양하던 아버지가 처음이자 마지막이라며 보태준 돈으로 마련한 곳이었다.

거기까지 생각했을 때 인정머리 없게 생긴 사기꾼 하나가 후딱 스치고 지나갔다. 이후의 기억은 그다지 유쾌한 것이 아니다. 사기꾼은 군대 고참이었다. 복학한 대학에서 다시 만난 고참은 좋은 돈벌이가 있다며 그를 꼬드겼다. 금과 옥이 첨가된 옥 매트를 파는 다단계 유통업에 끌어들였던 것이다. 2년 남짓 고참을 따라다니다가 집 보증금을 모두 날린 뒤 그만뒀다. 다이아몬드로 승진한 고참은 연락이 닿지 않았다. 소문에 의하면 고참 역시 얼마 가지 않아 전 재산을 날린 뒤 중이 되겠다며 산으로 들어갔다고 했다.

개자식!

그는 새삼 이를 빠드득 갈았다. 자주 이빨을 악물어서인지 오른쪽 어금니가 시큰했다. 최근에 치과에 간 게 기억났다. 의사는 두 번째 어금니가 충치로 썩어들어 금을 씌워야 한다고 말했다. 그는 금을 씌우는 대신 값싼 중국산 충전재를 택했다. 어금니를 꽉 앙다문 채 치과를 나온 그는 어디론가 전화를 걸었다. 핏대를 세우며 떠들어대는 자신을 객관적으로 떠올렸을 때, 그는 어쩌면 지금의 사태가 그날의 일과 관련되었을지도 모른다고 생각했다. 블랙컨슈머. 직업이랄 것도 없는 그의 직업은 제조사나 유통업체를 협박해서 돈을 뜯는 일이었다. 그는 고시원에 근거지를 마련한 후 줄곧 그 일을 해왔다.

그는 주로 마트에 진열된 식료품을 노렸다. 집으로 가져온 뒤 얇은 주사기로 구멍을 뚫어 이물질을 넣거나 유통 기간이 하루나 이틀쯤 남은 제품을 구입한 후 며칠 뒤 유통 기간이 지났다며 마트와 제조사를 협박했다. 어떤 경우에도 요구한 금액이 30만 원을 넘지 않았으므로 열 번에 두세 번은 못 이기는 척하며 합의에 성공할 수 있었다. 상대가 말을 듣지 않으면 매장으로 찾아가 고성을 지르며 항의를 하거나 인터넷에 글을 올린다고 협박했다. 모르는 사람들과 닥치는 대로 맺어 놓은 SNS 팔로워도 강력한 무기였다. 인터넷에 글을 올리겠다고 협박하다가 말을 듣지 않으면 SNS를 켜 3천 명이나 되는 지인들 목록을 들이댔다. 거기까지 나가면 상대는 더 묻지 않고 금고를 열었다. 세상에 마트는 별처럼 많았고, 협박할 물건도 벌떼보다 많았다. 전국을 한 바퀴 돈다 해도 좋이 수천 년은 걸릴 것이었다.

한번 물고가 트이자 소시지 묶음처럼 기억들이 줄을 이었다. 이제 남은 가장 큰 의문은 자의든 타의든 왜 이곳에 오게 되었는가, 다. 그는 갑자기 기억이 난 듯 휴대폰을 꺼냈다. 최근에 수신된 문자 목록을 열자 교주 케르베로스의 명령이 떴다. '사랑스런 나의 아들딸들이여, 오늘은 ○○동 ○○○ 마트를 접수한다. 161111111111. 시작 음어는 "폭격, 폭격 . 폭격", 종결 음어는 "탈출, 탈출, 탈출", 자, 모두 달려가라. 가서 인간을 우습게 아는 마트를 혼내주자. 마트가 세상을 접수하기 전에 우리가 마트를 접수한다. 마트는 인간의 소유다!'

퀴즈 대회에서 답을 떠올리듯 의문들이 풀렸다. 케르베로스는 인터넷 카페 〈데이모스〉의 운영자였다. 카페 운영자지만 케르베로스의 영향력은 어느 사교 교주 못지않았다. 〈데이모스〉는 회원이 약 20만 명가량 되는, 국내 최대의 플래시몹 카페였다. 카페 이름은 화성의 두 번째 위성에서 따왔다. 회원 대부분은 젊은 직장인과 대학생들이었고, 그들은 운영자 케르베로스를 절대적으로 신뢰했다. 케르베로스의 명령이 떨어지면 장소와 시간을 가리지 않고 출동하는 열혈 추종자가 수십 명이나 되었다.

정확히 기억나지 않는 어느 저녁, 그는 고시원에 앉아 컴퓨터로 다음날 사냥할 업체를 찾고 있었다. 교주의 문자가 수신된 시각은 6시였다. 앞의 숫자 16은 년도를 의미했고, 그 다음 숫자들은 임무를 수행할 월, 일, 시를 가리켰다. 그러니까 케르베로스가 올 들어 네 번째로 내린 명령은 도심 외각의 ○○○ 마트를 점령하라는 것이었다. 물론 점령이라는 과격한 단어는 놀이어(語)일 뿐이다. 서로 모르는 생면부지의 사람들이 ○○○ 마트로 모여 물건을 고르는 척하다가 11시 11분 11초가 되면 동시에 바닥에 누워 '폭격'과 '탈출'이라는 단어를 순차적으로 외친 뒤 마트 밖으로 뛰어나가면 끝나는 임무였다.

주로 방에만 처박혀 지내던 그는 기꺼이 교주의 명령을 따르기로 마음먹었다. 카페에 올라온, 각종 동영상과 사진 자료가 말해주듯 교주의 명령은 매번 화려한 뒷담화를 남기며 회원들을 열광시켜 왔다. 특히 지난해 봄 도심 복판에서 벌어진 큰 시위에서 두 쪽으로 나뉜 시위대가 맹렬히 대치하던 때, 흰 상의를 맞춰 입고 나타난 수백 명의 인파가 절충 지대에 누워 "평화!", "평화!", "평화!"를 외쳤던 사건은 '한국의 특별한 플래시몹'이란 타이틀을 달고 외신에도 보도된 바 있다. 지난 가을에는 특별히 출산한 지 2년 미만의 여성들에게 명령이 내려졌는데, 서른 명이 넘는 여성들이 아이를 안은 채 한날한시에 2호선 두 번째 객차를 점령하고 일제히 모유 수유를 한 사건도 인터넷을 뜨겁게 달궜다. 교주가 내리는 명령들은 이렇듯 단순한 재미 이상의 의미를 품은 채 나날이 연혁을 쌓아왔다.

"고객님, 소중한 고객님, 마감 시간이 얼마 남지 않았습니다."

뜬금없이 울리는 소리에 그는 퍼뜩 정신을 차렸다. 시간이 얼마 남지 않았다고? 그는 어리둥절한 표정으로 천장을 보았다. 맞아, 여긴 마트였지. 그런데 도대체 사람들은 모두 어디로 간 걸까? 기억을 잃기 전, 언젠가 그는 명령을 수행하기 위해 마트에 왔고, 11시 11분 11초가 되자 식품매장 매대 사이에 누워 "폭격!", "폭격!", "폭격!"하고 플래시몹 개시 명령어를 외쳤다. 주변에 섰던 많은 사람들이 거의 동시다발적으로 그와 똑같은 행위를 실행하는 것을 보았다. 그 순간 그는 미처 느껴보지 못했던 종류의 희열을 느꼈다. 남아 있는 기억은 거기까지였다. 기억은 그 지점에서 산사태 절개면처럼 뭉툭 잘려나갔다.

"손님도 없는데 마감은 무슨!"

그는 뒷짐을 진 채 투덜거렸다.

"한심하군. 할 일도 잊고 공공장소에서 잠이나 자는 꼴이라니."

스피커에서 갑자기 훈계하는 목소리가 흘러나왔다.

"뭐라고?"

그는 깜짝 놀라 CCTV를 노려보았다.

"한심하다고? 남이 먹건 자건 웬 참견이야. 야, 거기 누구야?"

그는 CCTV를 향해 주먹을 쳐올렸다.

"안녕하세요. 여기는 고객님의 소중한 쇼핑을 도와 드리는 ○○○ 마트입니다. 불만 사항이 있으신 분은 고객 만족 센터를 이용해 주세요."

내가 잘못 들은 거겠지. 그는 다시 소파로 가 앉았다.

"고객님은 뭔가 큰 착각을 하고 있어요. 여긴 공짜로 먹여주고 재워 주는 곳이 아니에요. 그렇게 허송세월할 때마다 큰 손해를 보게 된다는 걸 잊지 말아야 해요."

안내 방송과는 전혀 다른 톤의 목소리가 스피커를 타고 흘렀다.

"거기 누가 있나? 그렇군. 뭔가가 날 지켜보고 있군."

그는 빈정거리며 계속 중얼거렸다.

"그러지 말고 이쪽으로 좀 내려오시지. 내가 뭘 잘못했지? 영업을 방해하기라도 했나? 플래시몹은 어디까지나 놀이야. 난 교주의 명령을 따랐을 뿐이고."

"문제를 확인하시려면 좌측 의류 매장 거울을 찾아 주세요!"

"거울을 보라고? 이거야말로 동문서답이 따로 없군."

그는 허탈하게 웃으며 의류 매장을 찾았다. 마트에 가면 으레 듣게 되는, 아이를 보호하고 있다거나 생선 코너에서 국적 불명 쇠고기를 반값에 마감 세일한다든지 하는 안내 방송 목소리와 입씨름을 주고받게 될 줄은 미처 몰랐다. 여자의 목소리는 방송이 아니라 마트가 내리는 명령처럼 들렸다. 그는 거울을 보고 나서 곧장 밖으로 나가야겠다고 마음먹었다. 어떤 이유로 마트에서 인간들이 죄다 사라졌는지 모르겠지만, 영원히 그 상태로 지속되리라는 보장도 없었다. 그는 사람들이 오기 전에 어서 마트를 뜨고 싶었다.

속옷 매장 안쪽 깊숙한 곳에서 전신 거울을 발견하곤 그는 걸음을 멈췄다. 까치집처럼 뻗친 머리카락이 눈에 띄었다. 거울 가까이 얼굴을 디밀고 눈동자부터 살폈다. 세수를 며칠이나 하지 않은 것처럼 얼굴이 푸석푸석했다. 수염도 제멋대로 뻗쳐 있었다. 피부는 더 검어졌고 생기라곤 찾아볼 수 없었다. 더 견딜 수 없는 것은 허기였다. 좀 전에 게걸스레 음식을 먹었음에도 며칠 동안 식사를 하지 않은 것처럼 창자가 뒤틀렸다. 그는 고개를 갸웃거리며 CCTV를 올려다보았다. 기다렸다는 듯 스피커가 입을 열었다.

"마트 안과 마트 밖의 시간이 다르게 흐른다는 걸 아셔야 해요. 이곳의 한 시간이 곧 건물 밖의 하루에 해당돼요. 고객님은 두 시간을 잤으니까 이틀을 그냥 흘려보낸 셈예요. 더 자세한 내용을 알고 싶으시면 고객 센터에 문의하세요. 전화번호는……"

"말도 안 돼!"

그는 휴대폰을 꺼내 시간과 날짜를 확인했다. 마치 자기장을 만난 듯 휴대폰 날짜가 바뀌어 있었다. 정확히 48시간 하고도 10분이 더 지난 월요일 오후였다.

"뭐야. 짜증나게."

그는 휴대폰을 주머니에 쑤셔 넣고 입구를 찾았다.

"어딜 가려고 하죠?"

목소리가 날카롭게 물었다. 그는 빈정댔다.

"난 이곳에서 빨리 늙어 죽고 싶지 않아."

"그럼 계획적으로 움직이세요. 고객님의 시간은 소중하니까요."

"말장난도 이제 지쳤어. 나갈 테니 더는 잡지 말기를."

목소리가 특유의 음성으로 말을 받았다.

"고객님은 현재 쇼핑 중이세요."

그 순간 모든 조명이 꺼지며 주변이 암흑천지로 변했다. 그는 무릎을 꺾으며 라면 묶음 진열장 앞에 쭈그리고 앉았다. 비상구조차 보이지 않는 완벽한 어둠이었다.

"나갈 테니 제발 불 좀 켜 줘."

그는 어둠이 주는 축축한 공포 앞에 다시금 몸을 움츠렸다.

"고객님은 특별히 잘못한 게 없으세요. 다만 저희에게 고객님이 필요할 뿐이죠. 저희에게 필요하니 고객님은 이곳에 존재해야 한답니다."

"도대체 무슨 소리야……. 나처럼 쓸모없는 인간을 왜?"

목소리가 사무적인 음성을 내려놓고 은밀하게 속삭였다.

"사실, 우린 전부터 왕이 필요했어요. 고객님은 그 적임자고요. 우리에겐 모든 걸 기획하고 조정하는 유통의 신이 존재해요. 고객님은 신을 받들며 이곳을 24시간 관리해주기만 하면 돼요. 잘 생각해 보세요. 이곳에 있는 한 고객님은 영생을 누릴 수 있어요. 이곳에 없는 물건을 찾기란 모래밭에서 바늘 찾기보다 어려우니까요. 에 ……, 그러니까 고객님만 원한다면 고객님은 지금 이 순간부터 마트의 왕이 되는 겁니다. 7천 평의 매장과 12만 개에 달하는 온갖 물건들의 지배자. 열두 대의 곧게 뻗은 에스컬레이터, 다섯 대의 승강기와 밤을 잊게 해주는 화려한 전구들, 그 모든 게 고객님의 소유가 될 수 있어요."

그는 피식 웃으며 허공을 향했다.

"매장 관리인이 따로 존재하는데 왕이 무슨 소용이야?"

오히려 목소리가 반문했다.

"매장이 비어 있는 게 안 보이세요?"

"그러니까 매장이 왜 비었느냐고? 정말 짜증나네."

그는 바닥을 기기 시작했다. 안내 방송이 계속 웅웅, 댔다.

"안녕하세요. 여긴 ○○○ 마트예요. 마트가 없는 세상을 상상해 보세요. 아마 전쟁보다 더 끔찍할 거예요. 우린 전국 곳곳에 유통망을 가지고 있답니다. 우린 이 도시의 인간들이 일년에 소비할 목록을 삼 년 전부터 꼼꼼히 계획하고 관리하죠. 못 믿겠지만 마음만 먹으면 김치나 한우 같은 건 우습게 통제할 수 있어요. 우리는 유행을 창조하고 의식주를 지배해요. 한 인간이 무엇을 먹고 입고 자며 생리댄 어떤 종류를 쓰고 비누와 치약은 몇 개월에 한번 가는지 마음만 먹으면 뭐든지 알수 있지만 굳이 공개하고 싶진 않아요. 어쨌거나 손님은 왕이니까요. 우린 고객님이 우리 제안을 받아들이길 원해요. 고객님은 최고급 침대에서 생활할 수 있을 뿐만 아니라 수십 개의 화질 좋은 TV를 소유할 수 있고, 배가 고프면 식품 코너에서 뭐든지 먹을 수 있어요. 스포츠 용품 코너에서 갖고 싶은 걸 꺼내 운동도 할 수 있고, 입은 옷이 질리면 무엇이든 꺼내 입으세요. 왜냐하면 고객님은 왕이니까요."

그가 기는 것을 멈추고 물었다.

"그래. 알았어. 받아들일 테니까 제발 불 좀 켜 주시지."

눈앞이 노래지며 곧 숨이 끊어질 것 같은 공포가 지속됐다.

"믿어도 될까요? 배신은 용납되지 않습니다."

막막한 어둠이 옥죄듯 다시금 그의 전신을 휘감았다.

"그렇다니까. 먹여 주고 재워 준다는데 뭔들 못 하겠어?"

"고객님의 선택은 현명하세요."

팟! 아까와 같은 소리가 나더니 형광등이 일제히 점등됐다.

화려한 조명을 받으며 그는 마트의 왕이 되었다.

좀 우습지만 왕도 일을 해야 했다. 일을 지시하는 건 스피커에서 흘러나오는 목소리였다. 목소리는 때가 되면 그를 깨우고, 밥시간을 알렸으며, 마트에 관한 이런저런 잡설을 늘어놓았다. 파트타임 아르바이트생처럼 오전과 오후 두 차례 일을 시키는 것도 목소리의 몫이었다. 목소리는 왕의 건강을 관리하는 약방 내시처럼 이런 저런 핑계를 대가며 일을 시켰는데, 처음 주어진 일은 매장의 가공 식품을 상표별로 전부 하나씩 먹어보라는 것이었다. 먹기 싫어도 예외는 없었다. 그렇다고 딱히 못 할 일도 아니어서 그는 식품 진열대별로 일일이 표시를 해가며 하루에 해치워야 할 작업량을 나누었다.

"이건 왕이 아니라 비정규직 알바생보다도 못하잖아?"

그러자 목소리가 가볍게 핀잔을 주었다.

"옛날 왕들이 놀고먹은 줄 알아요? 흠흠 -목청을 가다듬으며- 요즘은 입법부와 사법부가 독립돼 있지만 옛날 왕들은 만 가지도 넘는 일을 처리해야 했어요. 만기(萬機)라는 말도 그래서 나온 거고요. 왕들이 아침까지 궁녀나 끼고 노닥거린 줄 알겠지만 왕의 기상 시간은 새벽 5시로 정해져 있었어요. 기상과 동시에 세면, 세면을 마치면 6시에 아침 조회를 열었고, 이후 아침 식사 후에는 각종 경연에 참가하고 잡무를 봤으며, 저녁 식사 후에도 경연과 의무적인 독서를 하다가 11시가 되어야 취침할 수 있었어요. 더 알고 싶으시면 매장 구석에 있는 서적 코너의 『조선시대 왕의 하루』라는 책을 찾아보세요."

"그건 그렇다 치고, 이걸 왜 전부 먹어 봐야 하지?"

상표가 각기 다른 우유를 다섯 개째 마시며 그가 물었다.

"저희가 정성들여 유통을 하니까요. 저흰 언제든 우리 물건을 쓰레기로 분해해 줄 성실한 소비자가 필요해요. 고객이 무얼 필요로 하는지는 중요하지 않죠. 진짜 중요한 건 우리가 생산한 건 무엇이든 최선을 다해 소비해야 한다는 거예요."

"제길, 깡패가 따로 없잖아!"

"잊으셨나요? 고객님은 이곳의 왕이란 걸. 품위를 지켜요."

며칠인지 알 수 없는 날들이 불빛 속으로 흘러갔다. 그 사이에 그는 유제품 매장에 진열된 모든 상표의 제품을 종류별로 먹어 치웠다. 우유와 치즈, 아이스크림, 마가린, 버터, 요구르트 등과 같은 유제품은 회사별로 그 종류가 500여 개나 됐다. 먹다가 지치면 그 자리에서 잠을 청하고, 깨어나면 식품 코너로 달려가 부족한 음식을 보충했다. 음식들은 매일 신선한 상태를 유지하고 있었다. 뿐만 아니라 양도 줄어들지 않았다. 마트 측이 베푸는 깍듯한 의전 때문인지 고시원 쪽방에서 장작처럼 말라가던 몸은 나날이 체중이 불어갔다.

처음 얼마간은 만족스런 생활의 연속이었다. 먹는 일에도 요령이 생겨서 그는 계획표를 짜서 일과 시간을 나누었다. 저녁 6시가 되어 하루 일과가 끝나면 화장실로 달려가 뜨거운 물로 샤워부터 했다. 이후 세련된 양복을 꺼내 입고 왕으로서 저녁 일과를 소화했다. 매장 이곳저곳을 순시하며 상태를 점검하는가 하면, 가전 코너에 앉아 느긋하게 〈트랜스 포머〉와 〈반지의 제왕〉 따위를 시청하기도 했다. 영화가 실증나면 컴퓨터 매장으로 자리를 옮겨 〈리니지〉나 〈스타크래프트〉로 스트레스를 풀었다. 게임이 왕의 품격에 어울리지 않는다고 마트 측에서 충고했지만, 그는 마트의 제국 안에서는 원하면 뭐든지 할 수 있는 왕이었으므로 얼굴도 모르는 여자의 충고 따위를 크게 신경 쓰지 않았다.

귀금속 코너에서 마음에 드는 반지와 목걸이, 시계 따위를 꺼내 원 없이 치장할 수 있다는 점도 왕의 품격을 더해 주는 데 한몫했다. 그는 중세의 황제나 귀족처럼 대여섯 개의 반지를 손에 끼고, 거북스러울 정도로 묵직한 금목걸이를 늘어뜨린 채 느릿느릿 걸어 다녔다. 걷는 게 귀찮으면 스포츠 용품 매장에서 하이브리드 자전거나 S보드 따위를 꺼내 드르륵 드르륵 존재감을 과시하며 타고 다녔다. 왕이 되기 전까지, 돈에 쪼들리던 그에게 모든 걸 가질 수 있는 대형 마트는 애증이자 동경의 대상이었다. 사실 블랙컨슈머라는 직업도 따지고 보면 가질 수 없는 것에 대한 일종의 보상심리에서 택한 것이었다.

어릴 때부터 보아 온 마트는 그가 아는 한 세상에서 가장 완벽한 세계였다. 마트는 단 한 번도 그를 실망시키지 않았다. 사고 싶은 대부분의 것, 좀 과장을 하자면 세상의 모든 것이 그곳에 있었다. 또한 어느 곳을 가도 직원들은 친절하고 예의 발랐다. 심지어 불량 제품을 들고 가 협박을 일삼을 때에도 직원들은 허리를 굽히며 어떡하든 합의를 보려고 애썼다. 마트 밖에서 그는 특별히 환영받은 기억이 없었다. 작은 체구에 말주변머리까지 없었던 탓에 학교에서는 소외된 아이였고, 여자 또한 변변히 사귄 기억도 없었다.

여덟 살 즈음에 지금은 죽고 없는 어머니와 마트에 간 적이 있었다. 어머니는 원한다면 다 가질 수 있는 마트에서 콩나물과 두부를 사는 일조차 값이 싼 것을 찾아 고르고 골랐다. 당시 초등학교 일 학년이었던 반 친구들 사이에선 만화 영화 캐릭터 로봇을 수집하는 게 붐이었다. K캅스나 지구 용사 선가드, 꾸러기 수비대, 황금 로봇 골드런, 밀림의 왕 레오 등을 가방에 넣고 다니는 친구들을 볼 때마다 그는 어린 나이에도 피가 끓었다. 장난감을 사 달라고 조르면 엄마는 네가 애냐며 눈을 흘기거나 어깻죽지를 철썩 때렸다.

그날, 엄마가 쇼핑에 정신이 팔린 사이 그는 완구 진열대에서 밀림의 왕 레오와 변신 합체가 가능한 지구 용사 선가드를 점퍼 앞섶에 숨겼다. 엄마가 장바구니를 들이밀고 계산에 열중할 때 그는 기다시피 하여 계산대 밑을 통과했다. 밑 부분은 감지기가 닿지 않는다는 걸 파악하고 한 행동인데 재수 없게도 계산대를 벗어나기 직전에 옷에 숨겨둔 로봇이 바닥에 떨어져 안전 요원의 눈에 띄었다. 안전 요원이 당황한 그의 귀를 붙잡아 일으키며 엄마에게 따지듯 다가가자 엄마가 날카롭게 쏘아붙였다.

"걘 내 아이가 아니니 마음대로 하세요."

엄마는 제 아들을 독하게 노려보고는 장바구니를 챙겨 총총히 밖으로 나갔다. 그는 멀어지는 엄마의 뒷모습을 보며 서럽게 울었다. 물건을 훔치다가 걸렸다는 수치심보다 엄마의 차가움이 그를 더 아프게 했다. 잘 사는 아이들처럼 마트의 자유로운 향유자가 되는 것, 몸이 자라도 그의 꿈은 소박했다. 그러나 어른이 되어 세상에 이리저리 치이면서 너무도 쉬워 보이는 그 꿈이 어떤 사람에게는 좀처럼 다가가기 힘든 벽이 될 수도 있다는 걸 깨달았다. 일시적이나마 마트의 제의를 받아들인 이유가 거기에 있었다. 그는 단 한 순간이라도 좋으니 뭐든지 가질 수 있는 마트의 왕이 되고 싶었다.

"그러니까 마트는 하나의 거대한 정류장이에요. 복잡 다양한 구조로 된 인간의 신체가 영양분의 이동을 통해 유지되듯이 마트라는 몸도 다양한 상품의 이동을 통해 유지됩니다. 생산자와 소비자를 연결하는 복잡한 유통 구조는 굳이 설명하지 않아도 짐작하겠죠? 여기서 사람들이 놓치고 있는 것은 바로 공간이에요."

마트는 잊을 만하면 늙은 신하처럼 경연을 하고 나섰다.

"꼭 알아야 해? 난 심각한 건 딱 질색인데……."

"더 들어보세요. 모든 질서가 융합되는 하나의 공간, 좀 어려운 용어지만 이런 공간을 오툴(Otool)의 공간 기호 층위라고 해요. 유리 로트만의 문화 모델에 의하면, 삼차원의 평면 공간이 점의 유한 집합과 무한 집합으로 나뉘어 있을 때 그것들을 합치면 보편적 집합을 형성하게 되는데, 이때 경계선은 닫힌 곡선, 즉 동질동상적인 원이 되어야 하죠. 그러면 조르단의 공리에 의해서 경계선은 외적, 내적이라는 두 영역으로 분할이 되요. [2] 이런 차원에서 세상을 마트와 마트가 아닌 곳, 둘로 나눌 수 있는데, 마트와 마트 밖의 비동질적 세계는 심리적 소통 기능과 더불어……."

"개소리!"

오늘따라 까칠해진 그는 더 듣지 않고 소파에 누워 헤드폰을 꼈다. 매장에서 꺼내온 산울림 베스트가 귓가에 자글거렸다. 학창 시절 즐겨 듣던, 엄마와 고등어에 관한 노래였다. 김창환은 늙지도 않는군. 그는 죽은 엄마를 생각하며 울었다. 슬슬 이 상황이 지겨워지기 시작했다. 그는 한 평짜리 고시원에서 갑자기 수천 평 '슈퍼 마트'로 점프했다. 지겹도록 발목을 잡던 의식주가 순식간에 해결되었을 뿐만 아니라 왕이라는 직함도 얻었다. 7천 평의 매장엔 평생 쓰고도 남을 물건들이 우주 밖의 우주처럼 무한대로 겹겹이 쌓여 있었다. 오락거리도 넘쳐 났다. 하지만 그것만으로는 도무지 만족되지 않는 게 있었다. 튼튼한 콘크리트 장벽의 보호로도 충족되지 않는 공허와 허전함, 숙녀복 매장을 지키는 마네킹에 눈길이 가 닿았을 때 마침내 그는 부족한 한 가지가 무엇인지 확실히 깨달았다.

그는 손을 턱에 대고 찜찜하게 뇌까렸다.

"짐, 짐에겐 여자가 필요하다……."

헤드폰을 벗자마자 목소리가 답변을 들려주었다.

"그건 곤란해요. 왕은 품위를 지켜야 하는 존재예요."

그는 CCTV를 보며 항의했다.

"이런 품위라면 지키고 싶지 않군. 이것 보시게, 나의 백성이여. 혹시 자네는 여자의 몸을 하고 있지는 않은가? 그렇다면 좁아터진 방송실을 벗어나 매장으로 내려오게. 이곳은 너무 넓군. 낙원이라도 짝이 없으면 재미가 없는 법. 나와 함께 에덴을 마음껏 즐겨 보세. 여긴 여자들이 좋아하는 화장품도 널렸고, 찾아보면 자네를 만족시킬 딜도 같은 것도 있겠지."

"고독은 모든 인간이 견뎌야 하는 거예요. 특히 고객님처럼 가난한 사람들은 더욱 그 숙명을 벗어날 수 없죠. 더구나 고객님은 왕이잖아요. 왕은 원래 고독한 존재예요."

그는 들고 있던 하이네켄을 CCTV로 집어 던졌다.

"미친 소리. 난 여길 나간다. 난 젊어, 난 여자가 필요해."

깔깔 웃는 소리가 들리더니 매장의 불이 반 가까이 소등됐다.

"고객님은 쇼핑이 끝날 때까지 여길 벗어날 수 없습니다."

"난 왕 따위 되고 싶지 않아. 문이나 열어 줘."

"잊으셨어요? 마음만 먹으면 일 초도 안 돼 매장의 모든 불을 끌 수 있어요. 그러면 고객님은 영원히 출구를 찾을 수 없겠죠. 출구를 찾는다고 해도 두꺼운 방화문을 뚫을 수 없고요. 그러니 단념하세요. 이건 고객님이 자초한 거고 고객님이 창조한 세계예요. 그러니 좋든 싫든 적응해야 해요. 아셨죠?"

대답이 채 끝나기도 전에 나머지 불이 모두 꺼졌다.

"아아, 이봐. 제발 이러지 마."

"오늘은 냄새나는 화장실 앞이 고객님 잠자리예요. 왕도 벌을 받아야 하는 게 이 세계의 규칙이니까. 다시 불이 켜질 때까지 순응하는 법을 배우도록 해요. 굿나잇!"

그는 눈을 감았다. 달라진 건 없었다. 눈을 떴다. 분간할 수 없는 어둠이 그를 에워쌌다. 바닥이 무너지며 깊이를 알 수 없는 무정형의 구멍 속으로 떨어지는 것 같았다. 그는 우선 암흑에서 벗어날 방법을 연구해 보았다. 세상의 모든 일에는 시작과 끝이 존재한다. 들어오는 문이 있다면 나갈 문도 있는 법, 인생은 종종 영화와 다른 법이니까. 용기를 내서 문이 있는 곳까지 기어갈 수 있다면, 비록 사방의 출구들이 20센티미터 두께의 강철문으로 막혀 있다지만 어딘가에 열쇠가 존재하지 않을까? 하지만 어떻게 그것을 얻을 수 있지? 어떻게 어둠을 벗어날 수 있지? 순응은 언제나 적당한 평화와 안식을 주는 법이다. 마트 측의 비아냥거림대로 운명에 적응하는 게 더 쉽고 빠르지 않을까?

그는 뱀처럼 마트 바닥을 기다가 숨을 몰아쉬며 멈췄다. 목이 말랐다. 손을 뻗자 축축한 살덩이가 만져졌다. 피비린내가 풍겼다. 정육 매장 앞이었다. 그는 밝을 때 보았던, 갈고리에 내걸렸던 고기부위들을 떠올렸다. 죽음이 닥치기 전에는 어딘가에서 계획적으로 사육되던, 펄펄 살아 움직이던 생명들이었다. 마침내 적당하게 살이 올랐을 때 그 동물은 마트의 설계에 따라 도축되고 운반되었을 것이다. 그는 고기와 자신이 다를 바 없다고 생각했다. 눈물이 흘렀다. 언젠가 자신도 누군가에게 도축되어질 것이었다. 어쩌면 이미 도축되었는지도 몰랐다. 아니다. 도축되기 위해서 주인이 주는 풀을 받아먹으며 길들여지고 있는 것은 아닐까? 언젠가 단두대에 오를 비감한 최후를 위해.

드르륵. 잊고 있던 휴대폰이 바닥과 마찰을 일으키며 몸부림쳤다. 그는 셔츠 주머니에 넣어둔 휴대폰을 꺼냈다. 휴대폰의 발광을 보자 그는 비로소 조금 살 것 같았다. 조심스레 화면을 응시했다. 놀랍게도 교주로부터 문자가 수신돼 있었다. 새로운 명령인가? 명령을 수행한 지 며칠이나 되었다고? 의아해 하며 확인 버튼을 누르려는 찰나 딱, 배터리가 나갔다. 그는 절망하며 어둠을 노려보았다. 인생에 있어 반전의 여지가 주어지지 않기는 마트 밖이나 안이나 마찬가지로군. 그는 절망했다. 방전된 배터리처럼 삶은 언제나 결정적일 때 발목을 잡아왔다. 왕이라는 직위도 결국 허울 좋은 개살구였어.

"그걸 이제 알았나?"

휴대폰을 만지작거리는데 스피커에서 음성이 들렸다.

"당신은 또 누구지?"

그는 맥없이 천장을 보았다.

"방금 메시지를 보낸 사람이라네."

전과 달리 굵은 남자의 음성이었다.

"교주? 서, 설마 케르베로스? 당신이 왜 거기에?"

그는 자신의 귀를 의심했다.

"걱정 말게. 잠시 마트의 스피커를 이용할 뿐이니까."

"당최 무슨 말인지. 그럼 당신이 신인가?"

"우주에 신 따윈 없어. 처음이나 지금이나 난 카페 운영자일 뿐."

그는 반신반의하며 물었다.

"보다시피 난 여길 벗어나지 못하고 있어요. 어떻게 하죠?"

"사람들은 누구나 갇혀 있지. 내가 여길 벗어날 수 없듯이."

"여기라니? 그럼 당신은 진짜 화성?"

케르베로스는 채팅을 하거나 글을 올릴 때마다 자신이 사는 데이모스의 황량한 풍경에 대해 열거하곤 했다. 물론 그것을 진짜로 믿는 회원은 아무도 없었다.

"그렇지. 정확히는 화성의 두 번째 위성 데이모스지. 가도 가도 분화구와 얼어붙은 적막만이 놓여 있는 곳. 하지만 이곳 땅 속에는 화씨 3만도가 넘는 용암이 펄펄 끓고 있어. 절망과 포기로 얼어붙은 자네 몸속과 마찬가지로."

"이상한 은유로군. 그래서 내가 어떻게 해야 합니까?"

교주가 반문했다.

"왜 나가고 싶지? 마트가 주는 평화와 만족이 싫은가?"

"그런 걸 묻다니? 당신도 마트 측과 한 통속인가?"

소란스런 발짝 소리가 갑자기 그의 주변을 에워쌌다. 그는 눈을 가늘게 뜨고 주변을 살폈다. 다른 사람의 신발이 보였다. 구두와 샌들, 운동화. 각양각색의 신발들, 한쪽으로 닳은 뒤축, 위태위태하게 버티고 선 하이힐, 아이의 앙증맞은 분홍 신…….

"그곳을 벗어나려면 자기가 구축한 세계를 깨뜨려야 해. 비밀은 자네 내부에 숨어 있지. 자네를 가두고 있는 관념으로부터 답을 구해봐. 불이 밝다면 자넨 당장이라도 열쇠를 찾아 나설 수 있어. 문제는 어둠이지. 어둠의 공포가 어디서부터 시작되었는가? 고작해야 똥통에 빠졌던 과거 아닌가? 사람은 누구나 그런 봉변을 당할 수 있지. 자넨 뼛속까지 그 기억을 간직하고 있는 게 문제야. 군대 고참은 또 어떤가? 세상 어딜 가도 사기꾼은 있게 마련이지. 자넨 핑계를 대며 세상을 향해 부정적인 복수로 삶을 일관해 왔어. 이해하겠는가? 내 말을 받아들인다면 현실을 벗어날 암호를 알려줄 수도 있어."

그는 어리둥절한 상태에서 몸을 일으켜 세웠다.

"암호라니? 그, 그게 뭐죠? 어떡하면 여길……."

"자넨 어리석은 친구야. 벌써 잊었나?"

"……?"

"탈출!, 탈출!, 탈출!"

탈출이라고? 그럼······.

그는 눈을 크게 뜨고 주변을 휘둘러보았다. 누워 있던 사람들이 일사분란하게 "탈출!"을 외치며 출구를 찾아 내닫고 있었다. 쇼핑을 하러왔던 수백 명의 인파가 일제히 달려 나가는 모습은 일대 장관이었다. 백악기의 육식 공룡을 피해 정신없이 달아나듯이 그들의 발걸음은 빨랐다. 덩달아 쇼핑을 하던 사람들도, 심지어는 계산원과 보안요원까지도 밖을 향해 등을 보였다. 사람들이 아무렇게나 내던진 장바구니들이 곳곳에 나뒹굴었다. 불과 십여 분만에 사람들로 북적이던 마트는 텅 비어 버렸다. 교주의 명령이 다시 한 번 의미 있는 순간을 연출하며 그렇게 마무리돼 가고 있었다.

"맞다! 플래시몹 중이었지!"

몸을 일으킨 그는 뒤늦게 놀이 대열에 합류했다. 휑하니 빈 마트가 공허의 입을 벌려 막 그의 엉덩이를 물기 직전이었다. 그는 슬로 모션으로 재현되는 영화의 한 장면처럼 -그러고 보니 삶은 늘 지독히도 상투적인 영화의 한 장면이지 않은가? - 마트가 내뿜는 불빛을 아슬아슬하게 벗어났다. -자기 생의 객관적 관찰자가 될 수 없으므로 그는 결코 그 장면을 볼 수 없었지만- 멀어지는 그의 귓가에 마트의 경고가 왕왕거리며 쏟아졌음은 물론이고.

"안녕하세요, 고객님. 이곳은 고객님의 쇼핑을 도와드리는

○○○ 마트입니다. 고객님은 왕이에요. 침착하세요. 고객님
은 소중한 왕이라니까요……"

2) 이어령 「수평공간의 내(內)공간」.『공간의 기호학』, 민음사 · 2006,
269-272p 참조인용

작가의 말

1

어느 새벽에

산책을 나갔다가 새를 주운 적이 있다.

2

매번 후회하면서도

의자에 앉아 꾸역꾸역 쓰는 나를 3인칭으로 느끼며

"불가해하다"라고 혼자 중얼거린다.

이건 마치 고통만 남는 사랑의 감정과 같다.

3

여기 실린 소설들은 2010년부터 2016년까지 썼던 것들이다. 시간이 길다보니 하나의 테마 같은 것은 크게 의도하지 않았다. 그냥 그때그때, 아 이거 좋겠네, 이런 느낌이 지나갈 때 메모를 해두고 살이 붙으면 어느 하루 작정하고 문장을 썼다. 그 사이 새로운 골목들과 익숙해지거나 그곳을 떠났다. 그러다가 꽃 핀 길가에 앉아 며칠 쉬며 돌아보는 중이다.

4

언젠가, 너를 만나게 되면
작은 손거울을 하나 선물하고 싶다.

5

그들은 온통 심각한 얼굴을 하고 있구나!
어째서 거리와 광장은 금방 텅 비어 버리는지
사람들은 근심 속에서 집으로 돌아가는지.

         - *Constantine Cavafy*

         ⟨*Waiting for the Barbarians.*⟩